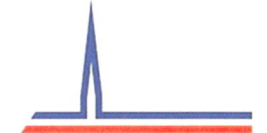

Bordesholmer Edition

Bd. 16
3. Auflage 2016
Unveränderter Nachdruck

Zu diesem Buch:
„Wie kommst du zu so kranken Eingebungen?"
„Ich stelle mir Sonderschüler vor. Genauer, solche, die dem Unterricht der Sonderschule nicht folgen können und sich ihren eigenen Reim auf die Dinge machen. Und dann lausche ich in sie hinein, wie sie die Welt sehen, in ihrer kindlichen Einfalt."
„Und was soll der Unsinn?"
„Unsinn? Du musst nur bereit sein, den Ideen zu folgen, und unversehens verwandeln sie sich in weise Gedanken."

Zum Autor:
Hartmut Wiedling, geb. 1940, Professor für quantitative Betriebswirtschaftslehre an der FH Kiel, trat 2003 vorzeitig in den Ruhestand, um sich der Schriftstellerei zu widmen.
„Klosterbrut" war sein erster veröffentlichter Roman.

Hartmut Wiedling

Klosterbrut

Roman einer Zukunftsvision

I.

1.

Alles hatte ganz harmlos angefangen.

Mit einem guten Universitätsabschluss in der Tasche wollten sie die Welt erobern, Joseph, Magda, Daniel und wie sie alle hießen, die munter ins Blaue hinein studiert hatten, was ihnen Freude machte, weiter nicht gedacht hatten, nicht hatten denken wollen.

Und sie hatten Glück gehabt. Hatten etwas gefunden, wovon sie leben konnten, waren erfolgreich.

Unter dem großen Dach der Unternehmensberatung GAMMA bot sich ihnen ein verlockendes Sprungbrett in die weite vielfältige Wirtschaftswelt. Zunächst unverbindlich im Status von Trainees, doch mit Aussicht auf freie Mitarbeiterschaft, auf räumlich und inhaltlich unbegrenzte Entfaltungsmöglichkeit.

Jeder arbeitete an einem anderen Standort des Unternehmens, ohne von den anderen zu wissen.

Am Anfang waren sie nur mitgelaufen. Hatten Hilfs- und Zubringerdienste erledigt und über jede Beratung, die sie verfolgen durften, Abschlussberichte geschrieben. Nun aber hatte man sie offenbar für ein besonderes Vorhaben ausgewählt.

Einen ganzen Monat lang wurden sie von allen anderen Arbeiten freigestellt, um sich auf eine Klausurtagung in einem Kloster in Südfrankreich mit dem nichtssagenden Thema: „Neue Strategien der Personalführung" vorzubereiten. Es gab kein Tagungsprogramm, keine Referentenliste, keine Teilnehmerliste. In der 16. Kalenderwoche sollte es losgehen. Mehr wurde nicht mitgeteilt. Alle Rückfragen blieben ergebnislos. Man wollte sie offenbar nicht informieren. Die zugewiesenen persönlichen Betriebstutoren - erfahrene langjährige Berater in hohen und höchsten Positionen - wechselten sofort das Thema, wenn sie um Informationen über die bevorstehende Tagung in Aix-en-Provence gebeten wurden. Allen war es so ergangen.

2.

Bei der Ankunft im Kloster fand jeder an der Rezeption eine mit seinem Namen versehene Informationsmappe vor. Abgesehen von Zeitpunkt und

Raum des ersten Treffens enthielt sie jedoch lediglich einen Plan der Klosteranlage und seines Parks sowie landeskundliche Informationen über die nahe Stadt, deren Museen, Theaterveranstaltungen und Ausflugsmöglichkeiten.

Beim abendlichen Souper sahen sich alle zum ersten Mal. Sie trafen sich in einem spärlich beleuchteten mittelalterlichen Kellergewölbe des Klosters mit einer aus einem alten Mauerstück gearbeiteten Bar, davor einer hohen altertümlichen Sitzbank aus massivem dunklen Holz und, den Rest des kleinen Raumes füllend, vier modernen Stehtischen. Gegenüber führten drei offene, aus großen Steinquadern gefügte Rundbögen in einen weiteren Raum, der jedoch von der Bar her nur schwer einzusehen war.

Joseph, der als erster – und eigentlich etwas zu früh - eingetroffen war, trat an einen der Bögen und überblickte jetzt das andere, sehr viel größere Kellergelass, dessen Tonnengewölbe ebenfalls rundum auf alten steinernen Bögen ruhte - vielleicht eine Krypta aus frühen Klosterzeiten. Beleuchtet war der Raum von Fackellampen an den Mauerteilen zwischen den Säulen, die die Bögen stützten. An den Seiten, in von den Wandbögen gebildeten Nischen beinahe verborgen, waren kleinere, mit alten Tellern, Bestecken und Gläsern gedeckte Tischchen mit je zwei Stühlen zu erkennen. In der Mitte stand ein für zwölf Personen festlich gedeckter schwerer Eichentisch mit dazu passendem altem klösterlichem Gestühl. Das Ende auch dieses Raumes bildeten wiederum weite große Mauerbögen, die aber durch Flügeltüren verschlossen und, abgesehen von dem mittleren, etwas breiteren, von Kommoden und Anrichttischchen verstellt waren, auf denen Blumen, Obstschalen, Gläser und Behälter für Getränke in symmetrischer Anordnung aufgebaut waren.

Sanfte gregorianische Chormusik füllte die Leere der Räume und gab ihnen eine feierliche aber gastfreundliche Atmosphäre.

„Guten Abend, ja, schauen Sie sich nur um, ich hoffe, es wird Ihnen gefallen", begrüßte ihn die angenehme Stimme eines großen, hageren, schwarz gekleideten Herrn, den Joseph zunächst im Halbdunkel nicht bemerkt hatte. Nun aber trat er hinter der Bar hervor, kam auf Joseph zu, und für eine kurze Zeit gelangte er in den Schein eines Deckenstrahlers, der eine Steinfigur unter einem der Mauerbögen beleuchtete, und ließ in seinem südländischen, braun gebrannten Gesicht unter kräftigen dunklen Augenbrauen für einen kurzen Augenblick überraschend helle blaue Augen aufleuchten, bevor die Dunkelheit des Raumes ihnen wieder die Farbe nahm.

„Guten Abend Herr Dr. Winter", begrüßte er, auf ihn zutretend, Joseph noch einmal offiziell und schaute ihn mit wissendem Lächeln, aber unaufdringlich freundlicher Unverbindlichkeit an.

„Ich hoffe, Sie hatten eine gute Reise."

In diesem Augenblick traten weitere Gäste ein und zogen die Aufmerksamkeit auf sich, so dass es Joseph erspart blieb, ein Gespräch mit dem ihm fremden Herrn anzuknüpfen, von dem er nicht wusste, ob er klösterliches Personal – was er wegen der Kleidung zunächst angenommen hatte – ob er Tagungsleiter oder vielleicht ein ihm bislang unbekannter Manager seines Unternehmens war.

Nach und nach erschienen auch die anderen Teilnehmer, alle wohl zwischen fünfundzwanzig und höchstens fünfunddreißig Jahren. Wie von unsichtbarer Regie geleitet, blieb jeder zunächst unschlüssig am Eingang stehen, die Augen an die Dunkelheit des Kellerraumes gewöhnend, überrascht vom einladenden klösterlichen Ambiente.

Der freundliche Herr im schwarzen Anzug begrüßte sie und stellte ihnen seine inzwischen mit einem Tablett voller Getränke eingetretenen Assistentin vor, eine zierliche junge Frau mit dunklem Teint, vielleicht nordafrikanischer Herkunft.

Sie nahmen jeder einen der von der hübschen Südländerin liebenswürdig angebotenen Aperitifs und sie wurden an die Stehtische geführt, wo der eigentümliche Empfangschef die Neuankömmlinge den bereits Erschienenen, jeden mit Namen und Titel, in einer so selbstverständlichen Weise bekannt machte, wie wenn er sie alle seit langem persönlich kennte.

Es waren am Ende sechs Frauen und sechs Männer, die die Stehtische umstanden, von ihrer Anreise und ersten Eindrücken im Kloster erzählten und untereinander ihre Visitenkarten austauschten. Alle hatten die gleichen Karten mit dem Logo der Unternehmensberatung GAMMA - Global Association for Marketing & Management Aids - und der gleichen Berufsbezeichnung „Trainee", unterschiedlich lediglich in den Angaben der Namen und der akademischen Abschlüsse.

Zur allgemeinen Verwunderung vertraten die Teilnehmer die verschiedensten akademischen Fachrichtungen: Dr. rer. nat., Dr. jur., Dipl. Math, Dipl. Psych., Dr. med., Dr. Ing, Dr. rer. pol., D. theol. sowie je ein Magister der Kunstgeschichte und der Philosophie. Keiner von ihnen war Wirtschaftswissenschaftler. Der einzige Dr. rer. pol. war Soziologe.

3.

Irgendetwas an der Art ihrer Bewegung hatte seine Aufmerksamkeit auf sich gezogen noch ehe sie in sein eigentliches Blickfeld trat, eine junge Frau, unklösterlich gut gelaunt, an der Seite eines großen, schlanken, Tagungsteilnehmers mit langen ein wenig unfrisiert wirkenden dunkelbraunen Haaren.

Jungmanager und solche, die bemüht waren, als solche angesehen zu werden, zeigten sich zu der Zeit - ungeachtet der im damaligen Deutschland unrühmlichen politischen Rolle von Skinheads - vorzugsweise kahlköpfig, zumindest aber mit kurzem Haarschnitt. Doch trotz seines eher an die 68er Jahre erinnernden Outfits wirkte der Neuankömmling herausfordernd fortschrittlich, gleichzeitig aber sicher und natürlich und vor allem ohne jegliche künstliche VIP-Aura.

Er und seine Begleiterin schienen – wie auch Joseph - ein wenig älter zu sein als die meisten übrigen, wirklich noch ganz unerfahren wirkenden Gäste.

Der Empfangschef stellte sie als Magda Gustavson, ihn als Dr. Daniel Broth vor. Ihre Visitenkarten wiesen ihn als Soziologen, sie als Psychologin aus.

Die beiden gingen – nicht ohne eine aufmerksame Freundlichkeit seitens Broths an die Adresse der hübschen Mademoiselle – in lebhafter Unterhaltung auf eines der Stehtischchen zu.

Joseph wollte sich gerade zu ihnen gesellen, da richtete sich Dr. Broth brüsk an ihn:

„Bevor Sie hier bei uns einen Platz bekommen, beantworten Sie doch bitte eine Frage zu der bedeutsamen Problematik, die uns beschäftigt."

Er machte eine kleine Pause, um seine Worte auf den Eindringling wirken zu lassen, dann fuhr er fort:

„Also. Sie gehen durch eine hübsche Gartenlandschaft, oder, genauer, Sie durchqueren den blühenden Rosengarten einer barocken Parkanlage. Der schnellste Weg, um Ihr Ziel zu erreichen, wäre ein hässlicher illegitimer Trampelpfad, eine verbotene Abkürzung quer über den Rasen. Der von der Stadtgärtnerei angelegte und liebevoll gepflegte offizielle Weg dagegen würde in einem weiten Bogen, also auf einem großen Umweg dorthin führen. Was tun Sie?"

Während er sprach, schaute er belustigt auf den neben ihm klein und brav wirkenden Joseph herab. Doch der, scheinbar unbeeindruckt von den taxierenden Blicken der beiden, erwiderte ohne Zögern, gerade so, als stelle man ihm jeden Tag diese Frage

„Ich verhalte mich so, wie ich es in öffentlichen Anlagen zu tun pflege, wenn ich heimlich einen städtischen Baum für ein dringendes Bedürfnis missbrauchen möchte: Ich schaue mich unauffällig um, ob ich gesehen werden kann, prüfe, ob der Rasen nicht so feucht ist, dass ich meine

Schuhe beschmutzen oder gar nasse Füße bekommen könnte, ob auch keine Kinder in der Nähe sind, denen ich Vorbild sein sollte, horche noch einmal in mich hinein, ob ich im Falle der Fälle auch wirklich bereit wäre, ..."

„Schon gut. Wir sollten Du sagen", unterbrach ihn Dr. Broth, und nach einem winzigen Zögern fügte er, ihn anschauend, aber dennoch mehr für die Ohren der jungen Frau an seiner Seite bestimmt, belustigt hinzu „Natürlich nur, wenn es keiner hört - falls Sie darauf bestehen."

„Also ich bin die Magda", brach die freundliche Psychologin neben ihm die neuerliche Stichelei ab und ersparte es Joseph, darauf einzugehen.

„Der Nachname interessiert nicht", fügte sie hinzu. „Er ist ohnehin nur kurzzeitig ausgeliehen", wobei sie die letzten Worte in einem belustigten, ein wenig gekünstelten leisen Lachen ausklingen ließ, bevor sie, die Ironie ihres Vorredners aufgreifend, ergänzte „aber für den Notfall: Gustavson, geborene Semper."

„An dem verheißungsvollen Mädchennamen könnte ich eher Gefallen finden", scherzte Joseph.

Doch aus Furcht, mit seiner durchschaubaren Anzüglichkeit zu weit gegangen zu sein, gab er einem plötzlichen Einfall nach und beeilte sich, klarzustellen:

„Ich liebe Dresden und vor allem seine Oper", und bevor sie reagieren konnte, kam er zurück auf den Eignungstest.

„Und ihr? Wie haltet ihr es mit der verbotenen Abkürzung? Ich könnte mir vorstellen und wünschte es mir fast, dass Magda ihre Entscheidung davon abhängig machen würde, ob sie im Grün der verbotenen Wiese oder zwischen den Rosen des gärtnergepflegten Parkweges ein hübscheres Bild abgibt."

Die Bemerkung kam gut an. Daniel nickte beifällig, und schaute auf Magda. Die Angesprochene, für eine Sekunde unentschieden, ob sie sich als Frau geschmeichelt oder als Psychologin unter Wert verkauft fühlen und entsprechend reagieren sollte, antwortete nach einer kurzen Bedenkpause, die sie mit spöttischem Lachen überbrückte, das sie, ihr Selbstbewusstsein sogleich wiederfindend, in ein scherzhaft zustimmendes Kichern übergehen ließ:

„Na ja, ein wenig ist es schon so. Marktpsychologie." - Erneut unterbrach ihr belustigtes Lachen ihre Antwort - „Aber ich glaube, ich würde wohl nicht lange darüber nachdenken und den Weg gehen, der mir gerade besser passt. Wenn ich eilig bin, riskiere ich mein Schuhwerk und nehme den Trampelpfad. Aber wenn ich Zeit habe, gar in besonderem Outfit unterwegs bin, ergehe ich mich in der schönen Allee der Gartenanlage und genieße die neugierig taxierenden Blicke müßiger Spaziergänger. Hommage an mein ästhetisches Bedürfnis."

„Und den verräterischen Duft von Narzissen!", kommentierte Daniel.

„Nun tu doch nicht so, als könntest gerade du auch nur an einem einzigen Spiegel vorbeigehen, ohne deinem Ebenbild einen Blick zu schenken!"

„Stimmt. Allerdings sucht meine Eitelkeit ihre Spiegel vorzugsweise in der Gesellschaft. Doch um unsere eigentliche Frage zu beantworten: Grundsätzlich beuge ich mich nicht administrativen bürgerlichen Bevormundungen. Ich lasse mir von denen doch nicht meinen Weg verbieten. Schon daher bevorzuge ich Trampelpfade, sogar wenn es Umwege sind. Meinem gesellschaftlichen Ego zuliebe", und schmunzelnd fügte er hinzu: „Oder ganz einfach, weil eine hübsche Frau ihn vor mir eingeschlagen hat."

„Du verhunzt mir das schöne Bild!", protestierte Joseph. „Ein langes rotes Sommerkleid hatte sie an und schritt mutterseelenallein anmutig über die einsame Waldwiese. Tandaradei. - Und nun trampelt da plötzlich so ein Unhold hinterher!"

„... und schneidet dir den Weg ab, während du noch überlegst, ob du die Abkürzung riskieren sollst!"

„Aber er könnte ihr die kleine blütenweiße Handtasche rauben, und so haste ich in Panik hinterher."

„... und musst enttäuscht feststellen, dass die beiden sich freundschaftlich begrüßen und als Paar weitergehen."

„Ja, ja. Zum Standesamt. Das würde dir so passen!"

„Damit bin ich durch. Gott sei Dank!"

„Schon wieder Trampelpfade?"

An dieser Stelle wurde ihr Gespräch unterbrochen. Der freundliche blauäugige Empfangschef kam auf sie zu, um die Drei auch offiziell einander vorzustellen.

„Darf ich die junge Dame mit Herrn Dr. Winter bekannt machen? Herr Dr. Winter ist Mathematiker in Hamburg. Ich nehme an, Herr Dr. Broth, Doktor der Soziologe", dabei neigte er sich ihrer Begleitung zu - hat sich Ihnen schon selbst vorgestellt. Sie kamen ja gemeinsam." Und, an Dr. Winter gewandt, „Ich habe das Vergnügen, Sie mit Frau Gustavson bekannt zu machen. Frau Gustavson ist Psychologin an der Universität Frankfurt."

Gleich darauf ließ er sie wieder allein, um weitere neu Eintretende zu begrüßen und den übrigen vorzustellen.

„Meine Damen und Herren", ergriff er das Wort, als sich der Raum um die Stehtische gefüllt hatte und kein weiterer Gast mehr erwartet wurde, „einmal abgesehen von Küchenpersonal, Rezeption und Zimmerdienst sind während der nächsten Tage Mlle. Dufour" - dabei nickte er seiner jungen Kollegin freundlich zu - „und ich – mein Name ist Eugène Rother - für Ihr Wohlergehen in unserem schönen Hause verantwortlich.

Sie werden unsere einzigen Gäste sein. So ist es mit dem Auftraggeber abgesprochen. Das ganze Kloster, einschließlich der Wellness-, Fernseh-,

Musik- und Leseräume, sowie vor allem auch der großen und durchaus nicht nur antiken Bibliothek, wird ausschließlich Ihnen zur Verfügung stehen. Frühstück und Mittagessen sind für Sie im früheren Refektorium vorgesehen. Das Abendessen wird hier in den geräumigen Katakomben serviert. Zu Fahrten in die Stadt oder Zielen der nahen Umgebung steht Ihnen unser Kloster-Shuttle zur Verfügung. - Wann immer Sie Fragen oder besondere Wünsche haben, scheuen Sie sich bitte nicht, sie uns zu sagen. Wir werden unser Bestes tun, Ihnen den Aufenthalt so angenehm wie möglich zu machen. Wir wollen, dass Sie sich bei uns wohlfühlen."

Und mit einer Handbewegung zu dem hinter den offenen Torbögen eingedeckten großen Eichentisch fuhr er fort:

„Aber nun nehmen Sie erst einmal Platz. Das Essen könnte jetzt serviert werden, wenn es Ihnen recht ist."

Durch Tischkarten war eine eigenartige Sitzordnung festgelegt. Die sechs Plätze an der einen Seite des Tisches waren für die Damen und die ihnen gegenüber für die Herren vorgesehen. Die Kopfseiten des Tisches blieben frei. Eine besondere Anordnung der Gäste nach ihrer fachlichen Herkunft war nicht zu erkennen. In Anbetracht der Breite des Tisches war so zwischen den Herren und den gegenüber sitzenden jungen Frauen zwar Blickkontakt, ein Gespräch dagegen kaum möglich.

Die Drei wurden daher, kaum dass sie erste Bekanntschaft geschlossen hatten, auch schon wieder getrennt. Immerhin waren sie sich, bevor sie an ihre Plätze gingen, noch schnell einig geworden, dass man anschließend an das Essen unbedingt noch etwas gemeinsam unternehmen müsse.

Während die Vorspeise serviert wurde, richtete der wie ein Kellner gekleidete Herr erneut das Wort an die kleine Gesellschaft:

„Die heutige Tischordnung ist bewusst ungewöhnlich gewählt, so dass es ihnen nicht schwer fallen wird, sie in Zukunft nach Ihrem Belieben zu ändern. Der Veranstalter schlägt vor, dass Sie während der Zeit Ihres Aufenthalts bei uns zu jeder Mahlzeit eine andere Platzordnung einnehmen. Aber darauf wird unser Haus dann keinen Einfluss mehr nehmen."

Nach dem gemeinsamen Souper wurde die Gesellschaft eine Treppe hinauf und anschließend durch den romanischen Kreuzgang, vorbei am Zugang zur Klosterkapelle, in das hohe Gewölbe der Eingangshalle geleitet, wo man sich – je nach Verlangen - bei Kaffee, Cognac oder Liqueur in Grüppchen zusammenfand, und sich bemühte, die noch immer etwas steife Atmosphäre durch heitere Konversation zu überwinden.

Als der Anstandspflicht gruppendynamischer Geselligkeit Genüge getan war, löste sich Magda von der Gruppe, ging durch die geöffnete Terrassentür hinaus in die südlich warme Abendluft, schlenderte über den Kiesweg auf das Dunkel des von einer Mauer umgebenen Parks zu und wartete dort - eingedenk ihrer Verabredung – auf Daniel und Joseph, die ihr bereits folgten.

Ein Taxi – im Shuttle wären sie nicht unter sich geblieben - brachte sie ins Zentrum von Aix. Sie bummelten durch die breite nächtliche Platanenallee, tauchten ein in die warme südländische Heiterkeit, ließen sich von den Wellen vorbeiziehender französischer Sprachfetzen umspülen. Und wenn sie aus dem munteren Stimmengewirr ab und zu ein „Merci", „toujours", „bien sur" oder „à demain" heraushörten, war es für sie wie ein erstes herzliches Willkommen.

„Freunde, tretet zuweilen in den Atem, der euch nicht meint. Lasst ihn an euren Wangen sich teilen. Hinter euch zittert er – wieder vereint", rezitierte Daniel leise aber theatralisch wie ein Schauspieler

„Ist das etwa von dir?", fragte Magda nach einer Weile, als der Nachhall von Daniels Stimme längst wieder in der Flut der umgebenden abendlichen Redseligkeit versunken war.

„Leider nur ein einziges Wort. Alles andere bedauerlicherweise nicht. Ist vielleicht auch besser so. Aber trotzdem schade."

Als bei einem der vielen Straßenrestaurants unter den Alleebäumen einer der kleinen Tische frei wurde, setzten sie sich und genossen es, wenngleich auch nur als Gäste, teilzuhaben an der wohltuend beschaulichen Lebensart. Die beiden Männer bestellten einen Côtes du Rhône, Magda einen kühlen, prickelnden Gaillac Blanc.

Das bis dahin so lebhafte Gespräch brach ab, als sie Platz genommen hatten. Vielleicht waren sie nur erschöpft von der Reise und froh, sitzen zu können, die angenehme Umgebung in sich aufzunehmen und geruhsam ein wenig zu entspannen, vielleicht fiel auch einfach niemandem etwas ein, worüber er reden wollte, jedenfalls entstand eine Pause. In das Schweigen hinein, das ihr bedenklich lange zu dauern schien, platzte Magda mit ihrer Frage „Wie kommt *ihr* eigentlich hierher? Als heimliche Aufpasser? So ganz normale Trainees wie die anderen seid ihr doch beide nicht. Bei mir ist das was anderes. Ich habe erst spät studiert und bin eigentlich sogar noch halb dabei. Aber ihr?"

„Wolltest du uns in einen Stuhlkreis setzen?", spottete Daniel.

„Zur Gesprächstherapie bin ich natürlich auch nicht hier", meinte Joseph, zu Daniel gerichtet, stimmte ihr dann aber bei: „Ein wenig mehr als nur eure akademischen Titel wüsste ich allerdings auch gern von euch."

Sie schaffte es. Das Gespräch kam wieder in Gang. Zunächst im Stil einer Geschäftsordnungsdebatte: Man stritt über die Methode. Ob man eher durch direktes Fragen einen Menschen kennenlernen könne oder indirekt durch die Art, wie er sich in ein Gespräch einbrachte. Aber dann folgte man doch Magdas Anregung, und jeder gab ein wenig von sich und seinem Werdegang preis.

Es zeigte sich, dass sie alle drei schon eine gewisse Vergangenheit hatten, sich aber im Umbruch fühlten. Sie fühlten sich, gerade über dreißig, noch zu jung, zu unfertig, zu sehr voller Tatendrang, um sich endgültig festzulegen, um es schon dabei zu belassen, waren voller Ideen und wollten ihn noch nicht grau werden lassen, den Alltag. Wären dazu nicht in der Lage gewesen, mussten erst noch ausprobieren, was die Welt ihnen sonst noch bieten konnte. Privat und erst recht beruflich.

Als das Restaurant sich allmählich leerte, hatte die Nacht nichts von ihrer einladenden lauen Wärme verloren, und sie zogen weiter durch die nächtlichen Straßen, und wenn sie an ein Lokal kamen, in dem noch Gäste waren, gingen sie durch die offene Tür hinein und tranken auch noch ein Glas am Tresen.

Weit nach Mitternacht, als es bereits drohte ungemütlich hell zu werden, landeten sie schließlich nach ungezählten anderen Stationen in einem Nachtclub beim Gastspiel einer Pariser Transvestitenshow, die sie aber vorzeitig verließen.

„Ob Lesben Transen mögen?", fragte Magda beim Hinausgehen und fügte lachend hinzu. „Immerhin haben sie ja mehr zu bieten als ihr gewöhnlichen Männer."

„Gewöhnlich nennt sie uns", wehrte sich Joseph, „Hast du das gehört? Behaart und ohne Busen, das findet sie also gewöhnlich."

„Vielleicht ist es nicht das allein", gab Daniel zu bedenken, „Und außerdem, woher willst du eigentlich wissen, dass ich behaart bin?"

„Sollen wir mal nachsehen?" kam es lachend von Magda.

„Von mir aus gern" ging Daniel spontan darauf ein und machte Anstalten, sein Hemd aufzuknöpfen, „aber dann wollen wir auch nachsehen!"

„Das könnte euch so passen. - Männer!"

„Wer hat denn angefangen?"

„Das Kaninchen hat angefangen!" kam es zurück.

Auf der Suche nach einem Taxi entwickelten sich makabre Nachtunterhaltungen. Geschickt parierten die Beiden Magdas Feministinnenthesen, die die ihnen hinwarf, als wollte sie Enten mit vergifteten Ködern füttern, und spielten sie ihr – scheinbar charmant, scheinbar aggressiv, scheinbar ernsthaft interessiert, verpackt in mehr oder weniger geistreiche Ausschmückungen - zurück.

Im Gegensatz zu Daniel, mit seiner Verachtung für die Primitivität der seiner Meinung nach unsozialen und noch dazu unfähigen kapitalistischen Gesellschaft, fand Joseph – seiner konservativen Erziehung in einer heilen Lehrerfamilie entsprechend – mehr besänftigende, verbindende, auf harmonischen Ausgleich bedachte Worte, die ihm zwar bisweilen den Spott der beiden anderen einbrachten, die er aber so geschickt und entwaffnend zu verteidigen wusste, dass sie gezwungen waren, ihn wegen der verblüffenden Logik seiner bisweilen abenteuerlichen Argumentationen trotz mangelnder Progressivität doch mehr und mehr ernst zu nehmen. Dies desto mehr, als bei Josephs Bemerkungen nie recht erkennbar war, ob es sich nicht vielleicht lediglich um formallogische Gebilde seiner spielerischen Phantasie handelte.

Das eigentlich Begeisternde an ihrem ersten gemeinsamen Abend aber war für Daniel und Joseph – und wohl nicht nur für sie - ihre temperamentvolle sprachgewandte weibliche Begleitung. Daniels lockere Sprüche gefielen ihr und verleiteten sie zu immer gewagteren frivolen Scheinbekenntnissen. Genüsslich entblößte sie vor seinen Therapeutenaugen eine unwiderstehlich laszive verführerische Seele, wohl wissend, dass er sich am verlockenden Intimschmuck ihrer psychischen Nacktheit berauschen würde, auch und gerade da er natürlich durchschaute und sich geschmeichelt fühlte, dass sie ein eigens für ihn entworfenes Trugbild ihrer Fantasie vor ihm entschleierte. Längst war sie sein Lustobjekt, das er im Handstreich nehmen würde.

Für Joseph dagegen wurde sie Gegenstand der Bewunderung und Verehrung. Freilich keine Madonna. Die freizügigen Reden und die unverblümte Sprache ließen einen Heiligenschein nicht zu. Ihre anstößigen Äußerungen irritierten ihn. Er empfand sie als peinliche Nabelschau, suchte aber die Ursache bei Daniels aggressiver Gesprächsführung, und gab ihm die alleinige Schuld für alle ihre Entgleisungen.

Seine klösterlichen Nachtgedanken reduzierten die aufregende Erinnerung an Magda auf ihre verführerische Art, sich zu bewegen und ihr bleiches Gesicht mit dem wunderschönen großen Mund und nicht minder schönen großen blauen Augen und ihren langen, braunen, lockeren Haaren die sich, ihren Kopfbewegungen folgend, in ständig sich wandelnder weicher Verzierung immer neu um ihr Gesicht legten.

Als dann aber die Träume in der dunklen Zelle die Herrschaft über seinen Schlaf gewannen, begnügten sie sich freilich nicht mit derlei kindlichen wenngleich verlockenden Details, und gaukelten dem braven Joseph vor, es wäre die eigene Mönchspritsche und nicht die seines neuen Freundes, die in jener ersten Klosternacht unberührt blieb.

4.

Am Morgen fanden sie beim Frühstück ihren Arbeitsauftrag vor:

Tagungsprogramm: Es gibt kein Programm.

Sie werden völlig frei eine Woche zusammen mit elf weiteren jungen Hochschulabsolventen aus ganz verschiedenen akademischen Disziplinen leben. Was Sie tun, hängt allein von Ihnen ab. Kein Personalchef wird je erfahren, ob und wie Sie diese Tage genutzt haben.

Auf Referenten und jegliche Form von Organisation wurde verzichtet. Zeiteinteilung und Arbeitsorganisation sind Ihnen überlassen. Gönnen Sie sich Muße, machen Sie Ausflüge, gehen Sie in Museen. Lassen sie sich von Ihrer Umgebung inspirieren.

Vergessen Sie für diese Tage alles, was Sie auf der Universität an Fachwissen gelernt haben. Nehmen Sie Urlaub von unseren erstarrten Denksystemen. Lassen Sie Gedanken und Fantasien freien Lauf. Erträumen Sie eine neue utopische Welt.

Lassen Sie sich von abenteuerlichen Ideen verführen, geben Sie sich ihnen hin und verfolgen Sie sie. Behindern Sie Ihre schöpferische Kraft nicht durch kleinliche Bedenken der praktischen Durchführbarkeit.

Was auch immer Ihnen einfällt, halten Sie es fest. Schreiben Sie es auf – nur für sich - spontan und unreflektiert. Oder diskutieren Sie darüber mit Ihren Kollegen. Führen Sie Nonsensgespräche! Genießen Sie für eine Woche unbegrenzte Narrenfreiheit! Und am Ende - sind wir gespannt auf Ihre Ergebnisse – falls Sie sie uns zu lesen geben.

Das „Tagungsprogramm" rief Erstaunen und Heiterkeit hervor. Neben Erleichterung und Freude bei den einen, Verwirrung, Unsicherheit und Ängste bei anderen.

Karrierebewusste, die gewohnt waren, altbekannte und bewährte Theorien behutsam aufzupolieren, um damit zu glänzen, hatten den Boden unter den Füßen verloren, und sie fielen hilflos ins Nichts. Oder sie begriffen nicht und verschwanden wie gewohnt in der Bibliothek, glaubten an die göttliche Inspiration im gewohnten Tempel, um erlesenen Gedanken anschließend ein kleines kritisches, niemanden verletzendes Novum anzufügen: Zaunkönige, die sich in den Brustfedern der Adler verkrochen, sich mangels eigener Kraft in fremde Höhen tragen zu lassen, um dann zu versuchen, mit ein paar kleinen Flügelschlägen und lächerlich aufgeregtem Gezeter den Königen der Lüfte den Rang streitig zu machen.

Die meisten aber empfanden die vorgegebene Methodik zwar ungewöhnlich, aber immerhin spannend und bewegten sich zwischen *„Augen zu und durch"* und *„Mal sehen, was dabei herauskommt"*.

Für Daniel, beflügelt durch die gewährte Freiheit, motiviert durch das Vorschussvertrauen und ohne den geringsten Zweifel, es ausfüllen zu können, war es wie das Zeichen, auf das er nur gewartet hatte, um loszulegen. Endlich einmal.

Auch Magda fühlte sich erlöst. Sie hatte gefürchtet, in diesen Tagen, unentrinnbar eingesperrt in Klostermauern, zusammen mit einer Herde von Mitgefangenen ein durch die Unternehmensleitung vorgegebenes festes wissenschaftliches Programm abarbeiten zu müssen.

Joseph jedoch, gleichermaßen motiviert und verunsichert, brauchte, wie so oft in neuen Situationen, erst einmal Zeit. Nicht zur Überwindung der Angst vor dem Sprung ins kalte Wasser – er war nicht feige. Es war die Aufregung des Drachenfliegers vor dem ersten Start. Euphorie und Blockade im Widerstreit, Tatendrang und Lähmung zugleich. Nachdenklich stand er in der Rezeption und las alles noch einmal, Wort für Wort.

„Du kommst mit uns!", weckte Daniel ihn auf, nahm Joseph am Arm und zog ihn mit zum Ausgang, wo Magda sie erwartete. - Der Flug in die Zukunft hatte begonnen.

Die kurzfristig von einigen anberaumte Vollversammlung interessierte sie nicht. Magda wollte in die Stadt, Joseph ins Museum, Daniel ans Meer. Nur nicht hierbleiben und zulassen, wie die Chance vertan wurde. Man einigte sich auf das Bistro vom Vorabend.

Währenddessen beschloss die so dezimierte Vollversammlung, zunächst einmal alle ihnen bekannten Lehrmeinungen zum Thema Unternehmensstrategie stichwortartig zusammenzustellen um anschließend die Liste im klostereigenen Rechnersystem allen verfügbar zu machen. Dies sollte aber – neben einer Einstimmung in die Thematik – lediglich zur Erstellung eines Negativkataloges von Ansätzen dienen, die nicht weiter verfolgt werden durften. Als Sicherung gegen Rückfälle in altbekannte ausgefahrene Geleise der bestehenden Gesellschaft.

„Das hört sich doch ganz gut an", meinte Joseph, als sie davon erfuhren.

„Perfekt. Bürokratie der Entbürokratisierung", war Daniels Kommentar, und er fügte hinzu: „Vor der Vernichtung der Akten sind von jeder Seite sorgfältige Kopien anzufertigen".

„Unter Umgehung der Reifung vorzeitig gealtert", spottete Magda.

Die Drei grenzten sich aus. Gern ließ man sie ziehen. Ein Verdienst von Daniel. Mit Geschick und Vergnügen hatte er sich schnell unbeliebt gemacht, indem er seit dem ersten gemeinsamen Abendessen immer wieder und unbelehrbar bei jeder Gelegenheit propagierte, globale Stabilisierung erfordere den Nord-Süd-Konflikt, um – wie früher im Kalten Krieg des Ost-West-Konflikts - ein neues globales Gleichgewicht der Kräfte zu schaffen. Und als er noch draufsattelte, dass diesmal Jerusalem als „Frontstadt" die Rolle des geteilten Berlin von damals zu übernehmen habe und genüsslich hinzufügte: „Es ist ja alles längst vorbereitet. Die Mauer ist doch schon da!", war man erleichtert, als er sich – und in seinem Gefolge Magda und Joseph – von der übrigen Gruppenarbeit zurückzog.

Joseph versuchte noch einzulenken. Er wird aber von Daniel und Magda überstimmt. Immerhin setzt er durch, dass sie pro forma täglich irgendetwas ins Netz stellen.
Im Schatten der Platanen von Aix, in den Bistros der Museen, am Hafen von Marseille, unter Olivenbäumen und am Strand wetteifern sie in verrückten Ideen. Gaga. Einige stellen sie ins Netz. Von den allerbesten allerdings können sie sich nicht trennen. Zu schade dafür. Heimlich schreiben sie sie dennoch auf. Daniel ist der Erfindungsreichste und überschüttet die anderen mit seinen Parolen:
 „Abschaffung von Bildung. Bücherverbrennung."
Oder
„Käufliches Wahlrecht."
Und dazwischen platte Stammtischthesen:
„Alte sollten eingeschläfert werden. Spätestens mit 70. Abschlachtprämien, wenn es früher vollzogen wird. Keine medizinische Behandlung mehr für Ruheständler. Weg mit dem gesellschaftlichen Wasserkopf!"
Magda und Joseph lachen.
„Wie kommst du zu so kranken Eingebungen?"
„Ich stelle mir Sonderschüler vor. Genauer, solche, die dem Unterricht der Sonderschule nicht folgen können und sich ihren eigenen Reim auf die Dinge machen. Und dann lausche ich in sie hinein, wie sie die Welt sehen, in ihrer kindlichen Einfalt."
„Und was soll der Unsinn?"
„Unsinn? Du musst nur bereit sein, den Ideen zu folgen, und unversehens verwandeln sie sich in weise Gedanken."
„Na dann verfolge mal das käufliche Wahlrecht bis hin zu einem weisen Gedanken!"
„Ganz einfach. Wer Geld opfert und in Politik investiert, übernimmt Verantwortung. Endlich wieder."

„Und die Armen haben nichts zu sagen. Sehr praktisch", und wie so oft unterstreicht sie mit einem gekünstelten Kichern vorsichtshalber die Ironie ihrer Bemerkung.

„Haben sie erstens sowieso nicht und sollen sie außerdem auch gar nicht erst bekommen."

„Nicht ganz neu", stellt Joseph fest. „Verantwortung erfordert Besitz."

„Bismarck?"

„Nein. Klassenwahlrecht vom alten Kaiser Wilhelm."

„So beschränkt ist unsere Phantasie."

„Weiter", beharrt Daniel. „Nimm die Alten. Deren Leben ist vorbei. Ernsthaft, die gehören eingeschläfert. Wäre menschlich und gesellschaftlich das Beste. *Wir* sind jetzt dran. Müssen schnell machen, bevor diese unbelehrbaren Versager den Rest der Welt verprasst haben."

„Vielleicht gehen sie ja freiwillig, wenn man ihnen einen sanften Tod anbietet."

„Und als Anreiz eine Ablebensprämie für die Erben", spinnen Magda und Joseph den Gedanken weiter.

„Noch mal zum Wahlrecht", kommt Daniel, auf das erste Thema zurück. „Nimm die ganzen Spendenaffären. Dann doch lieber gesetzlich zulässiger Stimmenkauf statt politischer Korruption."

„Jedem", vervollständigt er seine Theorie, „der politisches Verantwortungsgefühl besitzt, sollte die Möglichkeit gegeben werden, dieses durch finanzielle Opfer in die Tat umsetzen. Ganz offiziell. Ohne Heimlichkeit. Für alle überprüfbar. Im Internet. Eine saubere Sache. Ich schlage vor, 1000 € je Stimme."

"Und die Arbeitslosen? Woher sollen die 1000 € nehmen?"

„Brauchen sie ja nicht. Die verkaufen ihre Stimme und verdienen gutes Geld damit."

-

„Und du? Wie erfindest du neue Ideen?", wendet Magda sich an Joseph.

„Ich stelle mir eine politische Wahlveranstaltung vor und erfinde Strategien, die zu 0% Stimmen führen."

„Gibt's nicht."

„Weiß ich. Immer irgendwo militante Minderheiten. Na sagen wir, Vorschläge, die den größtmöglichen Protest provozieren."

„Zum Beispiel?"

„Erbschaftsteuer 100%. Arbeitsverbot für Frauen. Aufzeichnung aller Gespräche, Telefonate und E-Mails von Politikern und Führungskräften der Wirtschaft. Psychopharmaka statt medizinischer Betreuung. Abschaffung des Geldes."

„Wozu das alles?"

„Zur Sanierung der Staatsfinanzen, Bekämpfung von Arbeitslosigkeit und Korruption und sogar als Lösungsansatz für Gesundheitsreform und Korruptionsbekämpfung. - Und du?", fragt er Magda im Gegenzug.

„Ich stelle mir vor, womit ich konservativen Moralaposteln am brutalsten ihre doppelte Moral verderben könnte."

„Und? Schon Ideen?"

„Legalisierung der Trampelpfade."

„Das heißt?"

„Anpassung der offiziellen Ethik an das praktizierte Leben. Zulassen, was sowieso alle tun."

„Und praktisch?"

„Haben wir doch zum Teil längst. Beispiel Sexualleben. Seit grundsätzlich alles erlaubt ist, kennt das Gesetz keinen Ehebruch und die Gesellschaft keine Treue-Pharisäer mehr. Ist doch toll!"

„Und keine Sexualethik."

„Sexualität ist körperlich. Körper kennen keine Moral."

„Moral soll es überhaupt nicht mehr geben?"

„Ethik, Moral. Wovon sprichst du eigentlich? Nimm den Sport. Doping überall. Im Fußball Regelwidrigkeiten und vorsätzliche Körperverletzung als Erfolgsrezepte. Geübt, trainiert, geduldet und, wenn geschickt und erfolgreich, sogar bejubelt. Dann doch lieber gleich alles erlauben! Steuerhinterziehung genauso. Ein Trottel wer sein Gourmetmenu im Fünfmützenrestaurant nicht als Werbungskosten deklariert und Handwerksbetriebe beauftragt statt Schwarzarbeiter. Mein Nachbar bezeichnet es als „Gebot der Freundschaft", dass ich seine zerbrochene Fensterscheibe meiner Haftpflichtversicherung melde. So als ob mein Sohn sie auf dem Gewissen hätte. Und er war empört, als ich mich weigerte. Und so weiter und so weiter. Von dem, was wir Moral nennen, hat sich die Gesellschaft doch heimlich längst verabschiedet. Höchste Zeit für eine zeitgemäße, für unser heutiges Lebensgefühl neu geschriebene Ethik."

„Faustrecht meinst du."

„Natürlich nicht. Kein Chaos. Rechtsprechung muss sein. Ich dachte: Alles erlauben, was keinen gesellschaftlichen Schaden anrichtet."

„Auch Mord und Totschlag?"

„Das Strafmaß richtet sich nach dem wirtschaftlichen Schaden für die Gesellschaft, und solange keine Arbeitskraft vernichtet wird …"

"Handle so, dass dein Handeln als allgemeine ökonomische Richtschnur dienen könnte", kommentiert Joseph grinsend, kommt mir doch irgendwie bekannt vor."

„Abgestandener Kant-Marx-Verschnitt", brummelt Daniel.

„Wirklichen Unsinn gibt es ja vielleicht überhaupt nicht", meditiert Magda zu ihrer Verteidigung. Vernunft ist immer und überall."

-

„Wie beim Roulette", fällt Joseph dabei ein und er kann nicht widerstehen, es loszuwerden, auch wenn es nicht ganz hierher passt. „Statistisch gesehen ist es fast genauso schwer, Geld systematisch zu verspielen wie es durch Gewinne zu mehren: Chancen 37:36 gegenüber 36:37."

„Versteh ich nicht", bekennt Daniel.

„Macht nichts. Würdest es ja doch nicht glauben."

„Arschloch!"

-

Ideen, geboren aus aufgestautem geistigem Mutwillen werden aufgeblasen und als Versuchsballons gestartet. Später wird daran weitergearbeitet. Gemeinsam während der Siesta unter hohen Pinien oder einsam in der Stille der Klosterzelle. Gegen Abend zu Dritt beim Aperitif werden Neubearbeitungen vorgestellt, kritisiert, in Frage gestellt. Manches wird verworfen, anderes gemeinsam weiterentwickelt, Formulierungen erprobt, später in der Nacht beim Wein zu abenteuerlichen Systemen ausgesponnen und schließlich ins Netz gestellt.

Ihr Beispiel macht Schule. Die Vollversammlungen werden aufgegeben. Lockere improvisierte Meetings entstehen. Die exotische Vielfalt der vertretenen Fakultäten und die Suche nach innovativen, nie da gewesenen Ideen gebiert unter dem Druck zur Originalität die skurrilsten Vorschläge. Die Diskussionen in den „blue hours" entarten zu parodistischen Galavorstellungen elitärer akademischer Verrücktheiten. Doch unter dem Eindruck einer wenngleich zunächst nur gespielten Seriosität weicht die anfänglich bis zur Albernheit ausufernde Heiterkeit einer Form heiliger Frivolität. Aus ungezügelter pubertärer Freude an mutwilligen Kakophonien erwächst der strenge Ernst systematischer Zwölftönigkeit.

5.

Joseph sog die freie Luft der neuen Märchenwelten ein und überließ sich für Stunden der schönen Illusion, endlich angekommen zu sein, wohin er und sie alle immer schon, ohne es zu wissen, hingestrebt hatten.

Dann wieder verscheuchte der trockene Mathematikergeist in ihm die berauschenden Botschaften der schönen neuen Welt, zerriss die absonderlichen Hirngespinste, und er zog sich zurück. – Schuldbewusst, denn er wollte kein Spaßverderber sein. – Ängstlich, denn er fühlte sich seinen Freunden unterlegen. – Traurig, da er sie beneidete. – Zufrieden, da er wieder zu sich selbst zurückfand.

Es war nicht seine Welt, in der sie lebten. Aber er spielte mit, so gut er konnte, behauptete sich erstaunlich gut und vergaß für glückliche Augenblicke, dass es nicht sein Leben war, bis unvermittelt die euphorischen Nebel der Begeisterung sich wieder teilten und die klare

Sicht auf die Realität freigaben. Nicht, dass er sich dann absonderte oder schweigsam wurde. Im Gegenteil. Er überspielte es so gut er konnte, brachte seine Freunde mit bitteren formalistischen Scherzchen zum Lachen und produzierte ein Sperrfeuer geistreicher linguistischer Spielereien, hinter deren absurder Inhaltslosigkeit er sich versteckte.

Natürlich durchschauten sie das Spiel. Daniel ließ ihn. Er schätzte Joseph. So wie er war. Anders Magda. Ihre Zuneigung zeigte sich darin, dass sie sich immer wieder bemühte, wenigstens zeitweise den schützenden Wall zu durchbrechen, mit dem er sich umgab. Und bisweilen gelang es ihr.

Nicht morgens. Da ließ sie ihn in Ruhe. Aber mittags, wenn die südliche Sonne hoch stand, sie gemeinsam Kühlung im Meer gesucht hatten und sie zu dritt im Schatten einer Pinie lagerten, war auch Joseph zugänglicher. Und als Daniel schweigsam neben ihnen lag, setzte sie sich zu ihm, schaute ihn liebevoll an und beklagte, dass er sich so verschließe, dass man überhaupt nicht an ihn herankomme. Ob es ihm denn nicht gefiele bei ihnen, ob er sich unwohl fühle. Nicht dass sie sich beklagen wolle, jeder habe ja schließlich seinen eigenen Lebensstil und ein Recht darauf, so zu sein, wie er ist, aber sie würde gern mehr von ihm wissen, ihn besser verstehen können. Ob er nicht einmal etwas von sich selbst erzählen wolle.

Joseph schrak zurück bei dem Gedanken, von sich zu reden. Er wusste, dass er verschlossen und abweisend wirkte, kannte sein Defizit, seine Schüchternheit, die ihm von anderen oft als Arroganz ausgelegt wurde. Dass er nun auch von diesen beiden, immerhin einem Soziologen und einer Psychologin so missverstanden wurde, ärgerte ihn. Er wollte ihnen ja entgegenkommen, hatte nichts zu verbergen, wollte sich öffnen. Aber wie? Wollte auf ihre Bitte eingehen und von sich erzählen. Aber was? Womit beginnen?

Nach Magdas Worten entstand eine Pause. Sie legte sich zurück in den Sand, und betrachtete ihn. Er folgte ihrem Beispiel, legte sich neben sie und sah sie an. Er überlegte. Es fiel ihm schwer, etwas zu finden, was in die Leichtigkeit ihrer neuen Welt passen könnte und gleichzeitig doch etwas von ihm selbst preisgab. Scherzhaft ausweichende Oberflächlichkeit würde alles verderben. Vielleicht endgültig. Noch einmal würde sie ihn nicht so liebevoll um mehr Nähe bitten. Er suchte nach etwas, das zeigte, dass er sich eigentlich nicht vor ihnen verstecken wollte, auch wenn er es fortgesetzt tat. Etwas das deutlich machte, dass er zu ihnen gehören wollte, Vertrauen zu ihnen hatte und bereit war, ihnen etwas preiszugeben, das er nicht jedem offenbaren würde.

Magda beobachtete ihn. Sie ließ ihm Zeit. Daniel hinter ihr lag auf dem Rücken und schaute nach oben, als wollte er die Pinienzapfen an den Zweigen zählen.

Nach einigem Nachdenken entschied er sich. Er erzählte ihnen, dass seine Mutter ihn nach der Geburt nicht hatte säugen können und gestand ihnen, dass er bis heute in die junge Frau verliebt sei, die ihm an ihrer Stelle die Brust gab, um ihn und ihr eigenes Neugeborenes zugleich an ihrem köstlichen Überfluss teilhaben zu lassen. Wirkliche Erinnerung hatte er nicht an seine frühe Wohltäterin, dafür aber die immer wiederkehrende träumerische Vorstellung von seiner engelgleichen Amme und ersten Geliebten, mit der sich alle späteren Frauen hatten messen müssen. Er versuchte, sie zu beschreiben. Und während er darüber sprach, wurde ihm bewusst, dass beim Erzählen dieses Bild des ersten weiblichen Wesens in seinem Leben mehr und mehr die Züge von Magda annahm, die neben ihm lag und ihn anschaute, und er musste sich beherrschen, Gesicht, Gestalt und gar den Busen dieser ihn säugenden Frau nicht so genau zu beschreiben, dass man durchschaute, was gerade in ihm geschah.

Es kam gut an. Magda bedankte sich ganz leise, berührte dabei kurz seine Hand, und kaum merklich schüttelte sie ihren Kopf.

Joseph fühlte, auch bei ihr hatte er nun bestanden - wie seinerzeit bei Daniel.

Am Abend, wie gewöhnlich unter den Platanen in Aix beim Côtes du Rhône, war er besonders froh gestimmt. Am liebsten hätte er jetzt noch mehr Absonderliches von seinem Leben preisgegeben, aber hinter ihm lag ein so behüteter, bürgerlicher Lebenslauf, dass er fürchtete, seine kleinen Abenteuer seien zu langweilig, um sie zu erzählen. Daher verfiel er ins Gegenteil. Berichtete, dass sein Vater bestimmt hatte, dass er an derselben Universität studieren musste, an der seine ältere Schwester war, damit diese ein wenig auf ihn aufpassen könne und dass die Eltern einmal sogar bereits besorgt die Polizei angerufen hatten, als er – bereits stolzer junger Diplommathematiker – bei einem Besuchsaufenthalt zu Hause mit Studienfreunden ausgegangen und um zwei Uhr in der Nacht noch nicht heimgekommen war.

In seiner Bescheidenheit übertrieb er: Alles in seinem Leben sei wohlbehütet vorgezeichnet gewesen. Keine eigene Leistung.

Und ein wenig hatte er auch recht. Als Sohn einer intakten Lehrerfamilie reichten Geld und Begabung – beides nicht im Überfluss, aber doch hinlänglich – für Gymnasium und Studium. Auf Wunsch des Vaters absolvierte er sogar ein Referendariat. Keine Leistung bis dahin, betonte er, vorgezeichnetes Mittelmaß. Erst als Assessor begann es ihm vor der eintönigen Zukunft ,Kommt Zeit, kommt Rat, kommt Oberrat' zu grausen, und er brach aus der muffigen Spießigkeit aus. Spät genug.

Das alles erzählte er, und am Ende fühlte er sich befreit. Es hatte ihn aufgeregt. Aber er bereute es nicht.

Später, in der Stille seiner Zelle, ordnete er die grellen Geschehnisse und Diskussionen des hellen Tages. Am Ende fanden seine Gedanken zurück zu einer Lieblingsidee, die ihn seit Tagen beschäftigte. Einmal schon hatte er sie seinen Freunden angedeutet. Aber sie war in ihren Scherzen ungehört untergegangen. Und da ihm sein Ansatz weder witzig, noch allzu absurd zu sein schien, hatte er - ängstlich, sie damit zu langweilen – gezögert, noch einmal davon anzufangen.

Jetzt traute er sich noch einmal damit hervor. Morgens früh, gleich als erstes Thema nach dem Frühstück, als alle noch wortkarg waren und sie, träge von der langen Nacht, schweigend auf den alten Steinbänken vor dem Kloster saßen und sich das Wetter noch nicht endgültig entschlossen zu haben schien, ob es, wie in den letzten Tagen, vielleicht doch der Sonne wieder den Vorzug vor den feuchtwarmen, nebligen Wolken des Morgens geben solle.

„Ich weiß, meine Vorschläge sind nicht so revolutionär wie eure", begann er zögernd, kam dann aber unvermittelt und ohne jegliche Vorbereitung gleich zum Kern seines Anliegens, indem er seine erstaunten Zuhörer in lauter und bestimmter Stimme mit einem viel zu komplizierten Satz überrannte.

„Was würdet ihr davon halten, alle Löhne nach dem Wert zu bemessen, den die zu erwartende Restlebensarbeitskraft der betreffenden Person für die Gesellschaft hat und so *Ent*lohnung zur gesellschaftlichen *Be*lohnung zu machen?"

Ungläubiges Erstaunen trat ihm aus den verschlafenen Gesichtern seiner Freunde entgegen, die ihn ansahen, als sei die Stimme eines überdrehten Predigers auf sie niedergegangen, sie aus ihrer wohlverdienten Morgenstarre zu reißen.

„Mein Gott. So etwas als erstes am frühen Morgen! - Klingt nach 68er Ideologie. - Falls das wirklich ernst gemeint war, musst du es mir erst noch einmal wiederholen."

Da er sich den Satz lange vorher wörtlich zurechtgelegt hatte, kam er Magdas Bitte sofort nach und wiederholte:

„Was würdet ihr davon halten, alle Löhne nach dem Wert zu bemessen, den die zu erwartende Restlebensarbeitskraft der betreffenden Person für die Gesellschaft hat und so *Ent*lohnung zur gesellschaftlichen *Be*lohnung machen?"

„Ach so: Geld kriegt, wer Gutes tut. Und folglich: Gut ist, wer Geld hat. Genial!"

Dann meldete sich Daniel zu Wort.

„Da bastelt nun seit Ewigkeiten ein Heer von Moralphilosophen und Psychologen erfolglos an einer neuen Ethik ohne Gott. Vielleicht hast du sie ja nun so ganz nebenbei in Form eines neuen Entlohnungssystem gefunden."

Er hatte in einem Tonfall gesprochen, als wollte er sagen „Da hat doch unser blindes Huhn wahrhaftig auch mal ein Korn gefunden!", aber er wirkte nachdenklich, als er fortfuhr:

„De facto haben wir den Zustand schon fast. In Amerika wurden mir Personen mit Worten vorgestellt wie ‚This is Mr. Peter Brown; Peter is a Two-Millions-Dollar-Man'. Gerade so, als handele es sich um einen bewundernswerten Charakterzug."

„Na ja, eine verdienstvolle Persönlichkeit war es dann ja in jedem Fall", schlussfolgerte Joseph in seiner Freude an Wortspielen und gab noch eine seiner überflüssigen Interpretationen dazu:

„Verdienst ist Verdienst. Wer unterscheidet da schon zwischen männlich und sächlich?"

„Mich vergisst er wieder", bemängelte Magda scherzhaft, „aber Joseph hat recht. Eine schöne Vision: Jeder verdient, was er verdient. Kapitalismusethik. Reich ist, wer gut ist. Gut ist, wer reich ist. Könnte fast von Calvin stammen: Gott ist mit den Reichen."

„… und mit den stärkeren Bataillonen", lästerte Joseph.

„Das sowieso", stimmte ihm Magda zu. „Ist letztlich ja auch dasselbe."

„Siege werden stets mit Gott errungen", sagte Daniel in einem Ton, dass die anderen kurz überlegten, ob er am Ende gar gläubig sein könnte, zumal er eine kleine Pause einlegte, und erst seine Worte wirken ließ, bevor er ihre Bedeutung geradezu ins Gegenteil verkehrte: „Logisch, einen Allmächtigen kann man nicht besiegen. Es sei denn, der hat keine Lust, sich dauernd um alles zu kümmern. Hätte ich auch nicht."

„Deshalb soll man ihn ja auch durch Gebete an seine Aufgaben erinnern", spottete Magda weiter.

„Nur Pech, wenn er seine Hausaufgaben schon längst im Voraus erledigt hat." Gab Daniel zu bedenken.

„Du meinst, er hat schon alles festgelegt und schaut nur noch zu?" überlegt Magda, „Das muss aber ganz schön langweilig sein. Wie wenn man seine elektrische Eisenbahn fertig aufgebaut und programmiert hat und sie dann stur ihre Kreise herumfahren lässt und nur eingreift, wenn sie droht zu entgleisen, weil irgendwo eine Weiche falsch ..."

„Fehlanzeige. Gott irrt sich nicht!", fällt ihr Daniel ins Wort.

„Ist ja wahr. Wenn sogar der Papst schon unfehlbar ist, dann Gott ja wohl erst recht", stimmte sie lachend zu.

Das Gespräch hatte eine Wendung genommen, die Joseph verstimmte. Aber er machte noch einmal einen Anlauf.

„Vielleicht ist er ja auch längst tot", mischte er sich in das Geflachse ein.

„Wurde ja auch schon behauptet. Alles interessante Fragen. Aber was ich eigentlich sagen wollte, hat mit Religion nichts zu tun", versuchte Joseph das Gespräch wieder auf sein Thema hinzulenken.

„Ich war noch nicht ganz fertig."

Er hielt einen Augenblick inne, um sich zu konzentrieren. Dann kam er auf sein Anliegen zurück.

„Also: Ich sagte, Löhne sollen nach dem Wert der Restlebensarbeitskraft für die Gesellschaft bemessen werden. Dann müssten natürlich auch Arbeitsplätze für alle gesellschaftlich nützlichen Personen vorhanden sein. Aber darin sehe ich kein wirkliches Problem. Organisieren ließe sich das ganze ohnehin nur durch einen riesigen staatlichen Zentralcomputer. Errechnet er für eine Person einen positiven gesellschaftliche Nutzen, so bedeutet das, es gibt eine Verwendung, also auch Arbeit für ihn."

„Und was geschieht, wenn der gesellschaftliche Restwert einer Person auf Null absinkt? Was machen wir mit den Alten und Nutzlosen?", fragte Magda und rief mit ihrer fürsorglichen Frage unbeabsichtigt wieder Daniel auf den Plan

„Abschlachten. Sag ich doch."

„Nein ernsthaft. Was soll mit denen geschehen?"

„Ich stelle mir vor", fuhr Joseph ermutigt durch das anfängliche Lob von Daniel fort, „diese Personen, also auch die Rentner, da sie nutzlos geworden sind, zu enteignen und in ein Reservat zu stecken."

„Das Ei des Kolumbus. - Und du sagst, das sei nicht revolutionär?"

„Aber leider nur ein ungelegtes Ei!"

„Noch. Warte ab. Alle Eier waren zunächst einmal ungelegt."

6.

Am letzten Tag arbeitete jede Gruppe ihre improvisierten Computernotizen zu endgültigen Exposés aus. Hektik breitete sich aus. Ehrgeiz und Karriere forderten ihre Rechte zurück und beendeten die friedliche Ruhe des Klosterlebens.

Magda, Daniel und Joseph waren die einzigen, die trotz der schwülen Luft in der Stille des vom Kreuzgang umgebenen Klosterhofes in Ruhe zusammen saßen und berieten. Es sah nicht danach aus, dass die Sonne an diesem Morgen noch einmal die undurchdringlichen Nebel vertreiben könnte. Man ahnte bereits die ersten schweren Tropfen, die aus dem reglos dunklen Himmel ins Gras fallen. Aber es blieb trocken. Feuchte schwere Luft, finster grauer Himmel aber kein Regen.

Das abschließende Plenum beriet darüber, welche Ideen als Tagungsergebnisse abgeliefert werden sollten. Die Einigung geriet unerwartet schwierig. Alle Gruppen hatten sich in ihre fein ausgeklügelten Elaborate verliebt und kämpften darum, sie im Abschlussprotokoll festhalten zu lassen.

Daniel – abgesehen von Joseph wohl der Älteste von allen - schlüpfte in seine Rolle als Sonderschullehrer, behandelte, ohne dass sie es durchschauten, alle wie geistig Behinderte – bis sie beschämt vor dem Alpha-Bullen ihren Schwanz einzogen und ihre Elaborate schamhaft zurückzogen. Einstimmig einigte man sich - bei einer Enthaltung (Joseph) - darauf, ein übergreifendes Gesamtexposé abzuliefern, das, abgesehen von ein paar zugelassenen, Zufriedenheit stiftenden Einfügungen der ewigen Zaunkönige, fast ausschließlich aus Thesen von Magda, Daniel und Joseph bestand.

Die einzelnen Ansätze wurden mitsamt ihren absehbaren Konsequenzen in einem ausführlichen Exposé erläutert und ihre Wirkungsweise an mannigfachen Details beispielhaft beschrieben.

Zusätzlich wurde zur Dokumentation der Ernsthaftigkeit der Arbeit aller Konferenzteilnehmer ein umfangreiches Protokoll sämtlicher übrigen Entwürfe beigefügt.

Letztlich gelang der Abschluss trotz einer durch die schwüle Witterung noch gesteigerten allgemeinen Gereiztheit dank Daniels Autorität reibungsloser und zügiger als zu befürchten gewesen war.

„Es reicht nun aber auch", meinte Joseph, als der offizielle Teil beendet war.

„Schnell weg, bevor die einen geselligen Abschlussabend planen", stimmte Magda bei.

„Angst vorm Nein sagen? - Schade." Daniel konnte es nicht lassen.

„Also von mir aus", konterte sie, „können wir auch warten, bis sie es uns vorschlagen und ihnen dann sagen, sie sollten lieber allein feiern - wenn dir das eine Befriedigung ist."

„Befriedigung? Die gehen mir doch alle am …"

„Weiß ich ja, wo sie dir vorbeigehen. Hättest du lieber, sie kriechen dir hinein?" Diesmal wirkte ihr Kichern beinahe echt.

„Eklige Vorstellung." Aber auch Daniel schmunzelte.

„Also schnell", unterbrach Joseph, „bevor uns jemand den Shuttle wegschnappt. Ans Meer oder in die Stadt?"

„Fischrestaurant mit Blick über das Meer", entschied Magda.

„OK. Aber mit dem Taxi", entschied Daniel, „der Shuttlefahrer fragt sonst nach, ob noch mehr mitkommen."

„Sollten wir uns nicht wenigstens verabschieden?", rief Joseph den beiden zu, die schon auf dem Weg zum Taxi waren, und er ging noch einmal zurück zu den anderen.

„Wir fahren nach Aix. Vielleicht treffen wir uns ja später noch. Bis dann!", rief er einem Dreiergrüppchen zu, und ohne eine Antwort abzuwarten war auch er verschwunden.

„Wer zuerst auf eines der Tagungsthemen zurückkommt, zahlt das Taxi", schlug Daniel vor.

„Und spätere Rückfälle kosten jeweils 10 €", ergänzte Joseph.

„Wird ja ein teurer Ausflug!"

„War das nicht gerade schon Magdas erster Rückfall in die Kostenrechnung?", fragte Joseph.

„Kostenrechnung kam von dir. Du zahlst."

„Seid nicht so kleinlich", sagte Daniel, „sonst kommt ihr vorzeitig ins Reservat!" und holte freiwillig einen 10-€-Schein aus der Tasche.

7.

Auch Magda kostete es einige Überwindung, von sich selbst zu erzählen. Harmlose Episoden gab es für sie nicht, da ihr Psychologenhirn in allem - wie auch bei Träumen – gleich einen tieferen Sinn hinter allem wahrnam. Um ernsthaft über sich selbst zu reden, fühlte sie sich mit ihren beiden neuen Freunden noch nicht vertraut genug. Erst am letzten Abend, gab sie ein paar kleine frivole oder makabre Episoden zum Besten.

Sie erzählte von der eigenartigen Beerdigung ihres Stiefvaters, zu der außer Magda, ihrer Mutter und dem Pastor nur die Oma gekommen war, weil in den Anzeigen die falsche Uhrzeit angegeben worden war – was die kleine Trauergemeinde aber nicht ahnte, die Mutter tief beleidigte, ihr selbst wie ein Gottesurteil vorkam und ihre Oma mit einem spitzbübischen Schmunzeln quittierte.

Außerdem gab sie amüsante Teenagerabenteuer preis. Etwa die Geschichte, wie sie und ihre drei Freundinnen sich verabredet hatten und im Ferienlager an vier auf einander folgenden Tagen ein und denselben Jungen unter Liebesschwüren in die Dünen gelockt und vernascht hatten. Am fünften Tage waren dann alle gleichzeitig zum Rendez-vous gekommen, um ihn auszulachen.

Dabei ließ sie ihre Zuhörer stets im Ungewissen, wie viel eigentlich wahr und wie viel erfunden war an ihren Geschichten. Aber sie erzählte so unterhaltsam und spannend, dass man ihr gern zuhörte.

Eines aber verheimlichte sie nicht. Sie stammte aus einer Arbeiterfamilie und kokettierte gern mit früher erduldeten gesellschaftlichen Demütigungen, womit sie ihren häufigen gesellschaftskritischen Argumenten in der Runde der jetzt ausnahmslos akademischen Umgebung zu besonderer Glaubwürdigkeit verhalf. Gleichzeitig überspielte sie auf diese Weise eine rational nicht begründbare schamhafte Unsicherheit wegen ihrer sozialen Herkunft.

Sie hatte wirklich keine leichte Kindheit gehabt. Magdas Mutter hatte sich früh von ihrem Mann getrennt, eine Weile mit Magda allein gelebt und sich dann neu gebunden.

Es gab immer Geldsorgen. Magdas Mutter musste mitverdienen und arbeitete abends in einer Gaststätte als Aushilfe. An solchen Abenden kümmerte sich der Stiefvater um Magda, machte ihr Essen, badete sie, brachte sie zu Bett und las ihr Gute-Nacht-Geschichten vor.

Seine Hygienevorstellungen allerdings missfielen der Kleinen, und sie beklagte sich bei ihrer Mutter. Von da an durfte sie allein baden.

Das Verhältnis zum Stiefvater aber war so nachhaltig gestört, dass Klein-Magda zu ihrer Oma zog und dort lebte, bis sie die Schule verließ und eine Ausbildung zur Krankenschwester anfing.

Ihr Verhältnis zum anderen Geschlecht blieb negativ. Da half es auch nichts, dass ihr Opa ein liebenswürdiger alter Herr war, Magda bei den Schulaufgaben half, sie mit in den Garten nahm, ihr zeigte, wie man Blumen und Gemüse sät und pflegt und für sie ein kleines Extrabeet anlegte, wo sie selbst pflanzen durfte, was sie wollte, und sie nicht selten auch ihrer Oma gegenüber in Schutz nahm, wenn diese – nicht ohne Grund - allzu streng mit ihr verfuhr.

Magda entwickelte sich zu einem süßen kleinen Teenager, und manch ein Junge hätte alles gegeben, mit ihr befreundet sein zu dürfen. Aber davon wollte sie nichts wissen. Lieber war sie mit ihren Schulkameradinnen zusammen. Mit einem Jungen „zu gehen", wie man es damals nannte, wäre ihr nicht in den Sinn gekommen. Im Gegenteil. Zusammen mit ihren Freundinnen rächte sie sich für die ihr als Kind vom Stiefvater angetane Entwürdigung und machte Jungs lächerlich, wo es nur ging.

Alles änderte sich für Magda mit Robert. Er war anders. Robert war Student. Höheres Semester der Pharmazie. Kurz vor dem Examen. Er strahlte ein Maß von liebevoller Männlichkeit aus, die sie von den Jungs in der Disco nicht kannte. Erstmals erfuhr sie von einem Mann - einmal abgesehen von ihrem Opa - Fürsorglichkeit, Zärtlichkeit und Ernst.

Robert hatte Magda kennengelernt, als sie als hübsche Schwesternschülerin plötzlich in seinem Kursus auftauchte, den er, durch Vermittlung seines Professors, in einer Krankenschwesternschule halten durfte. Er hat sich sofort in sie verliebt, sie geschwängert (Ronald), wieder geschwängert (Magda, weil Robert sie so sehr liebte, und seine Tochter auch einmal so werden sollte wie sie), sie geheiratet, ihr den Besuch weiterbildender Schulen ermöglicht und ihr den Wunsch nach einem Psychologiestudiums erfüllt. Als er seine eigene Apotheke aufgemacht hatte, zog er zusammen mit ihr in ein mit viel Eigenleistung gemeinsam entworfen und gebautes wunderschönes großes modernes Haus. Und schließlich hat er sie in ihrem Plan bestärkt, eine Doktorarbeit zu schreiben.

Das niedliche Girlie mit der traurigen Kindheit hatte sich zur Diplompsychologin gemausert. Magda bewegte sich genussreich auf ihrem wunderbaren Weg des Aufstiegs in eine neue eigene Welt, beflügelt von der Faszination der Psychologie, getragen vom Bewusstsein ihres eigenen Wertes als Wissenschaftlerin, berauscht vom Weihrauch der Verehrung als begehrte junge Frau und war nun dabei, sich als angehende Doktorin der Psychologie von der gesellschaftlichen Zweitrangigkeit einer „Frau des Herrn Apothekers" endgültig zu befreien.

In ihrer Metamorphose hat sie die Geringschätzung des anderen Geschlechts begraben, das fadenscheinige Mäntelchen bürgerlicher Moral abgeworfen, und sich, so entkleidet, noch einmal in das freie Studentenleben gestürzt, hat – von ihrem eigenen Treiben abzulenken oder vielleicht aus Mitleid - ihrem heimischen Pillendreher zum häuslichen Gebrauch bei ihren Festen so manchen hübschen jungen Gabelhappen vorgelegt – wie man dem Hund einen Knochen gibt, um ihn vom Bellen abzuhalten.

Und siehe da, er bellte nicht, auch wenn er manchmal leise knurrte, und nagte, zögernd zwar zunächst, doch mit Genuss, das Fleisch von seinem Knochen ab, bis er – oder der Hund in ihm – einmal auf den Geschmack gekommen, mehr verlangte und statt des zugedachten Knochens sich den ganzen Braten nahm, der sich nicht ungern nehmen ließ und ihm ums Jahr ein kleines Bündel vor die Türe legte.

So ging er, kaum bekehrt, dem neuen aufgeklärten Glauben allzu bald verloren.

Magda hielt sich wacker, allein im großen Haus, allein mit ihren Kindern und allein gelassen mit ihren ehelichen Phantomschmerzen.

Zunächst hatte sie eine halbe Assistentenstelle, jetzt gab man ihr als Trainee bei GAMMA die Möglichkeit, im Rahmen eines Forschungsauftrages an ihrer psychologischen Doktorarbeit weiterzuarbeiten.

Wenn sie sich einsam fühlte, brauchte sie, bei ihrem nach wie vor verführerischen Aussehen, nur in den „Apfelbaum" zu gehen, dann hatte sie Gesellschaft und Abwechslung für eine Nacht oder auch länger.

Dennoch, ganz so offen hatte sich Magda ihre intimen Beziehungen nicht gewünscht. Späte Rache ihrer fehlgeschlagenen kleinbürgerlichen Erziehung.

8.

Bis Frankfurt flogen sie gemeinsam. Daniel saß wegen seiner langen Beine am Gang und Magda – auf Wunsch der beiden Herren - zwischen ihnen, so dass Joseph den Fensterplatz bekam. Zu Beginn war der

Himmel wolkenlos. Clermont-Ferrand und die Vulkane der Auvergne waren deutlich zu erkennen. Über den Vogesen begann eine erst lockere, dann immer dichter werdende Wolkendecke. Als sie Straßburg überflogen, war vom Erdboden nichts mehr zu sehen. Düstere Wolken lagen über dem Rheintal. In Frankfurt landeten sie in strömendem Regen. Daniel wollte erst am Abend weiter nach München fliegen. Joseph hatte einen unmittelbaren Anschlussflug nach Hamburg. Auch er wäre gern später geflogen, um noch ein paar Stunden mit seinen Freunden in Frankfurt zu verbringen und Zukunftspläne zu spinnen. Es konnte doch nicht einfach alles so plötzlich zu Ende sein. Doch die Abendflüge waren ausgebucht.

Noch vor wenigen Stunden hatten sie in ihren Vorstellungen von einer neuen anderen Zukunft gelebt, hatten selbst im Flugzeug noch einmal mit Champagner angestoßen. „Auf uns!" und „Auf ein Wiedersehen in einer neuen besseren Welt!". „Nicht erst dann! Auf baldiges Wiedersehen!", hatte Joseph eingewendet. Es klang nicht überzeugend.

Mit dem Landeanflug auf Frankfurt begann es und als sie das Flugzeug verließen und zusammen mit all den eiligen Mitreisenden den Wegweisern folgend durch das farblose Labyrinth der Flughafengebäude hasteten, hatte das normale Leben schon fast wieder Besitz von ihnen genommen. Zunächst blieb noch das Gefühl, sie wären lediglich Gäste aus einer fremden Welt, in die sie bald wieder zurückkehren würden.

Vor allem Joseph wehrte sich dagegen, nun für immer wieder da zu stehen, von wo sie vor einer Woche – wirklich vor nur einer Woche? – aufgebrochen waren. Damals wie Pauschalreisende, die für ein paar Tage Urlaub machten, all inclusive. Jetzt kam er zurück, als hätte er sich in einem fremden Land verliebt und seine Braut zurücklassen müssen. Voller Kummer und Sehnsucht. Es konnte und durfte nicht plötzlich alles vorbei und vergessen sein.

In Eile verabschiedete er sich von Daniel und Magda, die ihn noch begleiteten so weit es ging. Der kurze Flug nach Hamburg brach seinen Widerstand. Er bat um einen Schluck Rotwein und bekam ein kleines Fläschchen. Doch er trank sich anders. Man servierte dreieckiges Toastbrot.

Auch die beiden Zurückgelassenen zog es nicht mehr nach Frankfurt hinein. Das Wetter war zu ungemütlich. Sie setzten sich in eine der Bars am Flughafen, aber Magda war nicht sehr gesprächig und nahm bald einen Zug, der sie über Wiesbaden nach Hause brachte.

Vorbei die schönen Tage in Aix. Abgehakt.

9.

Als sie heimkam, war sie völlig leer. Weit weg die neuen Freunde. Joseph brav als Ehemann und Papa bei seiner Familie in Hamburg. Daniel irgendwo in München. Auch sicher nicht allein.

Eigentlich kein neuer Zustand, nur hatte sie ihn vor der Reise nach Aix nicht so schmerzlich wahrgenommen. Seit Wochen hatte Magda sich abends in ihre Arbeit an der Dissertation vergraben, zunächst auch gute Fortschritte gemacht, aber im Augenblick war sie nicht recht weiter gekommen. Immer wieder hatte ihr Professor sie zu sich gebeten und mit neuen konfusen Vorschlägen und Tipps verwirrt.

„Doktorvater!", schimpfte sie vor sich hin, „Reine Anmaßung. Als ob ich sein geistiges Kind austrüge. Impotent ist er. Aus. Basta."

Es ödete sie alles an, zu Hause.

Also ging sie erst einmal in den „Apfelbaum". Wollte nicht allein sein, an diesem Abend. Blieb es aber doch. Von ihren Bekannten war nur Gero da. Der war aber mit einer anderen beschäftigt. Und die Typen, die sich um sie kümmern wollten, hatten offenbar alle das gleiche im Sinn – Magda ja eigentlich auch. Aber nicht so. Um ihrem Ziel schnell und einfach näher zu kommen – aber Magda war heute nicht schnell, und einfach schon gar nicht - investierten diese Männer an der Bar in Cocktails. Sollte sie etwa darauf verzichten bei ihrer derzeitigen Finanz- und Seelenlage?

Am Ende hätte sie eigentlich nicht mehr mit dem Wagen nach Hause fahren dürfen. Hätte sie auch nicht nötig gehabt. Aber auf einmal widerte es sie an. Magda riss sich los, ging zur Toilette und kam nicht zurück zur Bar. War einfach verschwunden. Doch allein nach Hause.

Und jetzt fühlte sie sich stocknüchtern. Machte sich trotz der nächtlichen Stunde sogar daran, den Tisch abzudecken, auf dem noch alles vom letzten Mittagessen der Kinder herumstand, so dass sie nicht einmal gemütlich die Zeitung hätte ausbreiten können. Die Küche sah ähnlich aus, und in seltsamer Automatik fing sie an, aufzuräumen. Hätte sie auch morgen machen können. Aber ihre Dienstbotentätigkeit bestätigte sie in ihrem Selbstmitleid. Gab ihm noch zusätzliche Nahrung. Außerdem wollte sie noch nicht ins Bett, hatte aber eigentlich zu nichts Lust. -

Schritte, Schlüssel, Tür, Ronald steht vor ihr, der lange Schlacks. Schaut seine Ordnung schaffende Mutter verwundert an.

„Was machst du denn da? Kommt dein Prof. morgen früh und du willst Eindruck schinden?"

"Quatsch. Muss ja schließlich irgendwann mal gemacht werden."

„War wohl kein guter Abend, was?"

„Nee, und bei dir?"

„Ach lass mich!"

„Wohl auch nicht besser als bei mir, wie es scheint."

„Bestimmt nicht. Obwohl - eigentlich fing es ganz gut an. Ein paar Kumpels vom Ferienlager waren da. Ganz nette Leute. Und tolle Musik. Sogar getanzt habe ich."

„Du tanzt wieder? Seit wann denn das?"

„Na ja, ich bin ja nicht grundsätzlich dagegen. Kann eigentlich sogar ganz gut tanzen. Wärst du mit zum Schlussball gekommen wie andere Eltern, hättest du dich ja selbst überzeugen können."

„Und das hast du also heute plötzlich wiederentdeckt."

„Wenn du so willst: Ja."

„Aber?"

„Aber was? Man muss halt in Stimmung sein. Dann macht es Spaß."

„Ach so. Und wer hat dich in Stimmung gebracht und dir dann Spaß gemacht?"

„Kennst du nicht. Eine aus der Parallelklasse."

„Na, vielleicht lerne ich sie dann ja bald kennen."

„Glaub ich eher nicht."

Schade. Er war in letzter Zeit oft schlecht gelaunt nach seinen Parties. Dabei kam er gut an bei den Mädchen, wurde oft eingeladen, freute sich auch darauf und ging gern hin.

„Komm, wir trinken noch einen an der Bar, und dann erzählst du mir von deiner neuen Eroberung."

Sie wusste zwar nicht, ob er in der Verfassung war, jetzt mit seiner Mutter zu reden, aber das war immerhin ein Angebot. Leicht gelangweilt nahm er es an. Wortlos ging er zur Bar, stellte zwei Gläser hin, schenkte sich ein Mineralwasser ein und bereitete ihr einen Gin Tonic. – Es war ja doch schön, so einen Sohn zu haben.

Den Anfang machte er sogar selbst:

„Also, du hast mich ja aufgeklärt und so. Ich kenne jede Menge Bücher zur Theorie und Praxis. Aber so einfach ist das vor Ort ja nun auch wieder nicht."

Und nach einer Pause

„Da mache ich mich lieber aus dem Staube, bevor ich mich blamiere."

„Nun erzähl mal der Reihe nach!"

„Also wir haben getanzt. Wild getanzt. Ich fand sie toll. Sie mich offenbar auch. Sagte, sie hätte mich schon immer auf dem Schulhof beobachtet, und eine feste Freundin hätte ich wohl nicht."

„Ein Blitzangriff also!"

„Stopp. Ganz so schnell ging das nun auch wieder nicht. Das sagte sie erst nach einer Weile, als wir uns von Tanzen ausruhten."

„Du meinst, auf dem Matratzenlager im Partykeller?"

„Nun lass doch mal deine Sticheleien."

„Entschuldige!"

„Ist ja schon gut. Für dich ist das ja auch alles ganz anders. Als Frau."

„Das verstehe ich nicht so ganz."

„Na ja, das Mädchen wartet einfach ab, ermutigt vielleicht, fordert heraus, braucht aber nichts zu beweisen."

Pause. Die Hemmschwelle war erreicht. Potenzangst also. Aber sie wollte es ihm nicht auf den Kopf zusagen. Wer weiß, ob er dann nicht aufspränge und sich wortlos in sein Zimmer zurückzöge. Dem Gespräch drohte ein vorzeitiges Ende, wenn sie ihn jetzt nicht nach seinem ersten Schritt ganz behutsam weiter motivierte.

„Und wie hast du auf ihr Abwarten, wie du sagst, reagiert, auf den Polstern des Partykellers?"

„Hab sie mir genommen, gestreichelt und geküsst. Aber dann wusste ich nicht weiter, und wir haben uns noch etwas zu trinken geholt und wieder getanzt. Ganz toll."

„Das hört sich doch gut an."

„War es auch. Dann wollte sie, dass ich sie nach Hause bringe. Das tat ich auch. Dort angekommen, schloss sie die Tür auf und sagte, dass ich noch ein wenig zu ihr rauf kommen sollte. Ihre Eltern seien nicht da, und das käme ja nicht so oft vor. Der schöne Abend dürfe doch nicht einfach so abbrechen."

Pause. Dann erzählte er weiter.

„Das war natürlich ein Angebot."

„Und das hast du abgeschlagen?"

„Nicht direkt. Wir gingen hinauf. In ihr Zimmer. Legten uns. War soweit auch sehr schön."

Erneute Pause.

„Aber als ich mir dann vorstellte, was sie erwartete – und was ich eigentlich ja auch gern wollte - so ist das ja nun auch wieder nicht – und wo das dann am Ende hinführen musste…"

„Da warst du sie auf einmal satt?"

„Nichts davon. Ganz anders. Viel schlimmer." - Pause.

„Sie hatte ihre Tage."

„Quatsch. Nein hatte sie nicht. - Glaube ich jedenfalls."

Magda stellte sich ahnungslos. Er sollte selbst damit kommen.

„Na nun lass mich nicht weiter raten."

Er druckste herum. Brachte nichts heraus. Vielleicht doch ein wenig Hilfestellung?

„In der Sexualpsychologie spricht man von einem Phänomen …"

„Hör auf damit. Ich weiß, dass du Psychologin bist. Aber Bücher kann ich selber lesen."

„Entschuldige."

„War auch nicht so gemeint."

Nach einer weiteren Pause, in der sie nun nicht mehr wagte, von sich aus etwas zu sagen, formulierte er ganz vorsichtig

„Also ich wollte schon gern. Sie ist ja so toll und lieb – Ina heißt sie übrigens - aber ich hatte einfach Angst. Und auf einmal wusste ich, dass ich die Prüfung als Mann nicht bestehen würde. Einfach nicht könnte."

„Und da bist du kurzerhand geflohen."

„Ja. War wohl am besten so. Ich weiß jetzt, ich bin impotent. So, nun ist es raus."

„Und, glaubst du das?"

„Ja. Ich weiß es. Sag ich ja. - Na ja, eigentlich auch wieder nicht. Wenigstens nicht physisch. Wenn ich es mir selbst mache und im Traum, da habe ich ja auch andere Erfahrungen. Aber mit einer Frau, das schaffe ich nicht."

Ratloses Schweigen auf beiden Seiten.

Was sollte sie tun? Ihn tröstend in den Arm nehmen? – Das hätte er als bedauernde Zustimmung zu seiner Vermutung auffassen müssen. – Ihn verharmlosend auslachen? – Dann hätte er sich nicht verstanden gefühlt. – Psychologische Hinweise und Tipps? Die wollte er ja nicht. Wäre auch zu distanziert gewesen.

Also vielleicht am besten ihn noch etwas über seine Ängste reden lassen. Aber da kam nichts. Magda wusste auch nicht, was sie sagen sollte. Aber Schweigen ging auch nicht. Würde Bestürzung signalisieren. Irgendetwas musste gesagt werden.

„So schnell würde ich da nicht die Flinte ins Korn werfen. Du hast doch gute Karten. Denk mal daran, wie viele Mädchen dir schöne Augen machen. Dauernd wirst du eingeladen. Sie belagern ja förmlich unser Haus. Da muss doch was dahinter stecken!"

Die Worte gingen natürlich an der Sache vorbei. Das wusste sie auch, und sie änderte die Taktik.

"Ich finde es toll, dass du mir das alles erzählt hast. Tut gut, so ein Vertrauensbeweis. So nahe sind wir uns vielleicht noch nie gewesen. Komm, darauf trinken wir erst mal einen. Ich hätte am liebsten noch einen Gin Tonic."

Wieder bereitete er beiden ihre Getränke. Diesmal machte er sich auch einen Gin Tonic.

„Auf deine zukünftigen Erfolge als Liebhaber, an denen ich nicht den geringsten Zweifel habe!", sagte sie aufmunternd, und er schaute sie nachdenklich an.

„Danke! Ich weiß, dass du es gut mit mir meinst. Aber überzeugt hast du mich nicht."

Er beugte sich zu Magda hinüber und küsste sie behutsam, wie man eine Mutter küsst, die man mag.

Magda legte ihre Hand auf seine, und er ließ es zu, zog sie nicht weg. Eine Weile blieben sie so, schweigend. Magda erzählte ihm ein wenig von ihren ersten Verehrern, Schülern noch damals, die, wenn sie wirklich verliebt waren, allesamt furchtbar schüchtern gewesen waren - mit Ausnahme der großen Angeber, die sie aber nicht gemocht hatte.

„Heute sind sie fast alle verheiratet – oder schon wieder geschieden - und haben Kinder. Die einen wie die anderen."

Das schaffte bei ihm nur ein ungläubiges Lächeln.

„Nett, dass du das sagst."

„Das sage ich nicht so zum Trost. Es ist mir gerade so durch den Kopf gegangen. Aber komm, wir trinken aus und dann gehen wir ins Bett. Und morgen sieht die Welt vielleicht schon ganz anders aus!", und sie machte Anstalten abzuräumen.

„Was für ein dummes Gerede!", sagte sie sich. Beließ es aber dabei.

Noch ein Gutenachtkuss und dann ging sie nach oben. Er aber blieb im Erdgeschoss, wo er sein eigenes Zimmer und Bad hatte.

‚... und dann gehen wir ins Bett. Und morgen sieht die Welt vielleicht schon ganz anders aus!', holte ihr letzter Satz sie ein und gewann neue Bedeutung, als sie im heißen Badewasser lag.

‚Badewassergedanken!'

Seltsam, jahrelang hatte sie mit ihrem Ehemann das Bett geteilt, auch als sie ihn schon lange nicht mehr mochte. In unserer Gesellschaft galt das immer noch als eheliche Pflicht, als Tugend, keineswegs als Verlogenheit oder gar Sünde.

Andere Männer waren gefolgt, nur des Vergnügens wegen. Sie hatte sich ja nicht wieder binden wollen. Abwechslung, Amüsement sonst nichts. Auch das galt als normal.

Aber dem eigenen Sohn zu helfen, ihm zu beweisen dass er ein vollwertiger Mann ist – und davon war sie überzeugt - das war verboten. Nicht nur von der Religion – die ihr längst abhanden gekommen war – sondern von der ganzen Gesellschaft. Eines der letzten Tabus. Wenn sie es bräche - niemand dürfte es erfahren. Nicht einmal ihre Frauengruppe. Vermutlich wäre es sogar strafbar. Wusste sie nicht so genau. Wäre ihr aber auch egal.

‚... dann gehen wir ins Bett. Und morgen sieht die Welt vielleicht schon ganz anders aus!' Der Gedanke ließ sie nicht los.

„Ich habe ihn aufgeklärt. In der Theorie. Warum nicht auch in der Praxis?

Vielleicht will er das ja gar nicht, wäre entsetzt. OK. Dann natürlich nicht. Aber es ihm anbieten, warum denn nicht? Sollte ich sogar eigentlich als verantwortungsbewusste liebende Mutter. - Heiße Badewannengedanken. Herausforderung und Mutprobe. Irgendwie auch eine erregende Vorstellung: Eine Liebesnacht mit meinem Sohn, eine Nacht, die ihn zum Manne macht!"

Das Wassergeräusch seiner Dusche hört auf. Da springt sie aus der Badewanne, zieht sich einen Bademantel über, fönt schnell die Haare und geht zu Ronald hinunter.

„Komm doch noch mal zu mir rauf, bevor du schlafen gehst!", ruft sie ins Bad.

„OK, wenn's sein muss." – Es klang nicht sehr begeistert.

Nun aber schnell. Champagner in den Tiefkühler der Bar. Dann hinauf, noch einmal vor den Spiegel. Sie ist zufrieden mit ihrem Aussehen. Schöne volle Brüste, um die sie mancher Teenager beneiden würde. Gut, ein paar Falten in Gesicht und am Hals. Aber das wird er sicher nicht merken. Dennoch lieber keine Festbeleuchtung. Lange schlanke Beine, ein wenig Bäuchlein, aber auch das nicht mehr als bei der Hälfte der Gymnasiastinnen heute. Rücken und Nacken, hatte sie das Gefühl, sehen vielleicht doch schon mehr nach Mutter als nach Geliebter aus. Also nicht auf den Bauch legen. Eigentlich schade. Sie liebte es an Schultern, Rücken und Po gestreichelt zu werden. Besser also diesmal nicht.

Schnell noch kämmen – auch für den Bub muss man sich schön machen. Schließlich will sie ihn ja erfolgreich verführen. Denn wenn das schief ginge – nicht auszudenken. Ach Quatsch. Kann gar nicht schief gehen. Da gab es hoffnungslosere Fälle.

Parfum? Weiß nicht. Ob er das mag? Aber völlig ohne? Also etwas ganz Unaufdringliches. Oder, noch besser, ein wenig Bodylotion. Macht die Haut auch weicher. Das ist gut. Die lässt sie gleich am Bett stehen. - Wer weiß?

Sie hört seine Schritte im Treppenhaus. Magda schläft sowieso immer nackt. Also nichts wie ins Bett und unter die Bettdecke. Nein, doch schnell noch einmal auf. Vorhänge vorziehen und Deckenlampen aus. Sie ist richtig aufgeregt.

Und da steht er auch schon mit seinem Schlafanzug an ihrem Bett, setzt sich zögernd zu ihr.

„Was gibt's?"

„Wir reden doch sonst immer über alles, na ja, ich meine nicht über alles, aber wenn es wichtig ist …"

„Wo brennt's denn bei dir diesmal?"

„Ich weiß nicht, wie ich anfangen soll." – Weiß es natürlich ganz genau, hatte ja Zeit genug in der Badewanne.

„Ich habe dich aufgeklärt. Theoretisch meine ich. Aber es könnte ja sein …"

Eine Sekunde zögert sie, und schlagfertig, wie er nun einmal ist, unterbricht er

„Und deshalb willst du mich jetzt verführen."

Sie fürchtet, sie wird rot, fasst sich aber schnell wieder. Ist ja schließlich Gesprächstherapeutin.

„Nicht verführen. Aber ich sehe doch, dass du dir schlimme unnötige Sorgen machst und darunter leidest. Wenn du aber einmal erlebst, wie natürlich und einfach alles ist, ist der ganze Spuk vorbei und es geht dir viel besser."

„Du meinst ernsthaft, ich soll mit meiner Mutter schlafen?"

„Warum sagst du das so abweisend in so hässlichen Worten? Sicher, du kannst es ablehnen. Bist völlig frei. Und ich würde es dir bestimmt nicht übel nehmen."

„Und du meinst ernsthaft, mit dir klappt das, was bei einer Freundin nicht geht?"

„Hast du es denn wirklich schon einmal probiert?"

„Nicht direkt. Aber ich weiß, wie das sein würde. Neulich bin ich sogar ins Bordell gegangen und wollte es versuchen. Unverbindlich. Aber als ich mit einem Mädchen handelseinig war, bin ich abgehauen. Ich war überhaupt nicht erregt und wollte mich nicht blamieren. Vorher, zu Hause, als ich es mir vorstellte, ja. Geil. Aber dann… Außerdem hatte ich Angst vor Aids."

„Bei mir brauchst du keine Angst zu haben. Weder vor Aids, noch dass du dich blamierst. Du hast mir ja schon alles gesagt, was du als blamabel empfinden könntest. Kannst also ganz locker sein, brauchst mir nichts vorzumachen und nichts zu beweisen. Im Gegenteil. Ich will dir ja etwas beweisen. Von mir aus können wir sogar eine Wette abschließen. Du sagst, es klappt nicht, ich wette dagegen. In jedem Fall bist du dann Sieger: Entweder, du hast recht mit dem, was du mir ohnehin anvertraut hast – was ich für ausgeschlossen halte - dann hast du die Wette gewonnen. – Oder, wenn nicht, dann desto besser. Dann sollten wir einen trinken!"

„Komm erst mal unter die Decke, du bist ja schon ganz durchgefroren. Weggehen kannst du dann immer noch."

Er schaut seine Mutter unentschlossen an. Dann legt er sich wortlos neben sie. Magda nähme ihn am liebsten ganz fest in den Arm, so niedlich ist er. Aber das darf sie jetzt nicht. Wäre zu mütterlich, zu dominant. Sextötend. Also wartet sie, bis er sie umarmt. Was soll er anders tun? Tut es auch prompt. Umarmt unbeholfen den nackten Frauenkörper seiner eigenen Mutter. Peinliche Höflichkeit. Ob es ihn schockiert? Er bleibt eine Weile ganz ruhig, bis Magda sich auf den Rücken dreht. Dann streichelt er sie, gerade so wie man als braver Sohn seine Mutter streicheln würde, wenn man sie trösten möchte. An unverfänglichen Stellen ihres Körpers. Doch da gibt es nicht viel Auswahl bei einer Frau, die auf dem Rücken liegt. Sie nimmt seine Hand und legt sie behutsam auf ihren Bauch.

„Nun liegst du neben einer nackten Frau, darfst alles mit ihr machen, was du willst. Was ist das für ein Gefühl? Darfst mich berühren, betasten, streicheln, drücken, wo und wie du möchtest, mit, an, und auf mir spielen, wie und was du willst. Und wenn du es erlaubst, zeige ich dir auch ein wenig, was mir – und sicher dann auch anderen Frauen und Mädchen – besonders gut tut."

Das war nun wohl doch zu lehrerhaft. Und schnell tröstet sie „Du kannst natürlich auch jederzeit gehen. Ohne dass du mich beleidigst."

Da legt er seinen Kopf an ihren und berührt ihre langen, frisch gewaschenen und gefönten Haare. Und dabei sagt er irgendetwas, das sie nicht verstehen kann, da er gerade mit seiner Hand über ihr Ohr streicht. - Alles bleibt unverbindlich wie beim Gute-Nacht-Sagen.

Magda weiß, dass sie schöne Brüste hat, ziemlich groß, weich und dennoch fest, mit großen Warzen, und sie führt seine Hand dorthin, riskiert, dass er sich nicht einlässt. Er zögert, schaut sie an, als ob er fragen wollte: „Soll ich, soll ich wirklich?" Immerhin lässt er seine Hand auf Magdas Busen. Zaghaft streichelt, tastet, drückt er sie und berührt sogar die andere Brust mit seinen Lippen. Immer noch Liebkosung der Mutter, die er nicht enttäuschen möchte.

Aber unversehens, unter seinen Händen und Lippen vergrößert und verhärtet es sich und die Spitzen ihrer Brüste verraten, wie unter den scheuen Händen ihres eignen Knaben das Weib sich regt. Frech lacht er sie plötzlich an

„Von mir?"

„Von wem denn sonst?", und sie lächelt. Ohne Worte plaudert ihr Körper aus, was Geist und Seele sich nicht trauen, auch nur anzudeuten.

So ermutigt, streichelt, küsst und knetet er nun ihre Brüste.

„Einen wunderschönen Busen hast du", und als hätte ihre Reaktion ihm Mut gegeben, wandern seine Hände weiter.

„Darf ich?"

Am Nabel macht er Rast. Schlägt gleichsam ein Biwak auf und geht mit einem Finger forschend in die Nabelkuhle, und noch einmal, bis er, den Bauch - den sie so gut wie möglich eingezogen hält - sanft streichelnd wie um sich den weiteren Zugang erst noch zu verdienen, allmählich hinter sich lässt, zunächst rechts dann links scheu vorbei am eigentlichen Ziel, das sie so gut es geht noch zwischen ihren schlanken Beinen eingeklemmt verborgen hält. Der Ausflug führt nicht weit, und langsam streicht er wieder aufwärts. Magda spürt die Hand auf ihren Haaren, einen Finger, der sich vorwagt und sich versenkt, wo er sich schon erwartet fühlt.

Der kindlich-zarte Knabenkörper verwandelt sich vor ihren Augen zu begehrend reifer Männlichkeit. Sie löscht das Licht und folgt mit ihren Sinnen der Bewegung seiner Hand, die von dem neuen Ziel, das sie nun auch nicht mehr verschlossen hält, genüsslich und genussverbreitend Besitz ergreift.

Der Zauberlehrling tastet, streichelt, gleitet mit den scheuen Fingern in Falten, die er nur aus Büchern kennt und findet leichten Eingang dort, wo er vor langer Zeit einst selber hergekommen.

Dann zurück zu ihren Brüsten und drückt sie fester. Und ganz schnell wieder abwärts, dorthin, wo seine Finger feucht geworden waren und wiederum zurück zum Busen. Rastlos hin und her, nicht wissend, woran er sich zuerst berauschen soll.

Noch scheut er sich, ihr seine männliche Erregtheit frei zu offenbaren. Bis Magdas Arme ihn verführen, dass er sich auf sie legt, sie an sich drückt und sein Geheimnis spürbar macht.

Und so verharren sie. Dann hebt sie seine Hüften behutsam an, ergreift und hält in Händen, was er noch vor Stunden zu Unrecht so geschmäht, diese schöne Frucht, die sie ihm soeben neu geboren. Und endlich zeigt sie ihm den Weg und spürt den Mann, ihr eignes Blut, fast doch ein Teil von ihr, in sich, wie er zum ersten Mal ein Weib beglückt.

Berauscht vom Unerhörten, vom Verbotenen, vom trotzigen Protest, zerbricht Magda die Krusten mütterlicher Heiligkeit.

Stille. Ruhe. Keiner sagt ein Wort. Nur sanftes, wie beruhigendes Streicheln. Zärtlich, liebevoll verweilen sie als Mann und Frau und sind doch längst schon wieder Sohn und Mutter. Mehr vielleicht als je zuvor.

Dennoch sind sie froh, dass die Dunkelheit sie schützt und sie davor bewahrt, sich anzuschauen. Denn während Körper und Verstand noch glücklich jubeln, und schreien möchten „Es ist vollbracht!", drängen unversehens zweitausend Jahre christlicher Kultur hervor aus ihrer in Verlogenheit erstarrten Bedeutungslosigkeit, fordern ihr Recht und stellen unerwartet Fragen.

Wortlos ruhen sie. Jeder wohl in anderen und dennoch ähnlichen Gedanken. Minutenlang. Bis Magda dann das Schweigen bricht.

„Unglaublich."

„Was?"

„Alles."

„Für dich auch?"

„Anders sicher. Aber unbeschreiblich."

Nun wagt sie es, macht Licht, umarmt und küsst ihn – auf die Stirn, nicht auf den Mund, nein, wieder mütterlich.

„Unser Champagner wartet – wenn er nicht schon Eis geworden ist."

Sie lösen sich von einander. Magda steht auf. Er huscht an ihr vorbei zur Tür, zögert, überlegt es sich anders, kehrt noch einmal um und will die Mutter – ist sie es noch? - in seine Arme nehmen. Doch mit einem schüchternen „Danke!" wendet er sich ab noch bevor er sie berührt, plötzlich erschreckt von ihrer Nacktheit und der eigenen. Zum Abschied wagt er dennoch einen kleinen Klaps auf ihren mütterlichen Po.

„Bis gleich!", und er ist weg.

Später, beim letzten Glas – inzwischen war die Nacht schon fast vorbei – ist alles wieder gut.

„Darf ich Ina am Wochenende mit nach Hause bringen?"

„Das fänd ich toll!", sagt sie, und sagt es so, als wäre es die eigene stolze Männlichkeit, die sie nach gelungenem Manöver zum ritterlichen Kampfplatz schickt.

10.

Die Teilnehmer Klostertagung in Aix hatten sich nach ihrer Rückkehr schnell aus den Augen verloren. Jeder arbeitete an einem anderen Ort – wenn von Ort überhaupt die Rede sein konnte. Den meisten ging es ähnlich wie Joseph. Offiziell wohnte er in Hamburg, aber die Zahl der Nächte, die er dort verbrachte, war nicht groß. Er reiste zu Beratungen durch ganz Europa. Zwar offiziell nur als Trainee, aber man begann, ihm Aufgaben zu übertragen, als ob er schon seit Jahren in der Firma wäre. Er flog von einem Termin zum anderen.

Doch überall hin folgten ihm die Ideen, die Daniel, Magda und er zusammen im Kloster entwickelt hatten und ließen ihn nicht los. Während seiner langen Flüge arbeitete er weiter daran und hielt seine Gedanken im Notebook fest. Die Visionen der eigenartigen Woche im Kloster sollten nicht einfach in Vergessenheit geraten und verloren gehen. Er mailte ab und zu seine Notizen an Daniel und Magda - meist ohne Antwort. Manchmal kam eine zynische Erwiderung von Daniel. Manchmal auch begeisternde Anfeuerung zur Weiterentwicklung. Joseph kam über den Sonderschülerstatus nicht hinaus. - Magda gab fast nie ein Zeichen von sich. Und wenn, dann nur kurz, freundschaftlich, aber ohne tieferen Bezug. Sie war offenbar zu sehr mit sich selbst beschäftigt. Promotion? Trennung? Scheidung? Kinder? Eben nur freundschaftlich und in Eile, wie es schien. Schade. Sie war ihm so nahe gewesen, näher wohl als er ihr. Antworten aus Höflichkeit, hätte man denken können, aber so war sie nicht. Alles andere hätte sie schreiben können, aber bestimmt keine Antworten aus Höflichkeit.

So fehlten Joseph die Gesprächspartner von damals – und die Ruhe und die paradiesische Freiheit, seine Gedanken für längere Zeit auf Urlaub in die ferne, selbst erschaffene lieb gewonnene virtuelle Welt fliehen zu lassen.

Er entschloss sich, Magda auf einem Flughafen aufzulauern. Bei ihr zu Hause in Limburg wollte er sie nicht besuchen, denn er wusste, dass sie zwar getrennt von ihrem Mann lebte, aber immerhin noch verheiratet war und Kinder hatte. Da mochte er nicht einbrechen. Nicht hineingezogen werden. Und vor allem wollte er sie, wenn er sie traf, für sich allein haben. Keinen höflichen Smalltalk im trauten Heim, sondern zu zweit. Exklusiv. Und wenn es nur in der Cafeteria eines Flughafens wäre.

Aufgrund der Projektliste der Unternehmensberatung GAMMA fand er in Erinnerung an ihre Erzählungen von damals heraus, wann sie wohl wohin fliegen müsste. Die Verwaltung buchte die Flüge der Mitarbeiter meist bei Lufthansa, Delta und Air France. In der Passagierliste von Air France fand er sie. New York mit Zwischenaufenthalt in Amsterdam. Also richtete er es ein, am gleichen Tag ebenfalls über Amsterdam zu fliegen, um ihr dort unangekündigt zu begegnen.

Die Überraschung gelang. Gut, dass er nichts gesagt hatte. So war sie völlig unvorbereitet, als er ihr plötzlich gegenüberstand.

In seinen Gedanken hatte er sich das Wiedersehen und ihre möglichen Reaktionen immer wieder ausgemalt: Küsschen auf beide Wangen mit anschließendem freundlichem Gesprächsgeplänkel. "Was für ein witziger Zufall, was machst du denn hier, auch unterwegs? Ich muss nach New York, und du?" Oder: „War nett damals. Denke auch oft daran zurück. … blabla." Oder gar „Daniel hat mir von dir erzählt. Du arbeitest ja wohl immer noch an unserem epochemachenden Plan von damals. Hast mir ja auch gemailt. Versprichst du dir was davon? Ich bin nie dazu gekommen, alles zu lesen und dir richtig zu antworten. Waren doch nur ungelegte Eier. Hast du damals selbst gesagt. Bist du mir jetzt böse?"

Aber nichts davon.

Als sie ihn bemerkte – er hatte sie schon durch die Türen zur Halle mit den Gepäckbändern erspäht, zusammen mit einem perfekt gekleideten Herrn, der freundlich auf sie einredete – trennte sie sich sofort von ihrer Begleitung, ging lachend auf ihn zu, nahm ihn in die Arme und hielt ihn fest: „Das ist eine tolle Idee. Hast du Zeit? Ja? Wunderbar. Wir fahren nach Amsterdam rein und machen uns einen schönen Tag. Ich kann problemlos umbuchen und erst morgen weiterfliegen. Ich freue mich. Vielleicht finden wir ein Kloster?"

„Zuerst einmal einen Champagner auf Eis."

„Hier auf dem Flugplatz?"

„Ist mir egal wo, nur sofort. Schließlich habe ich schon eine ganze Weile auf dich gewartet und nun kann ich es kaum mehr abwarten."

„Sprichst du vom Champagner?"

„Weiter hatte ich noch nicht gedacht. Nur bis zum Champagner. Nicht sehr originell, weiß ich. Aber macht nichts. Warum nicht stinktraditionell und schnulzig?"

„Mach so weiter, und ich nehm was anderes!"

„Noch immer zwanghaft antibourgeois?"

„Wie eh und je."

Später unter Sonnenschirmen auf der Brücke über den „Singel" dann der obligatorische Kaffee. Ein nettes Hotel war gleich an der Gracht in einem der schmalen Giebelhäuser. Nr. 309. Nicht billig, nicht luxuriös, aber nahe. Joseph reservierte zwei Zimmer. Ihm war danach. Lieber behutsam sein.

„Auch noch immer zwanghaft bourgeois?", gab sie ihm seine Worte zurück, als sie die zwei Hotelschlüssel sah.

„Ja. Immer noch. Keine Abkürzung. Lieber den gefahrlosen Weg."

„Erwartest du, dass ich vorausgehe - im roten Kleid?"

„Du erinnerst dich?"

„Ich denke in jedem Park daran."

„Ich auch."

„Wirklich?"

„Ja. Und immer taucht in meiner Vorstellung der Unhold auf."

„Schade!"

11.

Limburg, die kleine von ihrem Dom dominierte Stadt, vollgestopft mit Fachwerkhäusern wie eine Opernkulisse, war seit dem Amsterdamer Wiedersehen zur regelmäßigen Zwischenstation geworden, wenn Joseph nach Süddeutschland fuhr.

Sommers auf der Terrasse, mit Blick auf die weit unten liegende, in Demut vor dem Dom niederkniende Altstadt, im Winter am Kamin mit seiner wärmenden Glut, so eilten die halben Nächte rot- und weinselig im Gespräch davon, bevor sie - die Gastgeberin nach oben, er nach unten - ihre getrennten Schlafstätten aufsuchten.

Bisweilen, wenn sie im Süden Ferien machten, kam Joseph auf der Durchreise mit der ganzen Familie. Annette, seine - damals noch – Frau und Beweisstück bürgerlich konservativer Moral, verstand sich blendend mit Magda. Auch die Kinder, Jan und Heike, wenn sie dabei waren, langweilten sich nicht. Sie waren zwar, das Mädchen um zwei, der Junge um drei Jahre jünger als Magdas Tochter, aber sie bemühte sich immer liebevoll und erfolgreich darum, den kleinen Gästen etwas Besonderes zu bieten. – Es sei dahingestellt ob auf Weisung oder eigenen Antrieb.

Über die Jahre hatte sich bei Eltern und Kindern eine wohltuende Vertrautheit und Freundschaft gebildet. Auch Robert, Magdas Fast-Ex, zeigte sich bisweilen bei solchen Gelegenheiten. Einzig Magdas schon etwas älterer Sohn war eher unbeteiligt und meist außer Hause bei Freunden. Aber das störte wohl weder ihn noch die anderen.

Als biedere bürgerliche Familie kamen sie dann zu Besuch in ein – weit abseits vom pittoresken Stadtkern gelegenes - progressiv antiautoritäres Haus, wo nach innen und außen Protest gegen alles Konservative, alles Spießige gelebt und gezeigt wurde. Magda als radikal emanzipierte Frau prallte mit ihren Vorstellungen von Familie, Ehe, Kindererziehung und Sexualität auf einen bürgerlichen Meinungsblock, den zu sprengen ihr ein lustvolles Verlangen war, und bisweilen gelang es ihr sogar, Josephs Frau auf ihre Seite zu ziehen.

Wenn sie mit missionarischem Fanatismus für moderne pädagogische Methoden eintrat, etwa für absolute Gewaltfreiheit in der Erziehung, konnte sich Joseph sehr ereifern und in lange theoretische Tiraden verfallen. Ein leichter Schlag auf den Po sei Körpersprache und jedem Falle lautem Schimpfen oder rechthaberischem Erziehungsgezänke vorzuziehen. Selbst eine schallende Ohrfeige sei noch humaner, als „Liebesentzug" – wie es früher einmal genannt worden war und von Anti-Gewalt-Besessenen bis als Alternative zur körperlichen Züchtigung praktiziert wurde. Das sei plump getarnte Unmenschlichkeit. Wie so oft in unserer Gesellschaft, werde das Physische, da sichtbar, gegenüber dem unsichtbaren Psychischen – geschweige denn dem Geistigen – hoffnungslos überbewertet. Streit zwischen den Seelen werde kommentarlos hingenommen, gar als "Streitkultur" aufgewertet, eine handfeste Prügelei unter Jungen dagegen als barbarisch verteufelt. Psychoterror in der Familie werde meist nicht einmal wahrgenommen und wenn doch, dann verharmlosend herabgespielt und am liebsten übersehen. Aber wehe, es kommt zu einer Ohrfeige … -

Einmal in Fahrt geraten, war er kaum mehr zu bremsen. Magda verstand es, ihn immer wieder zu provozieren.

Eines ihrer bevorzugten Angriffsziele war Josephs Harmoniebedürfnis, das sie als spätbürgerliches Relikt ansah und entsprechend negativ bewertete.

Es war ein Spiel. Von beiden. Aber er wehrte sich nach Kräften.

"Ich ziehe es vor, Meinungsverschiedenheiten auf sich beruhen zu lassen - jawohl, sie zu verdrängen, wie du es nennen würdest - als immer alles auszudiskutieren und Recht behalten zu wollen."

"Immerhin stehst du wenigstens zu deiner bürgerlichen Verlogenheit."

"Ist das verlogen, wenn ich mich lieber an die Seiten halte, die uns verbinden, statt ständig Gegensätzlichkeiten aufzuspüren und darüber zu streiten?"

"… und die Differenzen einfach unter den Teppich zu kehren!"

"Ja, sicher, Schmutz und Dreck, gut verborgen unter der Schönheit eines orientalischen Teppichs, stört nicht – solange es nicht zu viel wird und nichts mehr drunter passt."

"So könnte ich nicht leben. Ich würde mich vor mir selbst schämen."

"Schämen? Warum?"

„Ist doch alles Heuchelei und Schöntuerei."
"Wo ist da Heuchelei und Schöntuerei? Ich liebe es, die angenehmen Seiten der Mitmenschen zu entdecken, sie zu suchen und zu genießen."
"Und ich sehe die ganze Bosheit und Hässlichkeit hinter den hübschen liebenswerten Masken von Kollegen, Bekannten, Verwandten oder Chefs. Soll ich so tun als merkte ich es nicht? Tut mir leid, das will und kann ich nicht."
"Wie willst du denn anders in Harmonie mit der Welt leben?"
"Du mit deinem Harmoniebedürfnis! Das ist ein Teddy, den man vergessen hat, dir rechtzeitig in der Pubertät wegzunehmen."
So konnte es endlos weitergehen. Mit der Freude junger Hunde fanden sie immer neue Streitthemen. Scheingefechte, im Stil verwegen geführter kriegerischer Kämpfe. Aber eben doch nur friedliche Manöver zur rhetorischen Übung in dialektischen Fehden, vielleicht mit einem Schuss Imponiergehabe. Krallenschärfen für den Ernstfall. –
Ernstfall? Es gab keine Verletzten, keine Opfer. Sie testeten fremde Lebensart, hatten sie authentisch vor Augen und klopften sie nach Schwachstellen ab. Intellektuelle Doktorspiele.
Das ideologische Feindbild erwies sich in freier Wildbahn als weniger abwegig, als sie es sich vorgestellt hatten. Magdas progressive Familie hatte nichts zu tun mit dem Bild von verwahrlosten, Hasch rauchenden, in Schrottautos von Demo zu Demo reisenden Chaoten. Umgekehrt machten Josephs brav erzogene Sprösslinge auf sie nicht den von ihrer Ideologie vorgesehenen ängstlichen, verschüchterten oder gar unglücklichen Eindruck autoritär gedrillter stotternder Kinder. Und die konservative bürgerliche Beziehung der monogamen Eltern, die anscheinend alles gemeinsam machten, erschien aus der Nähe weit weniger steril und stumpf, als es das emanzoprogressive Vorurteil zuließ. Natürlich hätte man gern die andere Seite ihres Irrweges überführt. Aber dazu kam es nicht. Einerseits, weil sie einander zu sehr achteten und spürten, dass hier gleichwertige Lebensformen mit einander konkurrierten. Andererseits wollten sie vermeiden, sich – bei aller sarkastischen Provokation – ernsthaft zu verletzen. Darüber hinaus gebot die Ahnung eigener uneingestandenen Fehler und Sehnsüchte vorsichtige Zurückhaltung.
Trotzdem suchten sie, wie in jedem Wettkampf, am Ende doch auch irgendetwas wie einen Sieg, einen kleinen erkennbaren Triumph, nicht nur eine höfliche Kompromissformel „Für euch ist das sicher besser so, aber..."

Einen heimlichen Sieg, sprachen sich Joseph und seine Frau dann immer spätestens nach einer Stunde zu, wenn sie während der Weiterfahrt im Auto selbstgefällige Rückschau hielten und so taten, als wären sie sich ihrer Sache absolut sicher.

Meist allerdings kam Joseph allein, wenn er seine Reisen in Limburg unterbrach, wo Magda, nun endgültig von Robert verlassen, im schönen Haus besserer Zeiten, mit ihren Kindern lebte. Beim Griechen, Italiener oder im einheimischen Weinlokal und zu späterer Stunde an der Hausbar trugen sie weiter scherzhaft ideologische Geplänkel aus. Aus dem aggressiven Hochmut verletzlicher Eitelkeit war freundschaftliche Vertrautheit geworden. Doch die alte Rivalität zwischen ihrer antibürgerlichen, feministischen und seiner althergebrachten, konservativen, mit moralistischem Sumpf belasteten Ideologie verbot ihnen noch immer begehrliche Nähe. Für Joseph wäre sie einer Kapitulation gleichgekommen. Und genau aus diesem Grunde wollte die kluge Magda ihn nicht verführen - und am Ende verlieren.

Abgesehen von einer spürbar zärtlichen und um einen winzigen Augenblick zu langen Umarmung beim Abschied für die Nacht blieben sie bei steifer sittsamer Korrektheit. Was über freundschaftliche Gesten der Vertrautheit hinausgegangen wäre, ließen sie nicht zu. Beide nicht.

Die Augen freilich, die sich angesichts des angemessenen Abstandes allen Verdachtes sicher wähnten – oder auch nicht – ruhten mit Wohlbehagen und Verlangen auf der Person des anderen und vergaßen sich für kurze Momente. Wer sie beobachtete, wusste es längst. Doch sie blieben unbeobachtet.

Annette konnten sie weiterhin mit reinem Gewissen in die Augen schauen.

12.

Völlig überraschend kam von Daniel die Bitte, die fragmentarischen Aix-Ideen gemeinsam zu einem realisierbaren Modell auszubauen, um es in „Second Life" virtuell zu erproben. Sein plötzlicher Vorstoß wirkte beinahe wie ein Befehl.

„SL", wie es kurz genannt wurde, war damals so sehr in Mode, dass sich in allen Zeitungen Berichte fanden. Es war das erste international erfolgreiche Spiel im Internet, bei dem man sich als virtuelle Person einkaufen und sich dann dort frei bewegen und mit anderen Spielteilnehmern kommunizieren konnte. Man durfte – natürlich gegen Bezahlung - in dieser virtuellen Welt sein eigenes Outfit festlegen, Grundstücke erwerben, Häuser nach eigenen Plänen bauen oder kaufen, ganze Kaufhäuser errichten und Geschäfte abwickeln. Alles wurde mit der Währung des Spiels –dem „Linden-Dollar" - bezahlt. Es gab einen festen Dollarumtauschkurs und virtuelle Wechselstuben und natürlich bereits Filialen großer Banken, über die man reales Geld in die virtuelle

Welt transferieren und auch wieder in die Wirklichkeit zurück überweisen konnte.

SL erfreute sich derartiger Beliebtheit, dass sich bereits im Jahr 2006 dort etwa drei Millionen "Bürger" angesiedelt hatten und hunderte virtuelle Filialen von Unternehmen, die es nicht versäumen wollten, frühzeitig in diesem neuen Markt präsent zu sein. Autohäuser gründeten virtuelle Salons, in denen sie ihre neuesten Modelle präsentierten und zum Verkauf anboten, und zwar sowohl zur Nutzung auf den Straßen der SL-Welt als auch für die wirkliche irdische Welt. Auch Prototypen eventueller zukünftiger Modellplanungen wurden hier gezeigt und auf ihre Marktgängigkeit getestet. Sogar die international bekannte Dresdner „Gemäldegalerie Alte Meister" zeigte hier neuerdings im originalgetreu in 3D nachgebauten Semper-Bauwerk ihre Exponate.

Die Presse wusste zu berichten, dass eine Spielteilnehmerin in dieser virtuellen Welt bereits 2006 ihre erste echte Dollarmillion als Immobilienmaklerin verdient hatte.

Daniel hatte die Unternehmensleitung von GAMMA frühzeitig auf SL aufmerksam gemacht und empfohlen, das neue Medium zu nutzen. Nach langer Skepsis hatte man ihn nun beauftragt, eine Vorplanung für den Einstieg in „Second Life" zu erstellen, und sie dem Vorstand vorzulegen. Als er gefragt wurde, ob er eventuell bereit sei, das Projekt selbst zu leiten, stellte er die Bedingung, sich für den Einstieg in SL sein Projektteam selbst zusammenstellen zu dürfen.

Natürlich hätte es ihn gereizt, in dieser Welt sofort ein Gesellschaftssystem einzuführen, wie sie es in Aix in Ansätzen skizziert hatten. Aber zunächst musste er dort Fuß fassen. Er wollte ganz unauffällig mit normaler Unternehmensberatung für in SL ansässige Firmen beginnen, oder auch für solche, die dort Unternehmen gründen wollten. Darüber hinaus wollte er von dort aus auch Betriebe der realen Welt zu beraten. Solche Klienten würden die notwendigen Gespräche dann wahlweise wie bisher in der realen Welt oder durch virtuelle Vertreter – so genannte Avatare - in SL führen. Beratungen in SL würden Zeit und Reisekosten sparen. Der Datentransfer war kein Problem.

Architektengemeinschaften hatten es längst vorgemacht. Sie stellten ihre Bauideen – vom Einfamilienhaus bis hin zum Wolkenkratzer – in SL auf eigenen oder gepachteten Grundstücken zur Besichtigung aus und führten in diesen Gebäuden Gespräche mit potentiellen Bauherren. Diese konnten in SL – so ausgereift war die Technik – durch die Gebäude gehen, Lichtwirkungen und – in Zusammenarbeit mit virtuellen Filialen von Einrichtungshäusern – Möblierung, Beleuchtungen und Raumwirkungen testen.

Daniels Vorschlag wurde angenommen. Ein erster Schritt war getan.

13.

Nicht selten wurde Joseph gebeten, seinen Chef bei Abteilungsleitertreffen zu vertreten, die für gewöhnlich in Frankfurt oder Wiesbaden stattfanden. Wiesbaden war nicht weit von Limburg, wo er bei solchen Gelegenheiten stets als willkommener Gast einen beschwingte Abwechslung versprechenden Unterschlupf fand. – Besonders, seit Magda ihre Lehre von der offenen freiheitlichen Ehe mit dem Totalverlust der Beziehung hatte bezahlen müssen. - Eine nicht vorgesehene Panne im System, wie es Magda zu fortgeschrittener Stunde scherzhaft nannte, und sie stellte es als Ausrutscher dar, sozusagen als ein Verhalten von jemandem, der noch nicht die Reife für eine offene Gemeinschaft besitzt. Dass die Liebe zu einer Kraft werden konnte, die allen Prinzipien, auch denen der Gesellschaft, der Moral und sogar der Religion ihre Macht über Denken und Handeln nahm, passte nicht in ihre Lehre. Und erst recht nicht Roberts Rückfall aus der Freiheit in neue bürgerliche Ehefesseln.

Joseph ging es ähnlich. Allerdings im umgekehrten Sinne. Er war weit weniger prüde als die neueste Version des damals verbreitetsten Computerschreibprogramms, das zu seinem Erstaunen noch immer als Synonym für Sinnlichkeit die Begriffe „Lüsternheit, Schamlosigkeit, Schlüpfrigkeit, Unsittlichkeit, Unzucht, Schmutz, Unflat, Liederlichkeit" vorschlug. Aber Magda gegenüber verteidigte, ja verkörperte er geradezu Moralvorstellungen, die sich für sie immer wieder als bürgerliche Doppelmoral entlarvt hatten, wann immer sie ihre Umgebung beobachtete.

Zunehmend fühlte und wusste auch Joseph im Grunde längst, dass sie irgendwann Recht behalten würde.

Beide waren sich in ihrer Lebenseinstellung nicht mehr ganz so sicher. Doch in nostalgischer Erinnerung an ihre gemeinsame Klosterwelt, mit ihrer Freude daran, Nonsensideen hartnäckig zu verteidigten wie zu Ehre und Ruhm irgendeiner göttlichen Dulcinea, zogen sie mit ihren überlebten Zwangsvorstellungen wehrhaft allen feindlichen Windmühlen entgegen. All das bildete die wunderbar paranoide Kulisse für ein nie langweilig werdendes abendfüllendes Liebesspiel in verführerischem Wechsel von verächtlichen Attacken und neidvollem Verständnis. Joseph hing verloren an Magdas Lippen, wenn sie zum vermeintlich vernichtenden Stoß gegen seine moralische Rüstung ausholte und genoss es, wie die Freundin im Zorn über ihn herfiel, sehnte sich nach dem tödlichen Stoß von ihrer Hand. Gleichzeitig aber wuchs er im Kampf gegen seine Bezwingerin über seine spießige Zwergenerscheinung hinaus, widerlegte sie, imponierte ihr, stieg in ihrer Achtung, wenn er es

47

schaffte, in ihrer sonst so faszinierend uneinnehmbaren Festung eine weibliche Blöße zu entdecken, und sie genussvoll zu nutzen.

Jahrzehnte früher einmal, ausgelöst nicht zuletzt durch die vielseitigen Initiativen der feministischen Ikone Alice Schwarzer, waren die wunderlichsten Diskussionen geführt worden, die sich heute als leichte Opfer zynischer Kritik anboten. Allen Ernstes hatte man damals Wert darauf gelegt, festzustellen, „dass die weibliche Klitoris nicht etwa ein verkümmertes männliches Organ sei, sondern eher der Phallus eine vergrößerte Klitoris..."

So hirnverbrannte Diskussionen haben die beiden nicht geführt. Das war Geschichte und wäre – bei aller feministischen Parteinahme – unter Magdas Niveau gewesen.

Thema aber war immer wieder die Benachteiligung der Frau – in der Familie, in der Gesellschaft und vor allem im Berufsleben.

„Ich sehe es doch jeden Tag, dass ich als Frau viel mehr leisten muss, um das Gleiche zu verdienen wie ein Mann in derselben Position."

„Ja wirklich, ihr müsst viel mehr arbeiten, um das Gleiche zu leisten …"

„Wo hast du denn den her?"

„Scherz beiseite: War deine Assistentenstelle niedriger dotiert als die von deinem Kollegen, mit dem du dir die Stelle geteilt hast?"

„Das nicht, aber was habe ich nicht alles machen müssen, um sie zu bekommen! Und das alles zusätzlich zur Arbeit im Haus und mit den Kindern."

„Die Arbeitsaufteilung in der Familie ist ein Problem zwischen dir und Robert, nicht das deines Arbeitgebers."

„Robert hat es gut. Er verdient das Geld. Ich muss mir erst meine Stellung erarbeiten."

Eine innere Stimme in ihm gab ihr Recht, aber man war ja noch auf dem Turnierplatz.

„Das Geld, das Robert verdient, ist laut Gesetz Teil des Familieneinkommens, das dir so gut wie ihm gehört."

„Das mag im Gesetz stehen. In der Praxis sieht es eben anders aus. Da regiert der Sexismus."

„Wo regiert er?"

„Überall. Frauen sind nicht dümmer als Männer, aber sie verdienen in unserer Gesellschaft insgesamt nur einen Bruchteil von dem, was Männer verdienen. Warum gibt es so wenige Professorinnen, so wenige Ärztinnen, so wenige Richterinnen, so wenige Politikerinnen?"

„Weil es so wenige qualifizierte Frauen gibt, die sich beruflich voll engagieren wollen."

„Alte Chauviratte! Da möchte ich euch Männer einmal sehen, wenn Stellen und Bezahlung nach Qualifikation vergeben würden. Über einen riesigen Zentralcomputer, der alle Qualitätsmerkmale aller Menschen speichert! Das hattest du doch in Aix vorgeschlagen. Aber da würdet ihr euch ganz schön umgucken!"

„Das glaube ich nicht. Auch heute kann es sich kein Abteilungsleiter leisten, bei der Einstellung eine Frau abzulehnen, wenn sie leistungsfähiger und nicht teurer ist als ihre männlichen Konkurrenten."

„Aber so ist doch die Praxis."

„So ein Chef würde schnell gefeuert. Er wird gemessen am Profit seiner Abteilung den er zu maximieren hat, nicht am Geschlecht seiner Mitarbeiter. Ich bleibe dabei, es gibt einfach zu wenige qualifizierte Frauen. Daher die wenigen Professorinnen, Richterinnen und Ministerinnen – und nicht, weil die Männer sie nicht einstellen wollen."

„Das ist doch eine abgekartete Strategie. Männer wollen die wichtigen Stellen und damit die Macht für sich behalten."

"Bei uns im Beraterteam sind wir immer froh, wenn sich qualifizierte Frauen bewerben. Wir suchen geradezu nach Kolleginnen. Aber wir haben bisher nur eine einzige gefunden, die wir einstellen konnten, und auch das nur, weil wir sie einem formal höher qualifizierten männlichen Kandidaten vorgezogen haben. Sie war einfach sympathischer."

Das Gespräch drohte, ermüdend zu werden. Dennoch schickte Joseph noch einmal eines seiner damaligen Steckenpferde in den Kampf und schob nach:

„Bei Stellenbesetzungen ist doch sogar seit langer Zeit – grundgesetzeswidrig, wie ich meine – vorgeschrieben, dass bei gleicher Qualifikation männlicher und weiblicher Kandidaten der Frau der Vorzug zu geben ist."

„Ja und? Nach Jahrhunderten der Unterdrückung der Frauen und ihrer Rechte, kann es jetzt ruhig mal ein wenig in die andere Richtung gehen."

„Also Erbsünde?"

„Natürlich nicht. Aber im Zweifelsfalle immer für die schlechter Gestellten. Schließlich sind wir Frauen nachweislich eine Bevölkerungsgruppe, die sozial schlechter gestellt ist, und das seit Jahrhunderten."

Und sie setzte ihrerseits nach und rezitierte auswendig, scherzhaft belehrend, die Veteranin Alice Schwarzer:

„Sexualität ist Spiegel und Instrument der Unterdrückung von Frauen in allen Lebensbereichen. Hier fallen die Würfel. Hier liegen Unterwerfung, Schuldbewusstsein und Männerfixierung von Frauen verankert. Hier steht das Fundament männlicher Macht und weiblicher Ohnmacht."

Das war das Stichwort für Joseph.

„Umgekehrt! Sexuell sind wir Männer die hoffnungslos von den Frauen ausgebeuteten Dienstleister." Weiter kommt er nicht. Als ihr unbändiges Hohngelächter verfliegt und sie wieder zu sich kommt und Worte findet, sind es diese:

„Das ist ja unglaublich. Ihr armen, armen Männer!"

„Jawohl, endlich sagst du es einmal. Für uns Männer habt ihr mit eurem Feminismus die schönste Sache der Welt zur existenzbedrohenden Prüfungssituation gemacht."

Erneutes lautes spöttisches Lachen.

„Du hast gut lachen. Du liegst als Frau lauernd im Bett, überwachst in aller Ruhe die sexuellen Leistungen deines Partners wie ein kritischer Prüfer vom TÜV, verdirbst dir den elementaren erotischen Genuss durch solche euch von eurer Frauenbewegung aufgezwungenen Beobachtungen, bist daher zum vielgepriesenen Orgasmus kaum mehr fähig und lastest am Ende die Misere deinem Partner an, weil er deine erogenen Zonen nicht richtig bedient hat, ganz zu schweigen vom Atlantis der weiblichen Sexualität, dem G-Point. Das ist doch Stress pur!"

„Interessant, wie du dir mein Sexualleben vorstellst!", und wieder ein anderes, diesmal aber weniger atonales Lachen.

„Einer ganzen Generation von Männern und Frauen macht ihr mit eurem Emanzipationswahn die natürliche Freude am Liebesspiel kaputt!"

„Sag mal, wie kommst du auf solch einen Unsinn?"

„Ihr habt doch längst die Herrschaft im Schlafzimmer an euch gerissen."

„Wenn ich mir dich und Annette so vorstelle..., ich weiß nicht,... das sieht für mich aber ganz anders aus", wendet sie ein und verfällt wieder in ihr typisches, künstlich angefügtes, ironisch belustigtes Lachen.

„Ich rede nicht von mir und Annette und nicht von Robert, ganz zu schweigen von dir – da habe ich ja leider keine Erkenntnisse." – Erneutes belustigtes Gekicher, diesmal leiser, gerade so, als ob sie lautes Lachen nicht unterdrücken könnte, es aber – wohl aus gutem Grunde – nicht zulassen möchte.

„Das wollte ich aber auch meinen!", sagt sie stattdessen in einer Mischung von gespieltem Vorwurf und nicht minder gespielter Anzüglichkeit, schaut ihn dabei ganz ernst und ruhig an, schlägt dann die Augen nieder und schweigt, so dass er fortfahren könnte. Aber sollte er überhaupt?

Dann lässt er sich doch noch zu einer seiner Lieblingsargumentationsketten hinreißen, obwohl sie schon fast vorweggenommen war:

„Also, fassen wir zusammen: Wer hat Schuld, wenn die Frau keinen Orgasmus bekommt?"

In Gedanken wohl noch beim Weiterspinnen des letzten Themas, ist sie einen Augenblick unkonzentriert, vergisst, dass sie noch mitten im Manöver sind, denkt nicht, wie im Schach, zwei Züge voraus, sondern reagiert spontan in heiterer Aggression:

„Dann hat sie den falschen Mann. Jedenfalls einen schlechten Liebhaber." - Erneutes Kichern.

„Und wenn er selbst keinen Orgasmus bekommt?", fragt er schmunzelnd.

„OK. Zugegeben. Dann liegt es auch an ihm, und er ist ein Schlappschwanz. Die Runde geht an dich."

„Willst du Revanche?"

„Später. Das hat Zeit."

„Über wie viele Runden gehen wir?"

„Wir werden sehen."

Irgendetwas in ihrer Stimme irritierte ihn. Was bedeutete das, ihr „Später!"? War Magda überzeugt, dass es am Ende ohnehin nur eine Siegerin geben könne? Als wäre es nur eine Frage der Zeit? Sie schien warten zu können.

Joseph fühlte sich verunsichert, als lauere irgendwo unsichtbar eine Falle.

Dabei, im Grunde, was wäre schon dabei, den Offenbarungseid zu leisten und sich der verführerischen intelligenten Freundin zu ergeben? Eigentlich würde er sich damit lediglich auf eine Stufe mit ihr stellen. Warum nicht ihr den Endsieg lassen und ihn gemeinsam feiern?

Ein Feldprediger wie bei "Mutter Courage" war er nicht. Das hatte er bewiesen. Aber auch kein heiliger Antonius.

Später? Wie viel später?

„Sollen wir wirklich wieder einer nach oben, der andere nach unten gehen, die Erinnerungen des Abends unter der Dusche abspülen und allein sein bis zum Frühstück?", überwand er sich nach ihrer üblichen Gute-Nacht-Zeremonie zu fragen. –

Zögern, keineswegs die befürchtete spöttische Bemerkung. Nicht einmal belustigtes Lachen.

„Darf ich nach einer Weile zu dir kommen, wenn das Wasser oben nicht mehr rauscht?"

„Meinst du das ernst?" – Kein Ja, kein Nein. Sie lächelte. Drehte sich langsam um und ging. Von der Treppe aus noch lächelnd ein Blick zurück zu Joseph, als ob sie sich ihres Sieges noch nicht sicher wäre und prüfen wollte, ob es noch eines ermutigenden Zeichens bedurfte. Aber sie unterließ es.

War es ein lockendes, ein triumphierendes, ein verächtliches oder erwartungsfreudiges Lächeln?

Oder schaute sie zum Abschied dem guten alten Joseph nach, jenen Joseph, der er einmal gewesen war?

14.

Völlig durcheinander und gleichzeitig berauscht von der Erwartung des Kommenden, ging er nach unten in den für ihn vorgesehenen, mit ausrangierten IKEA-Möbeln vollgestopften Raum im Souterrain und legte sich erst einmal auf sein gewohntes Gästebett. Sein Kopf war voller Fragen. War es richtig, was er da machte? Ging es ihr vielleicht nur um den Sieg über den Bürgerlichen in ihm? Was, wenn Annette davon erführe? Wie vertraut waren Annette und Magda? Hatten sie sich am Ende abgesprochen? Na wenn schon, dann desto besser, wenn sie es ohnehin geplant hatten.

Über allem aber schwebte die aufregende Vorstellung der in seiner Fantasie noch einmal verführerischer gewordenen Frau, die in wenigen Minuten oben auf ihn warten würde.

Dann hörte er das Wasser laufen, wusste und sah vor sich, was es bedeutete, und seine Unruhe wuchs ins Unerträgliche. Er beeilte sich, auch unter die Dusche zu kommen und malte sich unter dem wohltuend warmen Wasserstrahl aus, was ihn erwarten würde.

Da wurde ihm bewusst, dass sein Körpergefühl nicht im Geringsten dem entsprach, was Geist und Seele sich erträumten. Er konnte sich seltsamerweise überhaupt nicht vorstellen, dass sich das in wenigen Augenblicken wesentlich ändern könne, testete sein physisches Verlangen mit intimen Berührungen, aber mit wenig Wirkung.

Was war los? Wollten seine eben sarkastisch vorgetragenen Bemerkungen über die heutige Rolle des Liebhabers sich nun an ihrem Schöpfer rächen? Hatte er Angst vor dieser Frau, die ihn unweigerlich vergleichen würde mit gar nicht so wenigen und sicherlich potenzstrotzenden anderen Männern, die vor ihm morgens fröhlich ihr Schlafzimmer verlassen hatten?

In den Jahren mit Annette hatte sich der sichtbare Teil seiner Männlichkeit immer zur rechten Zeit hervorgetan, ohne dass er jemals darüber nachgedacht hätte, und ebenso bei den wenigen anderen Schäferstündchen. Freilich, eine Ausnahme hatte es gegeben, als er einmal in Berlin, unter dem Vorwand, eine Lücke in seinen im weitesten Sinne kulturellen Kenntnissen schließen zu müssen, dem Lockruf eines jungen Straßenmädchens gefolgt war und es dem Protagonisten des nachfolgenden Kulturfilms an Kraft ein wenig, zu seinem noch größeren Bedauern aber an Ausdauer erheblich gefehlt hatte. Wie wenn sich das nun wiederholte, am Ende gar folgenschwerer? Er stellte sich schon Magdas belustigtes Kichern vor...

Dann kam ihm ihre Bemerkung in den Sinn, die sie vor wenigen Minuten über ihre Vorstellung von seinem ehelichen Sexualleben gemacht hatte. Hatte sie mit Annette darüber gesprochen? Denkbar wäre es unter befreundeten modernen Frauen. Nun, dann hätte er ja immerhin wohl ganz gute Bewerbungszeugnisse.

Nach diesen geistigen Wechselbädern ließ er körperliche folgen und beendete seine Dusche mit einem kühlenden Tauchbad im bereitstehenden Saunafass, so dass er danach nicht entscheiden konnte, ob er wegen der Kälte oder aus ganz anderen Gründen zitterte.

Vom allmorgendlichen Duschen an kaltes Wasser gewöhnt, tat es ihm gut und vertrieb die Schreckbilder aus seinem Hirn. Zuversicht kehrte wieder ein, und er freute sich, auch von oben kein Wasserrauschen mehr zu hören, hüllte sich in seinen Schlafanzug, legte sich noch ein kleines Weilchen auf sein Kellerbett, ließ nach dem Körper nun auch seine Seele in der Vorfreude auf das Kommende ein Bad nehmen, und schöne Bilder und Stimmungen zogen vor Auge und Seele vorbei.

Als der Moment gekommen war, dass er glaubte, nun weder durch allzu frühzeitiges Erscheinen seine Ungeduld zu verraten, noch durch übertriebenes Zögern Unwillen erregen zu können, machte er sich leise, vorbei am Erdgeschoß mit dem Nebentrakt der Kinder, auf den Weg treppauf und klopfte zaghaft an die Tür ihres Schlafgemachs.

15.

Keine lauernde Amazone, eine liebe Freundin erwartete ihn, eine fröhliche Komplizin, selbst ebenso verlegen wie er.

„Gut, dass du so leise gekommen bist, die Kinder müssen unser Rendezvous nicht unbedingt bemerken."

„Heimlichkeiten?"

„Im Grunde nicht, nur", und sie zögerte ein Weilchen, „Magda hab ich eigentlich versprochen, Dich nicht zu verführen. - Sie muss es ja nicht unbedingt wissen."

Schmunzelnd setzte sich Joseph auf die Bettkante.

Sie kosteten ihn aus, den Zustand entspannender Gewissheit. Er berührte ihre Hand, und sie machte Platz - stumme Aufforderung, der er folgte. Dann lagen sie still bei einander und überließen sich dem Zustand genießender unendlich stiller Ruhe und Nähe. - Bis sie es nicht mehr aushielten und, wie auf ein Kommando, alles in und an ihnen, alles, was berühren, fühlen, tasten, und erfassen konnte, alles, was berührt, gefühlt, ertastet, und ergriffen werden wollte, erst langsam und vorsichtig, dann immer heftiger sein Recht sich suchte und bekam.

Hilflos war er im überquellenden Glück der ungehemmten Sinnlichkeit gefangen, ratlos, nach welchen der unzähligen unfassbar üppigen Verlockungen er greifen sollte. Welche Lust zuerst erfüllen, wo tausend Hände nicht genügten, um zu fassen, tausend Arme, zu umarmen, festzuhalten, freizulassen, und erneut zu drücken und tausend Augen, um zu sehen, zu bewundern, zu genießen, zu erforschen, zu verstehen, zu begreifen, wie der begehrte Mensch in deinen Armen wortlos mit dir Zwiesprache hält, zeigt, wie wohl ihm ist und wie er ohne Scheu dich spüren lässt, wie alles auch in ihm erwacht, sich dir entgegenstreckt, sich an dir berauschen will! – Verweile doch... !

Da plötzlich hielt er inne, setzte sich auf und sagte ernst und ruhig „Lass gut sein, Magda. Der Rest wäre banal – und, wie ihr Frauen heute sagt, dient nur der Lust des Mannes, der seine Macht durch diesen Akt beweisen will."

Sie konnte es nicht fassen.

„Das ist kein guter Scherz!"

Aber er scherzte nicht. Er wollte plötzlich Rache. – Aber Rache? Rache wofür? An wem? An ihr? Was hatte sie getan? Er sah sie an.

„Tut mir leid."

Sie glaubte ihm. Verstand ihn. Verzieh ihm. Zog ihn zu sich zurück. „Sei kein Frosch!" sagte lachend die Prinzessin, die in Wahrheit ja eine Psychologin war, „sonst müsste ich dich jetzt an die Wand klatschen!", warf ihn aber nicht gegen die Wand, sondern drückte ihren großen weichen Prinzessinnenmund auf sein kaltes breites Froschmaul - fand jedoch in Wahrheit die begehrend geöffneten Lippen eines liebestollen jungen Dozenten.

Und dann kam alles, wie es kommen musste, bis frohe Ruhe sie im Glück zum Schlafe führte. – Für ein paar Stunden nur, dann musste Joseph zurück ins Kellerasyl – der Kinder wegen, die nicht Zeuge werden durften, dass Joseph heimlich den Schritt in die Zukunft gewagt hatte.

16.

Zum Frühstück trafen sie sich wieder – heiter, froh und aufgeräumt. Nicht einmal müde, wie es nach so kurzer – oder eher langer – Nacht normal gewesen wäre. Kein Hauch von fadem Beigeschmack. Im Gegenteil, die trennende Barriere zwischen ihnen war gefallen und hatte ihnen ein schönes weites gemeinsames Feld eröffnet.

Verliebt waren sie nicht. Sie fühlten sich zu einander hingezogen und waren froh, sich gegenseitig so zu haben, wie es sich nun gefügt hatte, so nah und so befreit.

Oder doch verliebt? Nun ja, vielleicht ein wenig. Seine Augen, seine Stimme, selbst sein Gang überführten ihn. Doch kein "Ich möchte für dich sterben" oder "Ich würde alles für dich tun" oder "Ohne dich hat alles keinen Sinn in meinem Leben!".

Und Annette? Sollte, musste, konnte er ihr berichten, was geschehen war? Er hatte sich verändert, langsam und nicht erst in dieser Nacht, die es zum ersten Mal deutlich hatte sichtbar werden lassen.

Er hatte etwas über Bord geworfen, das für sie und ihn bisher in gleichem Maße bedeutsam gewesen war.

Schon war er fast so weit, zum Telefon zu gehen, es ihr zu sagen. Aber was? Und wie? Und mit welcher angestrebten Konsequenz? Doch plötzlich war sie ihm so fern, so fremd, so sehr Vergangenheit, dass er nicht mit ihr reden wollte, wusste, dass sie verschiedene Sprachen sprechen würden. Er hatte sich bereits zu weit von ihr entfernt. Kein Telefonanruf. Nur innerlich der Schlussstrich.

Die Kollegen am Konferenztisch in Wiesbaden haben keine Veränderung an ihm bemerkt. Dort war er Funktion, nicht Mensch. Kompetenter Unternehmensberater, nicht mehr – an diesem Tag vielleicht besonders heiter, freundlich oder aufgeräumt, wie man so treffend sagt.
Dabei hatte er soeben eine zweite Existenz gegründet. Nicht in SL, nicht virtuell - in einer real existierenden zauberhaften neuen Welt fröhlicher, von allen alten Zwängen befreiter körperlicher Verbundenheit.

Abends kam er nach Limburg zurück. Sie sprachen über Aix und jene andere gemeinsame neue Welt, die sie im Kloster erfunden hatten. Diesmal nicht über Lohnsysteme und Gesundheitswesen.
„Wie stellst du dir eigentlich in unserem neuen Staat Familie, Sex, Liebe, Kinder und Erziehung vor?"
„Unreglementiert. Das muss sich ergeben."
„Und wie meinst du wird es sich ergeben?"
„Wie die Abkürzungswege im Park. Der Staat macht Angebote, zwingt aber niemanden, ihnen zu folgen."
„Und deine Prognose als Psychologin? Monogamie? Lockere Paare? Wildes Durcheinander?"
„Von allem etwas. Und was meinst du?"
„Ich weiß nicht recht. Ich bin ja nun erst einmal gescheitert mit meinen Vorstellungen. - Eigentlich wohl nicht erst jetzt."
„Meinst du das wäre für mich anders?"
„Willst du sagen ..."
„Ja." Und nach einer Pause fügte sie hinzu
„Zunächst war es toll, befreiend, spannend. Aber seit Robert weg ist …"
„Du vermisst ihn?"
„Eigentlich nicht ihn. Nicht die Person. Trotzdem."
Sie stand auf, holte kleine Plastiktütchen mit Nüssen und Keksen und während sie sie in Schälchen füllte, fragte er
„Kannst du dir eigentlich Paare vorstellen, die zusammen leben - ohne Sex?"
„Ohne Sex miteinander ja. Sex muss ja nicht unbedingt zu Hause stattfinden. Mal hier, mal dort, aber warum nicht auch mal zu Hause?"
„Und Kinder? Keine Familien mit Kindern, keine Kinder mit Eltern mehr?"

„Doch sicher. Keine Orwellsche Staatszucht. Es soll eine Welt werden, in der man gut leben kann, und gern lebt. Sonst hätte unsere Vision von vornherein keinen Sinn."

„Und die Kinder?", wiederholte er seine Frage

„Kinder. Nun ja. Jedenfalls soll es kein Frauenproblem mehr sein. Am besten jeder wie er will. Paare sollten frei entscheiden können, ob sie als Familie mit Kindern leben wollen oder sie lieber in gesellschaftliche Obhut geben. Geld wäre genug in der Staatskasse. Denk an unsere Ideen von Lohnsystem, Kranken- und Altersbetreuung und die Abschaffung von Erbschaften!"

„Das werden wir wohl alles nicht mehr erleben."

„Warte ab. Daniel sieht das ganz anders. Entweder er spielt uns etwas vor, oder er hat wirklich einen Plan."

„Sagt er das?"

„Er sagt mir ja nichts. Aber irgendetwas tut sich."

17.

Vor Daniel hatten sie immer ein wenig Angst. Er hatte so etwas Bestimmendes, Absolutes. Er erzählte niemals zusammenhängend von sich. Nicht aus Scheu. Er wollte das einfach nicht. Fand es kindisch. Wollte keine Selbsterfahrungsgruppe. Doch wenn sie sich unterhielten, gab es gelegentlich Eruptionen, aus denen sich allmählich ein Patchwork seines bisherigen Lebens zusammenfügte.

Gleich nach dem ersten Studium war er, erst zweiundzwanzigjährig, Rektor einer Sonderschule geworden, dann Leiter eines Heimes für geistig Behinderte, bevor er sein Studium der Soziologie angefangen hatte.

„Du musst mit den Leuten sprechen, als wären sie Sonderschüler, eine andere Sprache verstehen sie nicht", war seitdem seine Devise.

Und so kamen auch sie sich bei ihm stets ein wenig wie Minderbegabte vor. Das heißt, eigentlich ja nicht wirklich, nur fühlten sie sich so behandelt – und vielleicht mit Recht. Aus seiner Sicht bestimmt. Nur aus seiner? Oder wirklich? Aber das wussten sie nie so genau. Er hat ja auch Straßentheater mit seinen Zöglingen gemacht. Und so fragten sie sich nicht selten, spielte er jetzt gerade oder war es ernst, was er sagte, oder konnte er nicht anders als spielen, auch mit dem Ernst. Gab es überhaupt Ernst für ihn?

Eigentlich fanden sie sich selbst auch gut. Waren sicher, dass sie es auch waren. Besser als die meisten anderen jedenfalls. Aber bei ihm wurden sie zu Schülern. Er zwang sie dazu. Schien immer die besseren Argumente zu haben.

Daniel war ein Genie. Das war klar. Nicht nur, dass er an der Uni drei Fächer absolviert hatte: Sonderpädagogik, Theaterwissenschaften und Soziologie. Nebenher hatte er sich so weit mit Theologie befasst, dass er in einem Priesterseminar aufgenommen wurde und nun sogar – zunächst allerdings nur als Diakon in einer kleinen Diözese in Bayern - die katholische Messe zelebrieren durfte – ein Recht, wovon er ab und zu Gebrauch machte, zumal man ihn seitens Kirche und Gemeinde wegen seiner packenden und mitreißenden Sprache sehr darum bat. – Es fehlte an einschlägiger Pädagogik auf der Kanzel.

Nach dem Scheitern seiner zweiten Ehe hat er alles aufgegeben, was er bis dahin betrieben hatte und wollte etwas Neues anfangen. Unternehmensberatung. Deswegen hatte er sich – eigentlich überqualifiziert und zu alt – bei GAMMA als Trainee beworben.

Warum machte er das alles?

Daniel war mit seinem älteren Bruder als kleiner Bub streng katholischer Eltern aufgewachsen, die in ständigem Streit mit einander lebten. Amt und Religion ließen eine Scheidung nicht zu. Es war die Hölle. Ein Onkel nahm sich schließlich des inzwischen zwölfjährigen Knaben liebevoll an – nicht ganz uneigennützig, wie sich zeigte. An elterliche Zuchtmethoden gewöhnt wagte er keinen offenen Widerstand, ersann sich aber einen Fluchtweg. Onkel war bestens mit Hochwürden bekannt. Daniel durfte an solchen Tagen ins Kino.

Als er das klerikale Onkelsystem durchschaute, offenbarte er Hochwürden anlässlich seiner Besuche in so eindrucksvoller Weise, wie liebenswürdig und zärtlich der Onkel um ihn bemüht war, dass die alten Herren in Streit gerieten und danach beschlossen, ihn auf das nahe gelegene kirchliche Internat zu schicken.

Sein aufgestauter Hass auf das verlogene gesellschaftliche und religiöse Getue um ihn herum prägte seinen weiteren Lebensweg:

Scheinanpassung perfektionierte er als Waffe gegen das System, das ihm nun alle Türen öffnete.

Nicht aus Interesse, sondern um den Lehrern zu zeigen, wie beschränkt sie waren, informierte er sich in der Internatsbibliothek über die anstehenden Lehrgegenstände.

Nicht aus Nächstenliebe, sondern um Macht über seine Klassenkameraden zu gewinnen, half er den Mitschülern bei Schulaufgaben und Prüfungen und bewies so vor sich und dieser von ihm verachteten Welt, dass er nicht zu ihnen gehörte, dass er sie alle nach Belieben manipulieren und sich zu Willen machen konnte. Niemand durchschaute ihn.

Und er entwickelte seine eigene Moral: Leistung bringen und Gutes tun, um dieser Gesellschaft von Idioten zu zeigen, wie eine lebenswerte Welt aussehen könnte.

Geld interessierte ihn nicht. Aber seine Umwelt konnte sich ihm nicht entziehen, wurde abhängig von ihm. Er half und beriet. Nahm kein Geld. Reichtümer flossen ihm dennoch zu. Er handelte mit Immobilien, beriet Unternehmungen, nicht aus Menschenliebe, sondern aus Freude daran, zu zeigen, wie blöde diese Gesellschaft war. Er heiratete, um Kinder adoptieren zu dürfen, rettete so Menschenschicksale. Übernahm Pflegekinder die er von Analphabeten zu Handwerkern, von Hauptschülern zu Studenten machte. Unterstützte Künstler, die keinen Platz in dieser Gesellschaft gefunden hatten. Zeigte sich sozial und menschenfreundlich, nicht aus Liebe, sondern um der Gesellschaft den Spiegel vor ihr böses Gesicht zu halten. Beriet Politiker, um ihnen vor Augen zu führen, wie ängstlich und unfähig sie waren, gesellschaftliche Zusammenhänge zu erkennen.

„Ich hasse diese feige Gesellschaft. Aber ich liebe die Menschen, aus denen sie besteht und die unter ihr leiden, unfähig und nicht bereit, etwas zu ändern. Eigentlich müssten wir diese zu allem Überfluss auch noch demokratisch gewählten Arschlöcher von Volksvertretern alle zum Teufel jagen und ihnen vormachen, wie man Politik macht. Eines Tages tu ich das noch."

„Wenn ich dann Bundeskanzler bin – nein, den gibt es dann nicht mehr – also wenn ich erst Staatspräsident bin, werden sich diese Wichser umschauen. Auf die Gesichter freue ich mich jetzt schon. Sollen sie sehen, wo sie bleiben, diese Versager. Jedenfalls nicht in der Regierung. Da brauche ich andere!"

So kam es ab und zu aus ihm heraus wie ein Vulkanausbruch, wenn er nicht mehr an sich halten konnte angesichts immer und überall ins Gesicht springender gesellschaftlicher und menschlicher Unzulänglichkeit und Schlechtigkeit. Unerwartet ergoss sich dann sein Magmastrom, und keiner konnte vorhersagen, in welche Richtung und wen er vielleicht vernichtend treffen würde.

Man fürchtete und schätzte ihn, vermied es, sich mit ihm anzulegen.

Zu allem Überfluss spielte er Schach und Squash gleichermaßen so gut, dass nur wenige Freude daran fanden, mit ihm zu spielen und sich so auf ihre eigene – relative - Unfähigkeit gestoßen zu sehen.

18.

Daniel lud sie beide zu einem Arbeitsessen nach München ein. Am Flughafen begrüßte er sie mit den Worten

„Also, macht ihr mit, ja oder nein? Aber ich muss mich absolut darauf verlassen können. Es gibt dann kein Zurück."

Keine Frage, es ging um das Aix-Modell. Wie, wussten sie noch nicht.

"Ohne euch mach ich es nicht."

„Ich mache mit.“

„Ich natürlich auch.“

„Klasse. Also hier die Vorplanung. Ich hätte euch mit einem Firmenwagen abgeholt, aber S-Bahn war mir lieber. Geht keinen was an, auch den Chauffeur nicht, was wir planen und wer ihr seid. Die S-Bahn fährt 32 Minuten. Das muss genügen, um die Unterlagen zu sichten. Magdas Aufgaben sind rot, Josephs blau markiert. Den Rest mache ich, zusammen mit einem Informatiker. Allerdings habe ich da noch niemanden, der zu uns passt. Mal sehen.“

Innerhalb von zwei Minuten waren sie wieder seine Sonderschüler geworden.

Der Plan war gut.

Planung und Aufbau einer virtuellen Filiale der Unternehmensberatung: drei Monate.

Eröffnung und Markteinführung: zwei Monate.

Akquisition eines Staatsauftrages: parallel zur Markteinführung, Endgültige Unterzeichnung des Auftrages maximal drei Monate danach.

Verbindungen lagen bereits vor. Es ging um eine Beratung zur Neuordnung des Gesundheitswesens und ihrer Finanzierung.

Abwicklung des Auftrages zur Gesundheitsreform, inklusive virtueller Simulation: vier Monate.

„Was haltet ihr vom Hofbräuhaus? Zu ordinär? Nein? Also gut. Habt ihr Hunger?“

Auf dem Weg gab es kleine Verständnisfragen.

„Alles in allem also ein Jahr?“

„Schaffen wir das?“

„Mitarbeiter aller Qualifikationen werden mir in ausreichender Zahl zur Verfügung gestellt. Aber wir werden nicht viele brauchen. Das meiste machen wir selbst. Geht schneller und besser. Schließlich wissen nur wir von Anfang an, worauf alles hinauslaufen soll. Die spätere Umsetzung ist anspruchsvolle aber stupide Facharbeit. Die überlassen wir dann anderen.“

„Und danach? Bleiben wir im virtuellen System oder werden wir wieder irdisch?“

Inzwischen waren sie am Hofbräuhaus angekommen, Daniel wechselte ein paar Worte mit dem ihm offenbar vertrauten Kellner, und sie bekamen einen schon für sie reservierten Tisch.

„Und nun kommen wir zu dem, was uns eigentlich interessiert.“

„Staatsgründung?“

„Fast. SL ist ein rechtsloser Raum. Auf jedem Grundstück gilt das Hausrecht des Besitzers. Daher ist SL von Kriminalität und Sittenwidrigkeit bedroht. Es wird auf die Dauer unkontrollierbar werden.“

„Willst du SL eine Gesellschaftsordnung überstülpen?“

„Vielleicht. Falls es nicht schon zu spät ist dafür. Mir schwebt vor, innerhalb von SL oder auch unabhängig von SL einen neuen virtuellen Planeten oder zumindest Erdteil einzurichten, der von vornherein eine gesellschaftliche, wirtschaftliche und politische Struktur hat: Als experimentelle politische Spielwiese."

„Macht SL da mit?"

„Verhandlungssache. Für die ist die steigende Kriminalität ein riesiges Problem. Ich stelle mir vor, dass wir sie von unserer Filiale in SL aus beraten, und zwar mit dem Ziel einer virtuellen Staatengründung außerhalb der bisherigen SL-Welt."

„Ein Abbild unserer utopischen Ideen."

„In Konkurrenz zu den existierenden zivilisierten irdischen Systemen und der chaotischen, zügellos kriminalisierten SL-Urwelt. Wer weiß, vielleicht wird die dann am Ende aufgegeben."

„Und wer soll das finanzieren?"

„Einerseits SL selbst. Das wäre das billigste. Außerdem versuche ich ja, einen Staatsauftrag zu bekommen. An dem Köder Gesundheitswesen haben sie schon angebissen. Virtuelle Simulation finden sie toll, die Feiglinge. Nur kein Risiko!"

„Im derzeitigen SL?"

„SL ist im Augenblick das Reizwort. Die Zeitungen sind voll davon. Zum Teil als Titelgeschichten. Zur Einführung eines Kassensystems machen wir daher zunächst eine SL-interne Machbarkeitsstudie. Aber wir raten dringend, im Rahmen eines Anschlussauftrages eine gesamtpolitische Simulation durchzuführen und stellen ein vollkommen neuartiges integriertes System in Aussicht, das das Gesundheitswesen mit Lohnsystem, Altersversorgung, Rechtsprechung, Steuerrecht, Staatsfinanzen und sogar einem neuen demokratischen Regierungs- und Wahlsystem verbindet. Das erfordert dann eine Neugründung."

„Das wagt doch keine Regierung."

„So natürlich nicht. Wenn da jemand hingeht und so etwas vorschlägt – hoffnungslos. Aber ihr arbeitet ja nicht mit irgendjemandem, sondern mit mir. Vergesst das nicht."

Und nach einer kleinen theatralischen Pause

„Die wichtigsten Staatssekretäre der zuständigen Ministerien habe ich hinter mir."

„Und die halten dicht?"

„Die wollen natürlich nach der nächsten Wahl selbst alle am liebsten Minister werden. Und wenn alles wie bisher weiterläuft, haben sie keine Chance. Die glauben an mich. Also arbeiten sie schon jetzt auf ihre zukünftige Evaluation hin, pflegen ihre Personalakten, machen jede Menge Fortbildungen und erwerben aktenkundige spezifische Zusatz-qualifikationen."

Magda und Joseph blieben ungläubig, schwankend zwischen den skeptischen Zweifeln, ob alles funktionieren würde und dem verlockenden Wunsch, dass das Märchen sich doch eines Tages erfüllen würde. Immerhin, was Daniel anpackte, klappte eigentlich immer – mal abgesehen von seinen ersten beiden Ehen. Und schließlich, was riskierten sie? Trotzdem fragte Joseph nach

„Und was, wenn es nicht klappt?"

„Abwarten. Zunächst wollen wir denen mal dein Ei ins Nest legen. Mal sehen, was die daraus ausbrüten. Vielleicht ist es ja ein Windei. Vielleicht aber auch wirklich das Ei des Columbus."

„Wieso hatte der eigentlich nur eins?" fragte Magda belustigt.

„Und wenn es sich dann wirklich als faules Ei entpuppt?" griff Joseph das Bild auf, als hätte er ihre Bemerkung überhört.

„Dann war es halt ein Kuckucksei. Was soll's. Schlimmstenfalls ein Rausschmiss bei unserer Unternehmensberatung. Aber da wollen wir ja ohnehin nicht bis zur Rente bleiben. Wir machen unsere eigene Unternehmensberatung auf. Ist doch Beta wie Gamma."

„Und du als Alpha-Bulle", kam es höhnisch von der immer noch amüsierten Magda.

"Ein Argument mehr, einzusteigen", übernahm Daniel Magdas spöttisches Kompliment.

„Und ich als Beta- oder Gammamännchen? Da mach ich nicht mit."

„Ich weise darauf hin, dass du bereits im Boot bist. Also: Aussteigen verboten."

"Wie willst du …"

„Halt. Wir, nicht ich."

„Richtig. Also. Wie werden wir …"

„Schön, Joseph, das klingt schon besser."

„Nun lass ihn doch mal!"

„Ich weiß ja, was er will. Also wir werden zunächst in SL einen Musterstaat gründen. Klappt da alles, sehen wir weiter. Der Sprung in die Realität ist dann eine Frage des Marketing oder sagen wir, der Propaganda."

„Denkst du an eine globale oder lokale Staatsgründung in SL?"

"Am liebsten würde ich zwei oder gar drei Staaten gründen. Zum Systemvergleich. Testszenarium wäre Europa im Nord-Süd-Konflikt mit wirtschaftlicher Bedrohung von Asien."

„Europa isoliert?"

„Natürlich eigentlich nicht. Aber wir können ja nicht die ganze Welt abbilden."

Nun war Daniel in Fahrt geraten und nicht mehr zu bremsen.

„Ihr kennt ja meine Idee zum Nord-Süd-Konflikt. Wie im früheren kommunistisch-kapitalistischen Kampf der Systeme, also im Ost-West-Konflikt mit Berlin als geteilter Frontstadt stelle ich mir einen christlichjüdisch versus moslemischen Nord-Süd-Konflikt mit Jerusalem als geteilter Frontstadt vor. Dann haben wir endlich wieder einen stabilisierenden Wettkampf der Systeme. Die Muselmanen haben eine starke und offenbar begeisternde Ideologie. Dem sogenannten „Westen" fehlt sie. Kapitalismus ist keine Ideologie. Begeistert keine Massen. Die sind ja mehrheitlich nicht beteiligt. Also ist ein begeisterungsfähiges System zu schaffen mit einer eigenen moralischen Ideologie. Joseph hat die Grundlage geschaffen. Der Rest ist Magdas Aufgabe."

„Soll das nördliche System siegen?"

„Siegen? Erst mal trotz aller Bedrohung erfolgreich überleben. Wenn wir einen Staat beraten, muss das neue System natürlich so gewaltige Vorteile haben, dass es den konkurrierenden anderen deutlich überlegen ist. Und da bin ich sicher, dass wir auf dem richtigen Weg sind."

Die Stunden vergingen. An das Hofbräuhaus schloss sich der Englische Garten an, Kaffee im chinesischen Turm, dann auf Magdas Wunsch ein Stadt- und Geschäftebummel. Keine Boutique wurde ausgelassen: Joseph und Daniel wetteiferten im Aussuchen extravaganter Kleidungsstücke für Magda. Sie kam aus der Kabine nur heraus, um die Kollektion den beiden Herren vorzuführen. Sie war begeistert. Aber alles war zu teuer. Die Scheidungsfinanzierung ließ keine pekuniäre Leichtfertigkeit zu.

Beim Italiener wurde der Neuanfang gebührend gefeiert.

Dann ging es zurück zum Flughafen.

Bis Frankfurt flogen Magda und Joseph noch gemeinsam. Ihnen rauchte der Kopf. Ganz begriffen hatten sie noch nicht, worauf sie sich eingelassen hatten.

19.

Kurze Zeit nach ihrem Treffen in München wurde Joseph – inzwischen fest angestellt bei GAMMA - von seinem früheren Tutor zu einem Gespräch gebeten. Das war an sich nichts Besonderes, aber diesmal trafen sie sich nicht wie sonst nur kurz im Büro, um sich dann in der Mittagspause oder nach dem – de facto nicht existierenden – Dienstschluss in einem Restaurant zu besprechen, sondern er bestellte ihn, wie früher während der Traineezeit, morgens um 10 Uhr in sein Büro, und, dort angekommen, bat er ihn ganz offiziell, Platz zu nehmen, bot einen Kaffee an und machte eine so ernste Miene, dass Joseph fürchtete, er solle gefeuert werden.

Aber nichts desgleichen. Der Mentor erläuterte umständlich, dass es im Unternehmen wenige feste Regeln gäbe, aber doch immerhin ein paar, die dann auch ernst zu nehmen seien, und eine der wichtigsten davon sei unbedingte Verschwiegenheit. Es gebe bisweilen Vorgänge, die eine größere Tragweite besäßen als man sich als Außenstehender vorstellen könne, und in solchen Fällen würden die Beteiligten besonders auf die Pflicht zur Geheimhaltung hingewiesen. Verstöße dagegen hätten mit großer Sicherheit fristlose Kündigung zur Folge. Nach dieser langatmigen Belehrung suchte er einen Vorgang aus seiner bereitliegenden Unterschriftenmappe heraus.

Obwohl Joseph seine dienstliche Diskretion und Schweigepflicht immer sehr korrekt befolgte, fürchtete er nach dieser ernsten Vorrede, er habe vielleicht doch versehentlich einmal vorschriftswidrig etwas Wichtiges ausgeplaudert. Er ging die größeren Beratungen der letzten Monate noch einmal durch, fand aber keinen Anhaltspunkt. Besonders bedeutsame Projekte hatte er zurzeit nicht in Arbeit. Es konnte also eigentlich nur eine vorsorgliche Belehrung in Hinblick auf ein neu anstehendes, vielleicht politisch brisantes Projekt handeln, an dem er mitarbeiten sollte.

Stattdessen kam zu seiner großen Überraschung die Tagung im Kloster zur Sprache.

„Ich bin beauftragt, Sie zu verpflichten, über Inhalte und Ergebnisse Ihrer Konferenz in Aix-en-Provence absolutes Stillschweigen zu bewahren. Auch gegenüber anderen Teilnehmern der Konferenz. Falls Sie jemals jemanden von Ihren dortigen Gesprächspartnern wieder sehen sollten, gehen Sie nicht auf die damaligen Themen ein. Sie mögen es für einen Test junger Mitarbeiter halten. Aber ich rate Ihnen, diese Verpflichtung sehr ernst zu nehmen, und ich muss Sie bitten, mir eine Geheimhaltungsverpflichtung zu unterschreiben."

Mit diesen Worten legte er ein Schreiben vor, in dem die Verpflichtung schriftlich festgehalten war und die Tagung in Frankreich explizit aufgeführt war. Joseph las die vorbereitete Erklärung durch und unterschrieb kopfschüttelnd. Der Vorgesetzte seinerseits unterschrieb den angefügten Passus, in dem er bestätigte, über die Wichtigkeit der Vereinbarung und eventuelle Konsequenzen ihrer Nichteinhaltung aufgeklärt zu haben.

Und dann, als habe er sich aus einer ungeliebten Rolle befreit, verfiel er wieder in den gewohnten freundschaftlichen Umgangston.

„Wenn Sie Zeit haben, könnten wir uns gegen Abend im „Chez Albert" treffen. Der Nouveau Beaujaulais ist gerade eingetroffen und die Stammgäste sind zur Probeverkostung eingeladen. Das sollten wir uns nicht entgehen lassen. Sagen wir um 18.30, wie üblich. Würde das passen?"

Erleichtert stimmte Joseph zu, und die Unterredung war beendet.

Am Abend war alles wieder entspannt wie immer. Man plauderte über Tagesgeschehen, tauschte Informationen über gemeinsame Projekte aus und probierte auf Empfehlung des Küchenchefs einige Sorten des neuen Weines.

Auf die seltsame Unterredung vom Vormittag kamen sie nicht mehr zurück. Warum auch? Den genauen Wortlaut ihres offiziellen Tagungsberichts hatte Joseph nicht mehr in Erinnerung. Aber ihm war bewusst, dass sie das ungewöhnliche Tagungsprogramm wie eine Aufforderung zu aberwitzigen Gedankenexperimenten interpretiert hatten und am Ende im Ergebnisprotokoll unter dem fadenscheinigen Deckmantel eines formal ernsthaften Disputs ein absurdes oder zumindest kafkaeskes Bild zukünftiger Unternehmenskultur abgeliefert hatten. Sie hatten angenommen, dass niemand den Ernst erkennen würde, der darin versteckt war. Eigentlich hatten sie damals sogar erwartet, dass sie deshalb von den Vorgesetzten zur Rede gestellt würden. Aber nichts desgleichen war geschehen.
Jetzt freilich sah er es anders.
Wirklich ein Genie, dieser Daniel!

20.

Wenig später wurde Joseph mit einem ungewöhnlichen Auftrag betraut.
Man informierte ihn, dass im Internet unter dem Namen „Second Life" oder kurz „SL" eine ursprünglich als interaktives Computerspiel konzipierte virtuelle Welt entstanden war, in die man sich als Person oder Unternehmen einkaufen und so mit anderen Spielteilnehmern kommunizieren konnte …
Joseph hörte geduldig zu, zeigte sich interessiert, ließ sich aber nicht anmerken, dass er über SL besser informiert war als sein Gesprächspartner.
„Wir sind der Überzeugung, dass sich SL zu einem gigantischen Testmarkt und mit der Zeit zu einem wirklichen gewinnbringenden Einkaufsmarkt entwickeln wird, in dem alle weltweit agierenden Unternehmen Niederlassungen unterhalten. Der Anteil der dort getätigten Kaufabschlüsse wird aller Voraussicht nach auf ernst zu nehmende Anteile am Gesamtumsatz der Unternehmen anwachsen, ähnlich, aber in viel größerem Ausmaß, wie der heutige Online-Handel, den SL ablösen wird. Unsere Unternehmung wird in Kürze in diesen Markt einsteigen. Dabei werden wir uns nicht auf traditionelle Unternehmensberatung beschränken sondern darüber hinaus völlig neuartige Produkte entwickeln. Wir bieten Ihnen an, zusammen mit drei Kollegen aus anderen Niederlassungen das Projektmanagement zu übernehmen."
„Von welcher Art neuartiger Produkte sprechen Sie?"
„Wenn Sie ernsthaft interessiert sind, gebe ich Ihnen vorab erste – natürlich vertraulich zu behandelnde - Informationen. Genaueres teile ich Ihnen erst mit, wenn Sie sich zur Mitarbeit entschlossen haben."

„Also ein geheimer Auftrag?"

„Wenn Sie so wollen. Jedenfalls fällt er unter die von Ihnen vor einiger Zeit unterschriebenen Geheimhaltungsverpflichtung."

Er bekam einige Unterlagen, die deutlich Daniels Handschrift zeigten.

„Bis wann können Sie sich entscheiden, ob Sie das Angebot annehmen?"

„Geben Sie mir drei Tage Zeit."

„OK. In drei Tagen zur selben Zeit?"

„In Ordnung."

Es ging in Ordnung.

21.

Wer war der passende Informatiker?

Daniel hatte diesmal keine geeigneten Connections, fragte Joseph nach qualifizierten Berufskollegen, schlug selbst einige vor, von denen er gehört hatte, fand aber nicht die rechte Besetzung. Schließlich entschied man sich für Jakob Eberle.

Josephs Kollege Laban hatte dem Informatiker Jakob Eberle aufgrund von Empfehlungen der Universität und wegen seiner guten wissenschaftlichen Zeugnisse als freien Mitarbeiter verpflichtet und ihm einen größeren und ziemlich schwierigen Auftrag gegeben. Joseph hatte ihn kurz darauf als bei weitem Jüngsten in sein Team übernommen und gute Erfahrungen mit ihm gemacht. Bei aller fachlichen Selbständigkeit erwies er sich als erstaunlich flexibel, und er verstand es, sich schnell an die immer wieder wechselnden Anforderungen des Beratungsbetriebes anzupassen.

Trotzdem waren sie lange unschlüssig gewesen. Magda mochte ihn nicht. Er war groß und dicklich und - nicht nur körperlich – schwammig und irgendwie wabbelig, hatte seine fettigen Haare in kindlicher Art frisiert, sprach immer etwas geschraubt, noch dazu mit näselnder, wenig artikulierter hoher Knabenstimme, schaute sein Gegenüber mit seinen durch Brillengläser stark vergrößerten Augen glubschig an und machte einen zu weichen und dienstfrigen Eindruck, um auch menschlich so ernst genommen zu werden, wie es im Fachlichen seine wissenschaftlichen Zeugnisse forderten.

Er würde wohl nie richtig zu den Dreien gehören können. Für sie war er „Mamis liebster Bub", aber menschlich kein gleichwertiger Partner. Schade. – Vermutlich jedoch ließ er sich gut in ihrem Vorhaben einsetzen. Und da er allseits empfohlen wurde und sie so schnell keinen besseren fanden – wirklich gute Informatiker waren schwer zu bekommen - nahmen sie ihn zur Probe in ihr SL-Team auf. Als Schiffsjunge sozusagen.

Es schien ein guter Griff zu sein. Ein Hinweis genügte – Genaueres hielten sie ihm gegenüber noch zurück – und er informierte sich in kürzester Zeit so gründlich über SL, testete Möglichkeiten einer virtuellen Unternehmensgründung und beschaffte in seinem Übereifer sogar durch seine Beziehungen aus der Universitätszeit – überflüssigerweise allerdings, denn Daniel hatte ja bereits sehr viel weiterreichende Verhandlungen geführt - eine kostenlose halbjährige SL-Probelizenz mit großzügigen Freiheitsgraden zum Experimentieren.

Er machte seine Arbeit so gründlich und gut, dass es ihnen bald schon unangenehm war, wie sehr sie in Abhängigkeit von seiner fachlichen Kompetenz gerieten.

Dank seiner Hilfe kamen sie schneller voran, als vorgesehen.

Mit Unterstützung des SL-Managements begann Daniel ein großes Forschungsprojekt zur virtuellen Präsenz des Gesundheits-, Finanz- und Bildungswesens.

Über dieses Forschungsprojekt schaffte Daniel es, die Institutionen, die sie für ihre späteren Pläne benötigten, ebenfalls zum Einstieg in SL zu gewinnen: Krankenkassen, Ärztevereinigung, Pharmaindustrie, Banken, Gewerkschaften, Arbeitsamt, Kammern, Finanzämter, und sogar das auswärtige Amt richtete eine diplomatische Vertretung mit diversen Dienstleistungen ein.

Auch die katholische Kirche war präsent, und Daniel zelebrierte zusammen mit dem volkstümlichen Bischof von Köln die Einweihungsmesse.

22.

Es war ein großes theologisches Ereignis. Lange hatte sich der Vatikan gesträubt, in einem virtuellen Land mitzuwirken. Nicht zuletzt wegen des unwillkommenen Namens „Second Life". Man empfand die so schnell sich entwickelnde virtuelle Welt als Teufelswerk, auch wenn man sie offiziell niemals so bezeichnete.

Trotzdem hatten sich in SL bereits freie Kirchengemeinden gegründet. Mangels geweihter Geistlicher schlüpften Avatare als Laienprediger in Priestergewänder und hielten sonntags Messen ab, die mehr und mehr Zulauf hatten. Es entwickelte sich eine liberale christliche Aktivität, über die die Kirche keine Kontrolle mehr hatte.

Über einen Kardinal nahm der Vatikan Kontakt mit SL auf. Seine Forderung, Kirchen in SL zu verbieten, wurde abgelehnt. Rechtliche Schritte wären vielleicht erfolgversprechend, aber mit Sicherheit abträglich für das Image der katholischen Kirche gewesen. SL verwies den Kardinal an die Unternehmensberatung GAMMA, die diesem klar machte, dass eine Flucht nach vorn die einzige Möglichkeit wäre, die verlorenen Schafe wieder einzufangen.

Daniel schlug dem SL-Management vor, mit dem Vatikan über einen Bischofssitz in SL zu verhandeln. Wegen der derzeitigen Popularität des Papstes, meinte er, sei es am besten, wenn dieser sich persönlich öffentlich dafür ausspräche.

SL versprach sich von einem Bischofssitz der katholischen Kirche großen Vorteil und bot an, auf eigene Kosten eine riesige virtuelle Kathedrale zu errichten. Weltweit werde man namhafte Architekten und Künstler für die Ausgestaltung gewinnen können.

Doch der Vatikan blieb bei seiner starren Haltung und lehnte ab.

Als sich aber zeigte, dass andere christliche Religionsgemeinschaften, die sich dort etabliert hatten, immer mehr Zulauf fanden und sogar die Zeugen Jehovas bereits den zweiten Dreikönigssaal eingeweiht hatten, ergriff der tatkräftige und beliebte Bischof von München – zufälligerweise ein guter Bekannter von Daniel – die Initiative. Zusammen mit einigen einflussreichen Kardinälen erwirkte er schließlich die päpstliche Zustimmung, endlich das Angebot von SL anzunehmen, die so aufwändig geplante Kathedrale mit Bischofssitz in SL zu errichten. Auch die Erlaubnis für Gottesdienste, Beichten und virtuelle Messen wurde erteilt.

Unter der Leitung des Kölner Bischofs wurde ein geistlicher Avatar geschaffen. Seine Reden und Auftritte wurden von der Bischofskonferenz organisiert. Ein Mönch des Klosters Maria Laach lieh dem Bischofsavataren seine Stimme und sprach die Einweihungsmesse. Es wurde ein riesiger Publicity-Erfolg. Erstmalig übertrug das Fernsehen live einen Gottesdienst aus SL. Einen kleinen Teil der Predigt hatte die Bischofskonferenz Daniel übertragen, der die ganze Entwicklung maßgeblich beeinflusst und gefördert hatte und dem man zutraute, einfache Worte zu finden, die auch bei den Gläubigen der liberalen Kirchengemeinden in SL ankamen. Man schenkte ihm eine neue Existenz als geistlicher Avatar, dem er seine Stimme verlieh. Sein Thema war die gegenwärtige Entwicklung und Entartung der Moral:

„Liebe Brüder und Schwestern,
wir alle leben in einer Welt religiöser und moralischer Unsicherheit. In den langen Jahrzehnten seiner schrecklichen Herrschaft hat der Kommunismus den von ihm bekämpften und verbotenen Religionen immerhin eine soziale Idee entgegengehalten, zwar keine religiöse - Gott hatte in ihr keinen Raum - gleichwohl aber eine menschliche Moral, in der noch ein wenig von Gottes Atem spürbar geblieben war. Mit seinem Zusammenbruch aber ist auch dieses letzte Element der Nächstenliebe verloren gegangen, indem es dem erschreckenden moralischen Vakuum des Kapitalismus das Feld räumen musste.

Und dieses Vakuum hat sich auf den Westen ausgedehnt, der nun im Wettkampf der Systeme keine Rivalität mehr fürchten musste und sich Millionen von Arbeitslosen leisten konnte.

In Ost und West hat der Bazillus des Kapitalismus die leeren Herzen vergiftet und die Erfolge im Streben nach Wohlstand lassen die kalte Öde in unserem Inneren vergessen.

Er wütet überall, dieser Bazillus: im Zusammenleben mit unseren Nachbarn und Freunden, ja, in der eigenen Familie und Ehe und, wenn wir vor uns ehrlich sind, liebe Brüder und Schwestern: Kämpfen wir nicht in uns selbst ständig den gleichen Kampf gegen diesen mächtigen Gegner? Und verlieren wir ihn nicht Tag für Tag aufs Neue?

Werden nicht Ehen, die vor Gott geschlossen wurden, leichtfertig gebrochen, Freundschaft für kurzfristigen Profit aufgegeben, ja, Alte und Kinder im Stich gelassen, wenn sie Hilfe und Liebe am nötigsten hätten, nur weil sie uns lästig sind? Schließen wir nicht feige unsere Augen nur allzu oft vor alledem und lassen es zu? Billigen wir dies alles am Ende nicht sogar und schlüpfen wir nicht mehr und mehr aus unserer gottgewollten menschlichen Verantwortung, indem wir nach einem Staat schreien, der sich gefälligst um all das kümmern soll, was einmal Herzensangelegenheit war?

Erleben wir nicht jede Woche sogar im Sport, wie sich der Bazillus des egoistischen Kapitalismus ausbreitet, wenn Fußballspieler den Anforderungen skrupelloser Profitgewinnung folgen und die Regeln der Fairness verlassen, wenn sie beim Foulspiel durch vorsätzliche Körperverletzung oder durch eine gekonnte ‚Schwalbe' ihren Vorteil suchen oder gar durch Doping? Bewundern wir sie nicht am Ende noch für ihre perfide Cleverness?

Vielleicht sagen wir uns, die Schuld liegt bei ihren Arbeitgebern, indem sie die Fouls, die Schwalben, ja sogar das Doping verlangen, diese Gewissenlosigkeiten, ohne die ein Spielvertrag in der Bundesliga und Spielen in der Nationalmannschaft nicht möglich wäre. Aber, liebe Brüder und Schwestern, sind unsere geliebten Sportidole nicht in Wahrheit Gesetzesbrecher, wenn sie darauf eingehen, die von der Moral vorgezeichneten Pfade verlassen und sich ihren privaten kurzen Weg zu Geldmillionen und Glück suchen?

Doch seien wir ehrlich. Wünschen wir uns nicht alle, wie sie, in unserem Beruf den kurzen Weg zum schnellen Geld, statt das mühsame Ziel im Auge zu haben, wofür wir bezahlt werden? Ist es nicht sogar so, dass wir in unserer Gesellschaft heute mehr gelten, wenn wir zum eigenen Vorteil betrügen, als wenn wir schlicht unsere Pflicht tun? - Ist nicht heute der ein Versager, der nicht versucht das Finanzamt zu umgehen? Bewundern wir nicht heimlich den geschickten Versicherungsbetrug und den skrupellosen Chef, der seiner Karriere zuliebe Tausende in die Arbeitslosigkeit schickt?

Und, liebe Brüder und Schwestern, gehen wir nicht alle in unserem Herzen allzu oft heimlich die verbotene Abkürzung in den so wunderbar von Gott angelegten Gärten unserer Welt? Glauben wir, er sieht es nicht? Glauben wir nicht mehr an Gott? Wollen wir ihm nicht mehr folgen? ..."

Und er schloss mit den Worten

„Und hätte ich der Liebe nicht, ... – der Liebe unserer Kinder, der Familie, der Nachbarn, der Sportfreunde, Gottes Liebe – so wäre ich nichts und könnte ich selbst Berge versetzen und hätte der Liebe nicht, so nützte es mir nicht.

Lasst uns beten: ‚Herr schenk uns deine Liebe, öffne unsere Augen, auf dass wir die Liebe wieder finden, hilf uns, dass wir in der Ehe, in den Kindern, in unseren Eltern, in unserer ganzen Familie, im Sport, im Beruf auf unsere privaten Abkürzungen verzichten, dass wir das göttliche Licht der Liebe wieder erblicken, für das wir so blind geworden sind, dass wir wieder Mitleid haben mit den Armen, mit den von unserer Gesellschaft Ausgestoßenen, den Alten, den Kranken, den Arbeitslosen'"

Bewusst hatte Daniel für seine Worte einen beinahe provozierend naiven archaischen Stil gewählt. Nur keine billige Anbiederung an die modische Sprache von Computerfreaks. Gerade nicht in SL, wo dieser Verdacht nahelag – und in Wahrheit natürlich auch ins Schwarze traf. Kurz, klar, eindringlich, für alle verständlich. Fest verankert in katholischer Tradition. Lieber nahm er das Lächeln über seine plumpe bäuerliche Eindringlichkeit in Kauf als eine Unterstellung modischer Zugeständnisse. Der Schafspelz musste beeindrucken, nicht der Wolf darin, denn es galt, die ewig Gestrigen zu gewinnen. Die Fortschrittlichen würden ihm später ohnehin in Scharen zulaufen.

Seine Predigt erregte Aufsehen.

Daniel hatte sein „Yes we can" gefunden. Schlicht, einfach, anrührend. Modern nur, weil die Rückbesinnung auf ewige menschliche Werte so lange aus der Mode gewesen war, dass sie jetzt geradezu revolutionär klang.

Journalisten sprachen von der „neuen SL-Moral", und selbst die Kirche konnte sich dem nicht verschließen, dass aus der virtuellen Welt moralische Signale kamen. „Second Life" hatte – trotz ihres gesetzlosen Chaos - eine ideologische Dimension bekommen.

Seine Predigten wurden zur allsonntäglichen Einrichtung. Daniel verstand es, im Gewand des Geistlichen unbehelligt Stück für Stück die ganze ideologische Idee der geplanten Staatsreform in die ahnungslosen Herzen seiner Zuhörer zu pflanzen – und weil alles so neu und anders klang, beschäftigte sich die Presse und schließlich sogar die Politik mit seinen Thesen.

Der Boden war bereitet.

23.

Danach ging alles sehr schnell. Das eigene Unternehmen hatten sie glänzend positioniert. Ihre virtuelle Filiale wurde mit Aufträgen überhäuft. Sie hatten die volle Unterstützung der Unternehmensleitung. Man ließ ihnen freie Hand und sie konnten die SL-Niederlassung wie ein selbständiges Unternehmen führen. Alles war Daniel, Magda und Joseph überlassen. Natürlich hatte Daniel den Vorsitz. Magda war für Marketing und Personal zuständig, Joseph kümmerte sich um interne Planung und Organisation.

Jakob Eberle hatte fest mit einem Vorstandsposten gerechnet. Aber sie hatten sich nicht dazu entschließen können. Zu sehr war ihre Dreiergemeinschaft von ihrer gemeinsamen Zeit in Aix geprägt. Ihre intime Vertrautheit wollten sie für sich behalten. Kein anderer passte da hinein. Und schon gar nicht Jakob, der sich inzwischen, „Jago" nennen ließ, allerdings in amerikanischer Aussprache - [djägo] - nicht italienisch, wie bei Othello, den er vermutlich nicht kannte - wie hätte er sich sonst mit einem solchen Namen zieren können?

Immer wieder trafen sie sich, meist in München, aber auch in Frankfurt und Hamburg. Fast immer ohne Jakob. Er war der unentbehrliche Informatiker. Mehr nicht. Und das wusste er. Man war freundlich und korrekt gegeneinander, machte Scherze, und Magda und Joseph gingen – im Gegensatz zu Daniel - auch meist freundschaftlich auf seine plump vertrauliche Art zu witzeln ein. Aber es blieb eine trennende Distanz, die Jakob nicht überwinden konnte.

Der wandte sich schließlich– unter Hinweis auf seine Qualifikation, Leistung und Wichtigkeit im SL-Projekt - direkt an den GAMMA-Zentralvorstand in Frankfurt, um seine Gleichstellung zu erwirken.

Die Drei erfuhren noch während der Sitzung des Zentralvorstandes davon, als sie – zufällig ebenfalls in Frankfurt – bei einem ihrer Dreiertreffen zusammen saßen.

Daniel war daraufhin sofort aufgesprungen. Unangemeldet platzte er in die Vorstandssitzung und spielte Sonderschullehrer. Noch ehe sie recht wussten, was geschah, donnerte er mit seinem Straßentheaterton:

„Wer hat in SL zu bestimmen?"

Fragende Blicke. Und, kaum eine Antwort abwartend

„Gut. Solange ich da bin, bestimme ich in SL. Nicht die Zentrale. Und schon gar nicht ein Jakob Eberle. So ist es vereinbart. Und so bleibt es."

„Und wie wollen Sie Jakob Eberle halten?"

„Das überlassen Sie uns. Notfalls wird er gefeuert. Aber dazu ist jetzt nicht der Zeitpunkt."

Und weg war er. Das Problem wurde von dieser Seite nie wieder angerührt.

Kaum eine halbe Stunde dauerte es, bis er wieder zurück war.

„Dieser Wichser. Jetzt wird er erst mal für ein Weilchen den Schwanz einziehen - und uns aus der Hand fressen."

Und wie um das Gesagte mit konkretem Inhalt zu füllen, legte er, ohne die Reaktionen der anderen abzuwarten, noch nach:

„Na, Magda, hast du keinen hübschen kleinen Sonderauftrag für ihn? Einen der ihn richtig ärgert?"

„Erstens möchte ich möglichst wenig mit ihm zu tun haben. Schon wie er mich immer anschaut! Außerdem meine ich, wir sollten nicht übertreiben. Wie ich ihn kenne, wird dieser Jago uns das nie vergessen. Und eines Tages ..."

„Feuern wir ihn."

„Du vielleicht", mischte sich Joseph ein, „Dir kann ja auch keiner was tun. Du bist zu souverän. Aber bei uns ist das anders. An mir könnte er Rache nehmen. Oder an Magda."

„Genau!", stimmte sie zu. „Bei dir traut er sich nicht. Aber das Ganze steckt er nicht so einfach weg. Das duldet seine Eitelkeit nicht. Niemals. Er wartet auf seine Stunde. Irgendwann findet er was. Und dann kommt die Ratte wieder aus ihrem Loch. Das traue ich ihm zu bei seiner schleimigen Cleverness."

24.

Die virtuelle Welt von Second Life hatte inzwischen derartige Popularität erlangt, dass sich die Anzahl der Avatare innerhalb von drei Monaten versechsfacht hatte. Ähnlich schnell hatte die Zahl der dort angesiedelten Betriebe zugenommen. Das hatte ihnen bei der Gründung von GAMMA-SL, der virtuellen Filiale ihrer Unternehmensberatung sehr geholfen. Sie hatten Glück gehabt. GAMMA war die erste global agierende Unternehmensberatung gewesen, die in SL eine große Filiale eröffnet hatte, und die Marktführerschaft wurde ihr von niemandem streitig gemacht. Im Gegenteil. Der Erfolg in SL wirkte zurück auf den Bekanntheitsgrad der Muttergesellschaft, was es wiederum Daniel sehr erleichterte, erste staatliche Aufträge auch für GAMMA-SL an Land zu ziehen.

Aber eigentlich war ihnen alles zu schnell gegangen. Eine unauffällige Simulation ihrer Vision von einer neuen Staatsform in SL war inzwischen ohne Beachtung von Öffentlichkeit und Presse nicht mehr möglich.

Schade. Denn so surrealistisch ihre Ideen auch gewesen waren, sie waren ihnen so lieb geworden, dass sie gern vorab ein spielerisches theoretisches Experiment im Verborgenen gestartet hätten, um Erfahrungen zu sammeln und nachzuweisen, dass – und davon waren sie inzwischen überzeugt, trotz aller offenkundigen Absurdität – es wirklich eine – vielleicht *die* - Möglichkeit zum Überleben der westlichen Weltposition gewesen wäre.

Eine direkte politische Realisation in Europa war natürlich erst recht unmöglich. Womit hätte man beginnen sollen? Es hätte sofort zu Protest und zum Scheitern geführt, egal in welchem europäischen Land und egal, womit man angefangen wäre.

Das Lohnsystem – kontinuierliche Evaluation und Bezahlung nach erwartetem Restnutzen für die Gesellschaft – vor allem aber die Bekämpfung der Arbeitslosigkeit durch Zwangspensionierung überalterter oder ökonomisch unrentabler Arbeitskräfte würde die Gewerkschaften alarmieren, die ohnehin längst zur besitzstandwahrenden Lobby derer entartet waren, die in Brot und Arbeit waren.

Ähnlich stand es um die Regierung und die politischen Parteien, die statt des Wohles der Gesellschaft, nur das kurzfristige Erreichen und Bewahren der politischen Macht im Auge hatten und sich bei der Verfolgung dieser Ziele durch Meinungsumfragen von Marketingagenturen statt durch fachliche Argumente leiten ließen.

Außerdem war die Einführung des neuen Gesellschaftssystems nur in Verbindung mit einem umfassenden computergestützten Evaluationssystem möglich – dessen Einführung unweigerlich die Datenschützer und deren Heerscharen von politisch korrekten Kämpfern gegen den gläsernen Staatsbürger auf den Plan rufen würde – wie bereits bei der letzten großen Volkszählung, die damals auf diese Weise zu Fall gebracht worden war - seinerzeit ein harmloses Unterfangen verglichen mit dem jetzigen Plan .

Das bahnbrechend revolutionäre neue Gesundheitssystem – medizinische Leistungen nur bei positivem ökonomischem Restwert des Patienten, sonst lediglich Symptombehandlung – zum Beispiel durch Schmerzmittel, Psychopharmaka, bis hin zu Opiaten – würde einen gemeinsamen Aufschrei von Medizinern und Patienten auslösen.

Die vorgesehene Altersversorgung – Zwangspensionierung und Altersreservat, sobald der Restwert unter den Arbeitslohn zu sinken droht: Kaum auszudenken, wie die Proteste aussähen.

Abschaffung von Erbschaften – politisch vollkommen unmöglich.

Jeder einzelne Baustein ihrer Vision war von vornherein politisch zum Scheiten verdammt.

Was tun? Vergessen? Aufgeben? – Niemals.

Für die letzte Aprilwoche vereinbarten sie ein Dreiertreffen auf der Hütte eines Schweizer Kollegen im Berner Oberland.

Jeder hatte zur Vorbereitung eine Hausaufgabe übernommen und Strategien aus seinem Spezialgebiet für das Treffen entwickelt. Magda eine Studie über Möglichkeiten des politischen Marketings und der psychologischen Analyse, Joseph denkbare Organisationsformen eines Staates in SL und die statistische Auswertung zur Gewinnung aussagefähiger Ergebnisse. Daniel hatte sich um Möglichkeiten späterer politischer Durchsetzung ihrer futuristischen Ideen und deren Finanzierung gekümmert.

Jakob sollte erst später beauftragt werden, sich mit den Möglichkeiten der technischen EDV-Umsetzung zu beschäftigen. Bei der inhaltlichen Projektplanung wollte man ihn auch diesmal nicht dabei haben. Irgendwann musste man ihn natürlich einweihen. Aber sie hatten ihn nicht in die Hütte eingeladen.

Für eine Woche stand ihnen das abgeschiedene Gebirgsdomizil zur Verfügung. Das musste reichen. Länger konnten sie sich trotz der Fortführung ihrer laufenden Internetkontakte von ihrer eigentlichen Arbeit nicht alle drei gleichzeitig zurückziehen.

Wie immer eröffnete Daniel.

„Gilt unser Schwur?"

„Sonst wären wir nicht hier."

„Also an die Arbeit. Eines vorweg: Wir müssen Geld auftreiben. SL will selbst keine konkrete Staatsform einführen. Will unpolitisch bleiben. Da lassen sie auch nicht mit sich reden. Immerhin wollen sie uns auf Zeit, sozusagen zur Probe, ein Terrain überlassen, eine Spielwiese, auf der wir für ein Jahr tun und lassen können, was wir wollen."

„Auch eine Staatsgründung?"

„Auch das. Aber sie wollen daran verdienen und vorher informiert werden, wenn wir etwas Außergewöhnliches planen."

„Wie viel verlangen sie?"

„Inklusive aller Nebenkosten für jede virtuelle Person in unserem Terrain zehn Dollar." Und, an Joseph gewandt: „Wie viele Leute brauchen wir?"

Das war Josephs Bereich

„Für eine aussagefähige Simulation etwa eine Million."

Und zu Magda: „Finden wir die?"

„Interessierte zu finden ist nicht das Problem. Bei entsprechender werblicher Vorbereitung könnte man ein Heer von Habenichtsen und Unzufriedenen mobilisieren: Ich denke an Arbeitslose, Frauen und junge Sprinter, die ihre Karriere durch alte Postenhalter verstellt sehen, die sie gern loswürden. Ich schätze, dass sich in unserer Gesellschaft etwa 25% unterbewertet fühlen. Davon müssten wir 10% dazu bewegen, mitzumachen. Wenn ihnen das irgendeine Perspektive gibt, kein Problem. Die Frage ist, womit wir sie ködern."

„… und wie wir einen repräsentativen Bevölkerungsquerschnitt hinbekommen", wandte Joseph ein.

„Unsinn. Entscheidet euch: wollt ihr eine Revolution oder eine wissenschaftliche Studie?"

In seiner unnachahmlichen Art hatte er es wieder auf den Punkt gebracht. Eine Antwort schien sich zu erübrigen.

„Also Revolution. Und da brauchen wir die Habenichtse. Die sind genau dafür repräsentativ. Wir neuinszenieren die Bettleroper. Codename Polly."

„Warum nicht Danivision?"

„Oder Daniopolis?"

Daniel schien es nicht zu hören, und weiter tönte das Maschinengewehr „Finanzierung über Parteigründung. - SL-Kostendeckung danach durch Parteibeiträge. - Joseph bereitet inhaltlich alles vor. - Magda macht das Parteiprogramm. - Jakob bleibt noch draußen vor. - Ende der Sitzung. - Weiter kommen wir ohnehin nicht. - Nächste Sitzung wieder bei mir in München. Wie lang braucht ihr?"

„Wir können gleich anfangen."

„Reicht euch die Woche?"

Eine Antwort wartete er nicht ab. Stattdessen holte einen Stapel Unterlagen aus seinem Koffer und legte sie auf den Tisch.

„Hier sind alle nötigen Informationen."

Ehe die beiden begriffen, was los war, verabschiedete er sich:

„Gut. Dann lasse ich euch jetzt allein, besorge Sponsoren, mache den Vertrag bei SL und kümmere mich um die Formalien der Parteigründung. Könnt ihr über München zurückfliegen?"

„OK"

„Also bis Sonntag", und weg war er.

Nicht einmal eine Nacht war er geblieben.

25.

Plötzlich sie allein im Berner Oberland: Joseph, Magda, eine einsame Hütte, eine paranoide Staatsidee, leere Zettel, die sich mit Entwürfen füllen sollten, kein Daniel, eine Woche lang.

Sie gingen vor die Hütte, winkten noch einmal dem durch die sonnige Frühlingslandschaft talwärts fahrenden Auto nach, bis es nicht mehr zu sehen war, mehr um etwas zu tun, als um Daniel zu verabschieden, der sie vermutlich überhaupt nicht mehr wahrnahm.

Und dann, als sie zur Hütte zurückgingen, unvorhergesehenerweise zu zweit, ein Mann und eine Frau, fühlten sie sich, als würden sie mit satirischem Grinsen von Daniel beobachtet, obwohl er längst außer Sichtweite war und bestimmt längst mit anderem beschäftigt. Wie ertappte Schüler wurden sie unsicher vor einander, beinahe schüchtern. Für einen Augenblick legte Joseph seinen Arm um Magda, wollte sie küssen, hielt aber gerade noch rechtzeitig inne. –Das war es nicht. Passte jetzt nicht. Wäre Konvention. Nicht wie sonst, wenn sie sich wie ausgehungert mehr oder weniger heimlich bei Magda zu Hause in Limburg trafen oder auf Reisen.

Trotzdem war klar, wohin es führen würde, und sie freuten sich darauf. Aber es hatte Zeit. Brauchte Zeit. Sie konnten doch nicht einfach übereinander herfallen, wie auf Kommando Karnickel spielen, nur weil es gerade möglich war.

Vanitas.

„Komm, wir trinken erst mal einen."

„Typisch Mann. Mut antrinken."

„Nee. Höhere Verführungstechnik."

„Tolles Geheimrezept."

„Bitte niemandem verraten!"

„Warum sollte ich? Geht mir doch genauso."

„Danke. Das tat gut."

„Guter alter traditioneller Fluchtmechanismus! Alkohol, wenn man nicht mehr weiter weiß. Billiges Netz für den Notfall."

„Warum nicht, ist so schön bequem."

„Beides. Schön und bequem. Außerdem habe ich Durst."

„Ich auch, je mehr wir davon reden."

„Wie bei der Fernsehwerbung."

Im Kühlschrank stand Daniels Champagner, unübersehbar vorn an. Absicht? Er hatte damals Magda entdeckt. Gleich zu Beginn, in Aix, am ersten Abend. Hatte er sie nun freigegeben? Wollte er das sagen?

Sie saßen in den beiden Sesseln des Kaminzimmers, obwohl eigentlich noch helllichter Tag war.

„Champagner trinkt sich besser in geschlossenen Räumen", hatte Joseph gesagt.

„Stimmt. Da prickelt es mehr", hatte Magda ihm zugestimmt

Die erste Flasche war schnell geleert.

26.

Bei der Herfahrt hatte Magda auf dem Wochenmarkt in Interlaken alles eingekauft, was ihr für die Woche in der Hütte wünschenswert erschienen war. Vom frischen Salat über Filetsteaks bis hin zum Greyerzer. Außerdem hatte sie ein schweizerisches Spezialitätenkochbuch erstanden. Sie hatte die beiden Männer am ersten

Abend in der Hütte mit einem original Schweizer Edelsouper überraschen wollen.

Nun plante sie um und richtete alles nur für sie zwei. Joseph durfte nicht helfen, sollte lediglich ein wenig Kaminholz suchen und bereitlegen.

Bald kündete bis hinab zum Holzschuppen verheißungsvoller Duft von Schweizer Kochkunst und erweckte in Joseph die angenehmste Erwartung von geheimnisvollen Leckerbissen, als er ins Haus kam, um das Kaminfeuer anzulegen. Dann wurde er des Kaminraumes verwiesen, und er setzte sich, in eine Decke gehüllt, in Vorfreude auf das Kommende, vor die Tür, die Reise des sonnigen Tages in die lange kühle Nacht zu begleiten.

Er hatte eine ganze Weile so gesessen, war vielleicht sogar ein wenig eingeschlafen, als der Wohlgeruch der Grande Cuisine sich mit einem völlig anderen, nicht weniger verlockenden Duftstoff zu vermischen begann, was seinen Sinnen selbst im Schlummer nicht unbemerkt blieb und ihn folglich in nun doppelt angenehmer Erwartung aus seinen Träumen weckte. Als er aufschaute, stand am Eingang Magda, ihn erwartend, und blickte ihm einladend entgegen, dezent in Schwarz gekleidet, die langen Haare kunstvoll damenhaft frisiert, zum Teil zur Hochfrisur gesteckt, zum Teil auch offen fallend.

Ihr Auftritt war formvollendet konventionell und die einstudierte steife Geste der herrschaftlichen stolzen Gastgeberin so perfekt zelebriert, dass er sich entschloss, ihr scherzhaftes Spiel zu übernehmen und sie – trotz seiner unangemessenen Kleidung - mit einem gezierten Handkuss bühnengerecht zu begrüßen.

Die in so ungewohnter Weise verwöhnte Hand wich scheu zurück. Doch behutsam, ohne einen Augenblick die seine loszulassen, führte sie ihn in die festlich vorbereiteten bescheidenen Gemächer ihres kleinen Chalets.

Den bäuerlich eingerichteten Kaminraum hatte Magda mit Dutzenden von Kerzen in ein kunstvoll ausgeleuchtetes und doch halbdunkles Chambre Séparée verwandelt. Neben dem schweren runden Holztisch standen zwei Sessel. Der Boden war mit Kerzen und bunten Kissen ausgelegt.

Einer lieb gewordenen Gewohnheit der Eröffnung ihrer Treffen folgend, sollte, als Aperitif, Gin Tonic Magen und Seele für den Genuss des Abends empfänglich stimmen. Magda hatte den Trunk mit Tonic, Eis und Gin bereits zubereitet, zu dem sie sich in die wuchtigen Sessel niederließen.

„Auf uns!", tranken sie sich zu.

Unter dem Vorwand, das friedlich garende Menu nicht unbeaufsichtigt lassen zu wollen, befreiten sie sich schon nach einem ersten langen Schluck aus ihren weit auseinander stehenden Sitzungetümen, trennten sich von der hübsch gedeckten Tafel und gingen – nicht ohne ihre erst halb geleerten Gläser - Hand in Hand zur Küche.

War beim Mischen des Getränks das Kerzenlicht zu schwach gewesen, um das rechte Maß zu finden, oder hatte Magda, noch in Gedanken bei ihrem Essen oder durch Joseph abgelenkt, mehrmals Gin in die Gläser eingefüllt? Beiden fiel der kurze Gang zur Küche verdächtig schwer, und, dort angekommen, fühlten sie sich so benommen, und es schwindelte ihnen dermaßen, dass sie sich lachend, da sie kaum mehr zu stehen in der Lage waren, nebeneinander auf den Dielenboden der Küche setzten. Mit dem Rücken am Küchenschrank fühlten sie sich, so gestützt, in sicherer Lage, und in wohliger Mattigkeit leerten sie vollends ihre Gläser.

Trotz des harten Bodens fühlten sie sich nicht im Geringsten unbequem, im Gegenteil, sie lehnten gemütlich an einander, in einer Hand das Glas, die andere mit nachbarlichen Freundschaftsbezeugungen beschäftigt, und blieben so, vergaßen alles um sich her, bis – zunächst unbemerkt – brenzliger Geruch anfing die Küche zu erfüllen, ihnen in die Nase stieg und schließlich, verspätet, jäh als olfaktorischer Fanfarenstoß ins gin-geschädigte Bewusstsein drang, als klar war, dass der Rauch nicht von Kamin her kam. – Zu spät.

Der Herd wurde abgestellt. Was kalt geblieben war, trugen sie zusammen, und sie begnügten sich mit Brot, Salat, Vorspeisen und reichlich Käse. Durch Kaffee versuchten sie sich zu ernüchtern. - Vergebens. Magda ließ sich in ihrem Schlafgemach auf die Polster fallen. Im schwarzen Kleid. Sekunden später lag Joseph neben ihr. Willenlos. Enthaltsam.

Eine Woche später, am ersten Mai, der auf einen Sonntag fiel, galt es Abschied zu nehmen von der Bergwelt und von Tagen ungestörter Zweisamkeit. Sie gönnten sich ein letztes festliches Frühstück in der wärmenden Sonne auf der kleinen Holzterrasse und begingen, glücklich über den erfolgreichen Verlauf der Woche, den ersten Morgen des Mai mit dem Rest Champagner, den sie nach Abschluss ihrer Arbeit am Abend nicht mehr ausgetrunken hatten, bevor sie erschöpft und glücklich zu Bett gegangen waren.

„Auf Daniel!"

„Wenn der wüsste, dass wir mit seinem eigenen abgestandenem Champagner auf sein Wohl trinken!"

„Ach, eigentlich könnte er zufrieden sein mit uns. Immerhin haben wir seine letzte Flasche aufbewahrt bis zu dem Moment, als wir unsere Arbeit abgeschlossen hatten. Ich finde, was wir in den paar Tagen zustande gebracht haben, kann sich sehen lassen. Wir könnten es in den nächsten Wochen 1:1 umsetzen, wenn er die Finanzierung bis dahin hingekriegt hat."

„Hat er vielleicht ja schon."

„Also auf sein Wohl!"

„Auf unsere Woche!"

„Und auf all das was wir so geschafft haben."

„Auf Polly!"

„Wenn sie je zu Leben erwacht!"

„Auf uns!"

„Prost!"

Dem ausgelassenen Klingen der Champagnergläser folgte unvermittelt eine eigenartige Stille. Wortlos saßen sie bei einander. Glücklich. Aber eine unerklärliche Traurigkeit war über sie gekommen.

„Du bist so schweigsam, Magda. So kenne ich dich gar nicht. Soll ich dich noch einen Moment mit den Bergen allein lassen, zum Abschied nehmen? Ich packe dann schon alles zusammen und bringe es ins Auto."

„Das wäre lieb. Fänd ich ganz toll. Wirklich. Hat noch nie jemand für mich tun dürfen – glaube ich. Es liegt aber alles noch wild durcheinander in unserem Schlafzimmer herum."

„Hast du keine Angst, dass am Ende etwas fehlt? Du weißt sicher schon, was. Nachthemden trägst du ja nicht."

Sie ging auf den Vorplatz und setzte sich ins Gras, ihre Augen wanderten über die blühende Maiwiese, zu den dunklen Wäldern, hinüber zu den steilen Felswänden und den Gletscherbergen, suchten nach den Kreuzen auf den Gipfeln und kehrten zurück ins saftige frische Grün mit den Farbtupfern von Frühlingsenzian, Schlüsselblumen und Wiesenschaumkraut, wo sie verweilten und sich ausruhten.

„Auf geht's! Es ist alles gepackt!"

Sie tat als hätte sie die Stimme nicht gehört, die so unsanft versuchte, sie aus ihren Träumen zu wecken. Sie wollte nicht aufwachen. Noch nicht jedenfalls. Und nicht so.

Er setzte sich zu ihr, sagte nun auch nichts mehr, versuchte ihrem Blick zu folgen. In die saftige Wiese. – Und fragte ganz leise

„Vogelweide – ‚gebrochen bluomen unde gras' ?"

„Ja, und ein wenig Werther. So wünsche ich es mir. Immer schon. Romantische Mädchensehnsucht. Auf dem Rücken liegen. Nichts zwischen mir und dem rauen, feuchtwarmen Bett von Gräsern. Durch Blumen in den Himmel schauen, in die Wolken und das ewige Blau. Ich weiß, ich weiß. Archetypischer Alpenkitsch. Und - du müsstest eine Blume im Mund haben, wenn ich die Augen unter dir schließe. Gut, den Kranz erspare ich dir."

„Fehlt nur die Nachtigall – *Tandaradei!*"

„Oder der Auerhahn."

Der Rest Champagner rann über ihren Frauenkörper, mit dem er sein Bouquet vermischte, bevor er unter seinen Händen verflog, versickerte und lustvoll wieder aufgesogen wurde. –

Er pflückte sich ein Gänseblümchen, steckte es scherzhaft zwischen seine Lippen.

„Ist es recht so?"

„Ich denke an deine Amme."

„An meine Amme?"

„Du sagtest einmal, dass sie für immer in dir lebt."

„Eifersüchtig?"

„Nicht, wenn sie aussähe wie ich."

„Tut sie doch längst."

„Verloren ist das Sluesselin[1]?"

„Wir müssen ja nicht danach suchen!"

Am Nachmittag trafen sie Daniel in München. Kurzbesprechung. Nächste Woche wollte man erneut zusammenkommen. Auf dem Flughafen in Frankfurt. Einiges wollte Daniel vorher noch in die Wege leiten. Er sagte nicht, was. Aber das war nun einmal seine Art. Sie hatten sich daran gewöhnt.

„Ihr werdct ja sehen. Pfingsten geht es richtig los." - Was auch immer. Viel Zeit blieb nicht.

Um 19.00 ging der Flieger nach Frankfurt.

Der Rückweg in die Alltagswelt fiel schwer, und sie versuchten, die Gedanken noch so lange wie es ging von ihr fernzuhalten. Im Flugzeug tranken sie – was sonst? – noch einmal einen Pikkolo Champagner. In memoriam.

Und gleich war sie wieder da. Die Bergwiese, wo er als Balsam über ihre Haut geflossen, sie geschmeidig gemacht hatte, weich, herrlich duftend und wohlschmeckend. „Méthode Champenoise" .

Er holte die Erinnerung zurück. Mit ein paar Tropfen befeuchtete er ihre Hand. Deren Rücken erst, bis unter seinem Streicheln alles einmassiert oder verdunstet war, die Hand sich öffnete, nach mehr verlangte, das er ihr reichlich gab. So reichlich, dass sich ein kleiner Teich bildete, in dem er rühren, den er jedoch nicht trocken legen konnte ohne weitere Hilfe. Und wie damals, nur gemeinsam diesmal, berauschten sie sich am verfremdeten Bouquet und verfolgten es zu zweit in alle Winkel ihrer Hand, bevor es dort versickern konnte. Und als er endlich aufgebraucht war, der köstliche Champagner, lagen sie sich in den Armen und hatten vergessen, dass sie zusammen mit 250 Menschen in einem dröhnenden Flugzeug saßen. Immerhin zehn Kilometer über der Erde.

So schön die Reise gewesen war, so grausam war die Heimkehr. In Frankfurt gingen sie noch einmal gemeinsam essen, dann überkam es sie. Magda war dem Doppelleben nicht gewachsen, ertrug die Vorstellung nicht, dass Joseph in wenigen Minuten schon aus ihrer Welt verschwinden würde in seine andere Wirklichkeit, zu dieser anderen Frau, die ihn in ihre Arme schließen würde…

Doch er kam nicht mit. Flog heim. Pflichtbewusst. Zu Annette – die ihn noch zu besitzen glaubte. – Und riss sich los von ihr.

Sein Bericht vom Hüttenaufenthalt mit Magda reichte. Danach war er frei. Für immer. Die Scheidung eine Formsache.

Es ging alles verdächtig schnell. Als hätte er schon längst im Hintergrund gelauert, zauberte Annette einen neuen Partner aus dem Nichts und zog zu ihm und seinen beiden Söhnen im Alter ihrer eigenen Kinder. Joseph hatte, als Single, keine Chance, das Sorgerecht für seine beiden Kleinen zu bekommen.

Ganz so eilig und konsequent hatte er, Joseph, der stets Zögernde, sich den ersehnten Abschied von seinem Vorleben nicht vorgestellt. Geblendet und noch ein wenig schwindelig blickte er in die leere, uferlose, aber helle Weite seines neuen Lebens.

27.

Es hatte geklappt. Alles hatte er vorbereitet.

SL hatte nach anfänglichem Zögern der Neugründung einer zweiten virtuellen Welt – SL bestand auf dem abgegriffenen literarischen Namen „Brave New World" - zugestimmt. Das ursprüngliche „Second Life" lief so weiter wie zuvor. Erfahrung und technisches Know-how wurde kostenlos zur Verfügung gestellt. Viele Einrichtungen konnten beinahe unverändert aus dem ursprünglichen SL übernommen werden. Die Unternehmensberatung übernahm die Planung der neuen Gesellschaftsform, und von der Regierung wurde beschlossen, dass fast alle Ministerien, allen voran Gesundheits-, und Sozial-, Wissenschafts- und Innenministerium den Modellversuch unterstützten.

Nun musste der neue Planet bevölkert werden. In SL wurde eigens hierfür eine Werbeagentur gegründet, die allen SL-Avataren für eine Probezeit kostenlos eine Zweitidentität als Bürger in der BNW anbot.

Daniel zelebrierte die Pfingstmesse in der SL-Kathedrale.

Joseph hörte das Ende der Übertragung zufällig im Autoradio und verständigte sofort Magda. Er hatte ihnen nichts davon gesagt. Die ganze Woche über hatte er sie unbehelligt in der Bergwelt gelassen, und er selbst war das eine Mal, als sie es versucht hatten, nicht erreichbar gewesen. Wozu auch. Jeder wusste, was er zu tun hatte. Auch in München hatte er nicht davon gesprochen. Und nun hörten sie, eine Woche später, seine priesterlich verstellte Stimme im Radio:

„ … du sollst mit deinem Pfunde wuchern.

Was aber hat der Herr uns als unser Pfund mitgegeben, womit wir wuchern könnten? Den Wohlstand unserer Familie? Das Einfamilienhaus der Eltern? Ein sicheres Erbe? Anderen aber Armut, Hunger, arbeitslose Eltern, Zank und Streit zu Hause?

Ist Gott so ungerecht?

Du sollst mit deinem Pfunde wuchern. Lautet Gottes Auftrag. Er will uns auffordern, unsere Gaben zu entdecken, zu erforschen, sie zu nutzen, zu entwickeln. Intelligenz, Fantasie, Musikalität, Kraft des Wortes, Kontaktfreudigkeit, Charme, Liebenswürdigkeit, Fleiß, Zielstrebigkeit. Aber auch das Talent des Fußballspielers gehört dazu, das eines Clowns, einer Ballerina, eines Sängers, Schauspielers, ebenso wie das eines Automechanikers, eines Gärtners, eines Zimmermanns, eines Ingenieurs, eines Friseurs, einer Hebamme oder eines Arztes.

Du sollst mit deinem Pfunde wuchern. Und jedem, der da hat, wird hinzu gegeben werden, so dass er im Überflusse hat.

Das ist aber auch ein Auftrag an die Gesellschaft, jedem von uns die Möglichkeit zu geben, seine Gaben zur Wirkung zu bringen, jedem nach seinen Talenten Beschäftigung zu geben, um mit seinen Talenten zu wuchern. Dient es nicht letztlich der Bereicherung der ganzen Gesellschaft?

Ist es nicht eine arme Gesellschaft, die die Talente ihrer Bürger brach liegen lässt? Millionen Arbeitslosen die gottgewollte Chance nimmt, mit ihren Talenten zu wuchern? Sie einfach links liegen lässt, ihnen ein karges Almosen gibt statt der Möglichkeit, ihre Gaben nutzbar zu machen? Und Millionen andere nicht ihren Fähigkeiten entsprechend entlohnt und zulässt, dass ihre Arbeitsplätze leichtfertig aufs Spiel gesetzt werden?

Ist nicht die Politik eines jeden Staates von Gott aufgerufen, die brach liegenden Talente zu entwickeln, mit ihnen zu wuchern? "

Nachdenklich machte er eine Pause, als wolle er sich vergewissern, welche Wirkung seine Worte gefunden hatten.

"Lasst uns beten.

Herr gib uns die Kraft, unsere und unserer Nachbarn und Freunde Gaben zu entdecken, zu entwickeln und für unsere Gesellschaft nutzbar zu machen. Hilf uns und unserer Gesellschaft und vor allem all jenen, die sich nicht entfalten können, deren Talente ungenutzt bleiben..."

28.

Jahre später las man in den „Zürcher Nachrichten" von den damals noch in aller Welt mit Unverständnis aufgenommenen gesellschaftlichen

Veränderungen in einem der kleinsten und fortschrittlichsten Staaten im Herzen Europas. Dort hatte man – als wäre es ein großes autoritär geführtes Familienunternehmen, und das war es ja damals auch beinahe – eine Gesetzgebung beschlossen, nach der in Zukunft – wie es formuliert wurde - jeder Beschäftigte, gleichgültig in welcher Position, sich einmal im Jahr einer Evaluation unterziehen musste. Im Rahmen der Evaluation sollte der augenblickliche und in Zukunft zu erwartende jährliche – in Geld bemessene - gesellschaftliche Nutzen jeder Person festgestellt werden. Aus den Ergebnissen dieser Evaluation sollten seine Lohnzahlungen für das jeweils kommende Jahr nach finanzmathematischen Formeln neu festgesetzt werden.

Zur Vermeidung von besonderen Härten war eine Übergangsfrist von zehn Jahren vorgesehen, innerhalb derer das derzeitige Lohnsystem schrittweise umgewandelt werden sollte. Neue Arbeitsverträge durften seitdem nur noch nach diesem neuen Arbeitsrecht abgeschlossen werden.

Das Fürstentum habe – so meldete das Blatt - das neue System mit der Unterstützung einer bekannten Unternehmensberatung aus Frankfurt eingeführt.

II.

29.

„Hallo Daniel und Joseph!
Es ist jetzt fast 30 Jahre her. Ob es das Kloster bei Aix noch gibt? Wie
hieß das noch? Ich wünschte mir, dass wir ganz nostalgisch dort noch
einmal für eine Woche zusammenkommen wie damals. Unsere letzten
Treffen waren fast nur Arbeitstreffen. Immer in Eile und Stress.
Außerdem immer seltener. Wir werden doch vom Alltag aufgefressen.
Wäre ein innovatives Brainstorming heute nicht ebenso interessant wie
damals? Oder ein gemeinsamer Traum von der guten alten Zeit? Und
überhaupt ...
               Magda"

Ihre Mail fand Zustimmung.
„Kannst alles festmachen. 16. Woche wie vor 30 Jahren!", antwortete
Daniel und
„Tolle Idee. Jederzeit!", kam von Joseph.

Aber sie entschied sich anders. Magda konnte den neuen Besitzer der
einstigen Schweizer Alpenhütte ausfindig machen und mietete die
Gruppe dort für die 16. Woche ein.
Nachfragen hatten ergeben, dass das Kloster zum Gästehaus eines jener
Reservate geworden war, in dem Personen lebten, die durch ihre Arbeit
der Gesellschaft nicht mehr nützen konnten und daher zwangspensioniert
worden waren. Man hätte sich dennoch als Gäste für eine Woche
einmieten können, aber das schien ihr zu deprimierend. Schließlich
waren sie alle nicht mehr die Jüngsten und eines gar nicht mehr so fernen
Tages stand ihnen selbst dieses Ruhestandsdasein bevor. Im Augenblick
allerdings waren sie noch voller Leben, und um die Ergebnisse ihrer
jährlichen Evaluationen wurden sie von vielen ihrer jüngeren Kollegen
beneidet.
Daniel war in die Politik gegangen, zunächst als Vorsitzender der von
ihm gegründeten Partei „Soziales Überleben". Nach den erfolgreichen
Wahlen 2018 und 2022 hatte er in der ersten provisorischen Regierung,
der auch Magda und Joseph angehört hatten, den staatlichen Umbau in
die Wege geleitet.
Ihre Partei hatte, kaum waren die gesellschaftlichen Veränderungen in
jenem Fürstentum bekannt geworden, ungeheuren Zulauf von Menschen
aller Schichten erhalten, die sich nicht ihrer Leistungsfähigkeit

entsprechend entlohnt fühlten. Sie hatten das evaluationsabhängige Lohnsystem gefordert, wie es zunächst virtuell in SL, dann real in dem kleinen Land eingeführt worden war. Millionen Arbeitslose, Frauen und Benachteiligte, vor allem Jüngere hatten eine sofortige Realisierung des Parteiprogramms gefordert und schließlich, als sie die Regierungsverantwortung erlangt hatten, gegen die Besitzenden des alten Wohlstandssystems durchgesetzt.

Wäre nicht schon vorher alles im Auftrage von GAMMA monatelang so sorgfältig virtuell in SL simuliert und von Jakob Eberle und seinen Mitarbeitern in EDV umsetzbar vorbereitet worden, hätte die rasante politische Bewegung unzweifelhaft zu einer chaotischen voreiligen Revolution geführt, die ebenso schnell wieder zusammengebrochen wäre wie sie entstanden war.

So aber gelang unter der provisorischen Regierung zunächst die Gesundheitsreform mit einer Vervollkommnung der Gesundheitskarte, dann die Abschaffung des Bargeldes zugunsten einer Finanzkarte – Münzgeld blieb nur für Kleinigkeiten wie Trinkgeld zunächst noch in geringen Mengen in Umlauf. Es folgte die Bildungs- und Arbeitskarte und dann erst, auf diesen Datenbanken fußend, die behutsame Einführung des computergestützten Evaluationssystems, zunächst zwei Jahre im Probelauf, und danach die schrittweise Einführung des sozialen Lohnsystems, nach dem jeder entsprechend seinem vom Computersystem aus der Evaluation berechneten zu erwartenden gesellschaftlichen Restnutzen bezahlt wurde.

Geld hatte plötzlich und unvorhergesehen eine moralische Komponente bekommen: Die Höhe des Einkommens war Ausdruck des gesellschaftlichem Nutzens. Reiche Leute waren nicht länger Menschen, die es lediglich verstanden hatten, dem System möglichst viel zum persönlichen Profit abzutrotzen, sondern Personen, die besonderen Respekt verdienten, weil sie offenbar für die Gemeinschaft besonders viel wert waren. Wie Joseph es sich im Kloster erträumt hatte, war „Geld verdienen" zu seiner ursprünglichen Bedeutung zurück gekommen. Kapitalismus hatte eine neue Moral bekommen, die Begehrlichkeit und Ethik in Einklang brachte.

Seit langem hatte sich Daniel aus der direkten Regierungsverantwortung zurückgezogen, und seit einigen Jahren leitete er nun den von der neuen Verfassung vorgesehenen einflussreichen Ethikrat der Regierung, der grundlegende Richtlinien der Politik ausarbeitete und in demokratischen Volksabstimmungen zur Entscheidung brachte.

So hatte er erst kürzlich im Rahmen eines Antikorruptionspaketes durchsetzen können, dass Personen, die in politische und wirtschaftliche Spitzenpositionen gewählt worden waren, in allen ihren Kommunikationswegen vom Zentralcomputer überwacht und ihr Schriftverkehr sowie Telefonate und E-Mails zentral gespeichert wurden.

– Er selbst hatte sich bereits seit Beginn der „Revolution" freiwillig ständig überwachen lassen, um durch größtmögliche Transparenz die Geradlinigkeit seiner Politik zu demonstrieren. Wenige waren seinem Beispiel bisher gefolgt. Nun aber war durch Volksentscheid beschlossen, nach einer technisch bedingten Übergangsphase die Aufzeichnung und Speicherung aller Kommunikationsaktivitäten der wichtigsten Führungskräfte des Landes einzuführen. In einem Jahr sollte es so weit sein.

Auch Magda und Joseph hatten sich in den Aufbaujahren vor und während des Umschwunges mit Begeisterung, Erfolg und aller Kraft in die politische Arbeit gestürzt und waren auch die erste Zeit danach noch in der Politik geblieben, hatten aber einige Jahre nach der Revolution ihre politische Tätigkeit aufgegeben, da ihnen das politische Tagesgeschäft im Gegensatz zum anfänglichen ideengeladenen Neuanfang nicht behagte und auch die persönlichen Erfolge ausblieben - deutlich auch ablesbar in den damals zwar immer noch guten, aber doch nachlassenden Ergebnissen der jährlichen Evaluation ihrer politischen Arbeit.

Obwohl Daniel an ihr Verantwortungsgefühl appellierte und sie anfänglich dazu bewegen wollte, weiter dabeizubleiben, haben sie sich schließlich umevaluieren lassen. Magda fand eine interessante Tätigkeit als Lektorin für Betriebpsychologie und Betriebssoziologie bei einer Managementschule in Wiesbaden und Joseph als Mathematikprofessor in Frankfurt. Als das Unternehmen GAMMA verstaatlicht wurde, wechselte Joseph wieder dorthin und übernahm die Abteilung für internationale Sozialprojekte.

Nun trafen sie sich genau 30 Jahre nach ihrer ersten Begegnung für eine Woche zwar nicht dort, wo alles angefangen hatte, aber immerhin an dem Ort, wo sie endgültig den Aufbruch in ein neues Zeitalter beschlossen hatten.

30.

Joseph kam schon am Abend vorher im Dorf unterhalb der Hütte an und übernachtete dort unten im Tal. Den Anstieg vom Dorf zur Berghütte wollte er am nächsten Morgen zu Fuß machen.

Drei Stunden, rechnete er, würde er brauchen. Doch er brach früh auf, da er den Weg nicht kannte und befürchten musste, trotz des schon seit Wochen anhaltenden schönen Frühlingswetters hier und da noch auf Schneereste zu stoßen.

Der Aufstieg erwies sich als problemlos. Dennoch war er in innerer Spannung, und der Anblick der über die bewaldeten Bergrücken heraustretenden Gletscherberge steigerte seine Ungeduld und ließ ihn ohne längere Pausen nach oben streben. Er wollte vor den anderen dort sein, um bei der Ankunft erst einmal allein und in Ruhe die Wiederkehr der Erinnerung erleben.

Als er das Dorf auf dem schmalen Weg durch die Wiesen hinter sich gelassen hatte, suchte er mit dem Glas die Berge ab, in der Hoffnung, vielleicht die Hütte schon erspähen zu können. Vergebens. Er kannte die Felswand wieder, die sich weiter oberhalb über die Almen erhob, konnte ahnen, wo die Hütte liegen musste, fand sie aber nicht, obwohl er sich erinnerte, dass man seinerzeit von der Terrasse aus einen schmalen Durchblick ins Tal bis hin zu den ersten Häusern gehabt hatte.

Szenen der Frühlingswoche von damals kamen ihm in Erinnerung, an die er seit Jahren nicht mehr gedacht hatte und von denen er überrascht war, dass sie, unabgerufen, so lange in seinem Kopf hatten überleben können. Aber nun, auf seinem Weg hinauf, tauchte alles von selbst wieder aus der Vergessenheit auf, ohne dass er sich darum bemühte, und er begann, Tag für Tag dieser glücklichen Zeit in seiner Vorstellung noch einmal zu durchleben. Wie ein verfallenes Mosaik, das unter der sorgsamen Hand eines Künstlers wieder zu altem Glanz ersteht, wenn es aus der Verborgenheit gerettet wird, in der es jahrelang geruht hatte, und sich Stück für Stück wieder zu einem gewaltigen Bildnis zusammensetzt, erschien ihm erst die Hütte mit ihren Räumlichkeiten wieder vor den Augen, dann der damals noch jugendliche Daniel in seiner Rastlosigkeit, die Rütliszene, in der sie sich verschworen hatten und Daniels abrupt darauf folgender Abschied. Und als er weiter aufstieg und den Steig wiedererkannte, den sie schon damals gegangen waren, fielen ihm Einzelheiten der Gespräche mit Magda wieder ein, der jungen Magda von damals, die vor seinen Augen wieder erstand, ein Bild, das ihrer Tochter Maga so ähnlich war, dass Joseph der Verdacht kam, ihm spiele sein Gedächtnis einen Streich, indem es mit dem ihr so sehr ähnlichen Gesicht der Tochter eine Lücke im Erinnerungsvermögen überdeckte.

Maga hieß eigentlich, nach ihrer Mutter benannt, ebenfalls Magda und nachdem sie nach der Scheidung der Eltern gemeinsam mit ihrer Mutter auch deren Mädchennamen Semper angenommen hatte, waren sie polizeilich fast identisch geworden, zumal Magda, die Ältere, die Fotos in Pass und Führerschein seit der Umstellung nach der Revolution nicht mehr erneuert hatte. Bisweilen machten sie sich einen Spaß daraus, vor der Passkontrolle am Flughafen ihre Pässe zu tauschen und Magda freute sich immer wieder spitzbübisch, dass der heimliche Tausch ihrer Identitäten niemandem auffiel. – Wie hätte Joseph seinem Gedächtnis da die kleine bequeme Notlüge verübeln können?

Der Aufstieg führte über den Südhang. Und da ihn kein Schnee und Eis behinderte, kam er schneller voran als gedacht. Er machte keine größere Rast. Nur ab und zu hielt er an, den Ausblick zu genießen und je näher er seinem Ziel kam, desto deutlicher wurden seine Erinnerungen von damals. Ab und zu trank er einen Schluck, beschloss aber, erst auf der Bank vor der Hütte den mitgeschleppten Proviant auszupacken.

Lange vor der vereinbarten Zeit war er am Ziel und fand alles beinahe unverändert vor. Zwar war die Frühstücksecke vor der Hütte erneuert, das Dach neu gedeckt, der Schornstein schien vergrößert worden zu sein und auch an den Fenstern hatte sich etwas geändert - vermutlich war eine bessere Isolierung vorgenommen worden. Aber im Grunde war es so geblieben wie damals, war sorgfältig erhalten worden und hatte sich in den drei Jahrzehnten lediglich ein wenig der veränderten Zeit angepasst, ohne seinen Charakter zu verlieren.

Freilich hatte sich die umgebende Natur gewandelt. Aus kleinen Bäumchen waren große geworden und aus einstmals großen Bäumen knorrige Veteranen, die die damaligen alten Riesen abgelöst hatten. Aber es wirkte auf Joseph, als wäre alles wie es gewesen war. Auch die Wiese war noch wie einst, und er legte sich, vom Aufstieg erhitzt, ins Gras, und für einen Augenblick schien es ihm fast, als könne er Magda neben sich fühlen.

Es musste wohl doch wärmer gewesen sein damals, denn die feuchte Kühle des Bodens zwang ihn bald, zur Hütte zurückzugehen, um Pullover, Schal und Jacke anzuziehen. Sein aufgespartes verspätetes Picknick packte er neben sich auf der Bank in der windgeschützten sonnigen Ecke vor dem Haus aus, wo sie vor fast 30 Jahren ihr letztes Frühstück eingenommen hatten und wo ihn die Sonne des Vorfrühlings schnell wieder erwärmte.

Er schloss die Augen, sog die Bergluft tief in sich ein, spürte, wie die Anstrengung des Aufstieges von ihm fiel, wie sein Körper sich entspannte, und er lauschte in die Stille. Er wollte alle Gedanken fernhalten, um die vollkommene Leere in sich zu genießen. Da überkam ihn das angenehme Gefühl, heimzukehren aus einer fremden Welt, und es schlich sich der Wunsch ein, noch einmal in die damalige Zeit zurückzukehren, zurück an den Anfang.

Erinnerung an ihre erste wirkliche Verliebtheit erfüllte ihn, an die heimliche Zweisamkeit hier oben, die letztlich seine Scheidung nach sich gezogen hatte und Joseph während des großen Aufbruchs von damals beflügelt hatte.

Magda und Joseph haben sich danach nicht entschließen können, zusammenzuleben. Der Wunsch war wohl bei beiden von Zeit zu Zeit aufgetaucht, aber es war bei gelegentlichen Telefonaten, Briefen und Besuchen geblieben. Joseph hatte immer geglaubt, zu brav, zu spießig zu sein, um von Magda wirklich ernst genommen zu werden und als dauerhafter Partner in Frage zu kommen. Gelegentliches gemeinsames Vergnügen ja, ab und zu ein kleines Feuerwerk, aber mehr wollte sie sicherlich nicht, vermutete er. Magda ihrerseits aber wagte keine ernsthafte Annäherung, seit Joseph nach seiner Scheidung einmal gesagt hatte, er werde mit Sicherheit niemals wieder heiraten.

Dann begegnete ihr Antonio und riss sie mit in seiner Begeisterung für alles Kulturelle. Es war ihr, als ob er ein Vakuum ausfüllte, das nur darauf gewartet hatte, entdeckt zu werden. Er führte sie in Erlebniswelten, die bislang brach gelegen zu haben schienen und in denen sie nun völlig aufging – soweit es Beruf und Familie ihr erlaubten.

Antonio war als Sohn italienischer Eltern in Bochum geboren, hatte das Glück, dass seine Lehrer die Eltern dazu überredeten, ihn zum Gymnasium gehen zu lassen, statt in den elterlichen Laden einzusteigen wie seine beiden Brüder. Nach dem Abitur studierte er mit Begeisterung und ungeheurer Energie nach einander italienische Literatur, Germanistik, Altphilologie und Musik, brach aber immer wieder ab, wenn er glaubte, genug kennengelernt zu haben, sich zu langweilen begann und meinte, auf anderen Gebieten mit mehr Freude und Gewinn weiterstudieren zu können. Schon während des Studiums hatte er für Zeitschriften gearbeitet. Und als er glaubte, genug studiert zu haben, um sich „Kulturwissenschaftler" zu nennen, folgte er dem Angebot einer großen Wochenzeitung und wurde Redakteur für den Bereich Musik und Literatur.

Sein erstaunliches Wissen und seine Begeisterung für das deutsche Kulturleben faszinierten Magda, und fortan schwärmte sie für alles Kulturelle, besuchte zusammen mit Antonio Theater und Konzerte, las Antonios Rezensionen und die anderer Zeitungen und verfügte, auch wenn sie seinem begeisterten Höhenflügen emotional nicht folgen konnte, nach kurzer Zeit über eine Kenntnis der Literatur- und Musikszene, die es ihr vermutlich mühelos ermöglicht hätte, selbst als Journalistin ihr Geld zu verdienen, wie es Antonio ihr nahelegte.

Einige Jahre lebten sie und Antonio zusammen. Zunächst glücklich, und sie wollten heiraten. Dann aber bekam sie Angst, fürchtete sich plötzlich davor, ihre Freiheit zu verlieren, und zog sich zurück. Nicht im Streit. Sie blieben befreundet, bis Antonio nach Berlin ging. Physisch war er seither aus ihrem Leben verschwunden. Aber er hatte eine veränderte Magda in Frankfurt zurückgelassen. Aus der leichtlebigen Single im Apfelbaum war eine belesene Konzert- und Opernabonnentin geworden. Die alten CDs von Grönemeyer, Nina Hagen und Billy Holliday waren in ihrer Hitliste weit zurückgefallen, zugunsten von Bach, Barenboim, Pavarotti und sogar Bartók, Strawinsky und Schönberg.

Joseph war nach der Trennung von seiner Frau allein geblieben. Er genoss, abgesehen von wenigen kurzen einsamen Perioden, die plötzliche Freiheit, die ihm die Scheidung geschenkt hatte, holte nach seiner Ehe nach, was andere als Zwanzigjährige erfahren hatten und von dem er glaubte, dass Magda es ihm vorlebe, verliebte sich immer wieder neu, war immer wieder für kurze Zeit glücklich, bewahrte die schönen Stunden in warmer Erinnerung, und bald bekam seine Amme nach Magda, der er auf seine Weise immer treu geblieben war, Besuch von einer schönen Anzahl weiterer Gespielinnen in seinem Herzen. Der Wunsch nach einer neuen festen Bindung aber lag ihm fern.

In Magda hatte die Bekanntschaft mit Joseph die wehmütige Erinnerung an die ersten Jahre ihrer eigenen Ehe wachgerufen, die sie seinerzeit so leichtfertig aufs Spiel gesetzt und zerstört hatte. Sie wäre nicht einmal abgeneigt gewesen, mit Joseph das noch einmal neu zu versuchen, was damals an ihrer eigenen Unbesonnenheit gescheitert war.

Erst sehr viel später wagte sie, es ihm zu gestehen. Das war, als sie dem verwunderten Joseph mitteilte, dass sie wieder heiraten wolle und wie beiläufig anfügte:

„Du wolltest ja nicht, wolltest doch nie wieder heiraten. Schade. Sonst - wer weiß?"

„Ist das ein Scherz? Du heiratest? Gibst deine Freiheit auf?", reagierte er ungläubig. Aber sie deutete an, dass sie das Alleinsein nicht ertrüge, besonders, seit die Kinder aus dem Hause seien und gestand, dass sie wohl ganz gern mit ihm, mit Joseph, zusammengezogen wäre, damals, als seine beiden Kinder wieder zu ihm zurückgekommen waren. Sie beide, mit den vier Kindern zusammen, das hätte sie sich schön vorgestellt.

Vieles von all dem war ihm durch den Kopf gegangen bei seinem Aufstieg zur Hütte. Kein Wunder also, dass ihn – endlich angekommen – so starke romantische Sehnsucht nach der ersten Zeit des Aufbruchs befiel, dass er nicht weiter darüber nachdachte, ob alles richtig gewesen war, was sie gemacht hatten – privat und politisch - und er sich, ohne Ziel, ohne Bewertung, nur der schönen Erinnerung hingab.

Herankommende Schritte weckten ihn schließlich aus seinen Träumen. Männerschritte. Aber nicht Daniel, wie er angenommen hatte.

„Grüezi. – Gehören Sie zu der Gesellschaft, die sich hier für eine Woche eingemietet hat?", wurde er von einem recht jungen, trotz der Jahreszeit braun gebrannten Mann begrüßt.

„Ja, Winter, Joseph Winter ist mein Name, ich bin einer von den Dreien. Frau Semper hat sicher mit Ihnen gesprochen."

„Ganz recht, die Magda Semper. Sie muss vor vielen Jahren wohl schon hier gewesen sein und wollte das Häusel gern noch einmal wiedersehen. Ich bring die Schlüssel. Sie wollte auch bald hier sein, und da komme ich, aufzusperren und zu sehen, ob alles in Ordnung ist. Um drei hat sie gesagt. Das ist ja bald. Aber nun sind ja Sie da, da geb ich halt Ihnen die Schlüssel."

Er ging an die Tür.

„Ist das jetzt Ihre Hütte?"

„Schön wär's. Nein. Als der alte Besitzer, der, den die Magda wohl noch gekannt hatte, im Altersreservat war, stand das gute Stück eine ganze Weile zum Verkauf. Seine Kinder hätten ja das Vorkaufsrecht gehabt. Aber sie wollten oder konnten es nicht kaufen, weiß ich's. Sie wohnen weit weg in Deutschland. Die Gemeinde hat danach zunächst alles in Stand gehalten, und jetzt hat der Bürgermeister sie gepachtet und vermietet sie bisweilen."

Er schloss die Hütte auf, gab Joseph die Schlüssel und verabschiedete sich.

„Ich wünsche Ihnen eine gute Zeit hier oben. Mit dem Wetter schaut es ja auch gut aus."

„Ja. Vielen Dank."

„Ach bitteschön, seien Sie so freundlich, können Sie den Schlüssel im Dorf in der Gemeinde abgeben oder werfen Sie ihn dort einfach in den Kasten, wenn Sie wegfahren? Dann muss ich nicht extra wieder hinauf am Wochenende."

„Klar, kein Problem."

Joseph ging neugierig ins Haus. Hier hatte sich – abgesehen von einem neu gemauerten Kamin – noch weniger verändert. Es war, als hätte er eben erst seine und Magdas Sachen zusammengepackt, um sie ins Auto zu bringen.

Der Bürgermeister konnte sich freuen. Früher hätte der Besitzer seine Hütte für immer behalten dürfen. Auch wenn er schon lange nicht mehr arbeitete. Und nach seinem Tode hätten seine Kinder in Deutschland sie geerbt. Damals hatte der Vater es sich sicherlich auch noch so vorgestellt. Und hätte sie nur natürlich, gut und gerecht gefunden, diese schreiend ungerechte Steigerung jener sozialen Bevorzugung, die seine Kinder schon zeitlebens erfahren hatten: Behütetes Familienleben in Wohlstand – mit einer Hütte im Berner Oberland - hervorragende Ausbildung - die wiederum zu eigener einträglicher Berufsausübung befähigte – alles Umstände, für die sie nichts getan hatten, Zufallsgeschenk der glücklichen Geburt, um die sie Millionen andere beneideten. Und dann, zu einer Zeit, da sie es ohnehin nicht mehr nötig gehabt hätten, noch das Erbe obendrauf. – Natürlich, gut, gerecht sollte das sein? Natürlich vielleicht. Wer kennt schon die Natur des Menschen. Aber gut und gerecht? -

Seltsam - auch das begann ihn nostalgisch zu berühren, als kehre er zurück in seine alte Heimat, jene heile Welt, in der er aufgewachsen, in der er einmal heimisch gewesen war. - Die Hütte nicht mehr in Familienbesitz! Irgendetwas stimmte ihn doch traurig daran.

So in Gedanken versunken hatte er nicht bemerkt, dass ein Wagen auf dem kleinen Parkplatz unten am Hang unter der Hütte angekommen war und eine Gruppe von Personen wohlgelaunt plaudernd den Pfad zur Hütte heraufkam. Erst als die Schritte auf dem Holzfußboden der Frühstücksterrasse widerhallten, fand er wieder zurück in die Wirklichkeit.

Es war eine Freude, die alten Streitgenossen und lieben Freunde in so angenehm vertrauter altmodischer Umgebung, bar jeglicher Pflichten begrüßen und in den Arm nehmen zu können.

Überraschenderweise kamen sie zu viert. Daniel in Begleitung seiner jungen Frau Lara, und Magda zusammen mit der anderen, der jungen Magda, ihrer Tochter, die aber Maga genannt wurde. Joseph kannte beide gut, freute sich auch eigentlich, sie zu sehen, doch die Vorstellung, nun zu fünft die Woche zu verbringen, die beiden anderen in familiärer Begleitung und er gewissermaßen allein, behagte ihm nicht. Platz war genug für alle. Aber es war anders verabredet, und die Anwesenheit der beiden jungen Frauen würde den Charakter eines freundschaftlichen Treffens, gleichsam unter Waffenbrüdern, stören.

Seine Befürchtungen waren unbegründet. Die beiden waren nur mit hierher gekommen, um Magda und Daniel abzuliefern und dann weiterzufahren, um eine Woche lang im Berner Oberland eine Hüttenwanderung zu unternehmen.

Da schlug Josephs Befremden ins Gegenteil um, und vor allem er war es dann, der die beiden überredete, die erste Nacht doch noch zu bleiben und erst am Morgen weiterzuziehen.

31.

Die Sehnsucht nach damals, nach der Aufbruchsstimmung von einst, die ihn beim Wiedersehen mit der vertrauten Umgebung gepackt hatte, in der er beinahe alles so vorfand, wie sie es verlassen hatten, gerade so als wäre die Zeit stehengeblieben, war bald verflogen, als er nicht mehr allein war. Seine Freunde brachten ihn aus seinen Träumen schnell wieder zurück in die Wirklichkeit.

Damals hatten sie für eine Zukunft geplant, die jetzt Gegenwart geworden war. Heute zogen sie Bilanz, blickten stolz auf das Erreichte und auf den gemeinsamen Weg dorthin. Wussten aber auch von den Mängeln, die sich unerwartet eingeschlichen hatten.

Unmöglich, die naiven Euphorie von damals noch einmal zurückzuholen. Die Zeit ließ sich nicht zurückdrehen. Sie lag weit hinter ihnen, war fremd geworden wie ein schönes Kleidungsstück aus der Kindheit, das man in einer alten Kiste auf dem Dachoden wiederfand. Man konnte es vor sich halten, sich damit im Spiegel betrachten, sich erinnern. Und dann packte man es behutsam wieder ein und legte alles wieder zurück, verließ den Dachboden wie man ihn vorgefunden hatte.

Magda und Daniel schienen weniger beeindruckt vom Wiedersehen ihrer alten Wirkungsstätte. Kein Wunder. Daniel war damals ohnehin nur kurz hier oben geblieben und dann gleich wieder nach München geflogen. Er kannte die Hütte und ihre Umgebung kaum. Und Magda war diesmal in Gesellschaft der anderen heraufgekommen, in Gespräche vertieft, die einer beschaulichen Rückbesinnung wenig Raum gelassen hatten.

Die drei Frauen hatten Daniel direkt aus einer Konferenz geholt. Trotz oder wegen der Diskussionen während der Fahrt war er bei der Ankunft noch nicht frei von dem Ärger, der sich bei ihm aufgestaut hatte.

Aber er beherrschte sich. Der Anblick seiner Weggefährten von damals berührte auch ihn eigenartig und unwirklich, als sähe er plötzlich ein anderes Leben, sein anderes, nie gelebtes Leben.

„Wie die Kinder steht ihr da, liebenswert, unschuldig, friedlich und nett. Lasst euch umarmen!"

Dabei verfiel er in ein wohlwollendes und dennoch bitteres resigniertes Lachen, das trotz aller freundschaftlichen Wiedersehensfreude etwas Beunruhigendes hatte. Und kaum hatten sie zu einem Begrüßungstrunk Platz genommen, brach es dann doch aus ihm hervor wie in alten Zeiten. Mit der gleichen theatralischen Lautstärke und dem gleichen Vokabular wie damals zelebrierte er seinen Ausbruch.

„Nichts hat sich geändert. Alles Konformisten, Versager und, viel schlimmer, egomane ahnungslose Wichser wie eh und je. Nichts haben sie begriffen. Hohle, fantasielose Formalvollstrecker oder frustrierte Nörgler. Am ehesten zu ertragen noch die vielen, die leicht durchschaubar nur ihr eigenes verlogenes Süppchen wittern, in der Konferenz lautstark über Schwarzarbeit schimpfen und die Benutzung des öffentlichen Nahverkehrs preisen, um dann, im persönlichen Gespräch beim Auseinandergehen, bevor sie in ihren Wagen steigen, die vertrauliche Frage zu stellen ‚Kennen Sie nicht einen zuverlässigen Fliesenleger, der mir an einem der nächsten Wochenenden die Terrasse meines Ferienhauses herrichten könnte? Er könnte dann von mir aus auch eine Woche oder zwei mit seiner Frau dort Urlaub machen.'

Die wissen wenigstens, was sie wollen, tun es unauffällig und boykottieren nicht alles."

Und ehe die verdutzten Zuhörer fragen konnten, begann die Lava zu strömen, unterbrochen nur von immer neuen Glut und Asche speienden Explosionen.

Im Ethikrat, dem er ja vorsaß, ging es um die Rechtsreform. Oberster Grundsatz war seit der Revolution der Erhalt und die Mehrung des wirtschaftlichen Wohles der Gesellschaft. Man beschränkte sich bewusst auf messbare, in Geld ausdrückbare Werte.

Dienst- und strafrechtlich war das in einigen Fällen praktikabel, etwa bei Betrug, Korruption, Bestechung, Unterschlagung. Sogar Körperverletzung konnte zum Teil noch ökonomisch bewertet und entsprechend bestraft werden. Aber Mord und Vergewaltigung? Zumindest problematisch.

Zweite Säule war das Laisser-faire-Prinzip. Man bemühte sich darum, in vielen Bereichen keine Verbote mehr auszusprechen. Vor allem dort, wo sich durch menschliche Neigung oder Schlauheit Handlungsweisen eingebürgert hatten, die zwar gegen das Gesetz, aber schwer zu kontrollieren und daher weit verbreitet waren. Wo immer möglich, versuchte man – wie schon im vergangenen Jahrhundert bei Homosexualität, Ehebruch und Scheidungsrecht – Moral und Schuldfragen so weit wie möglich von der Rechtsprechung fernzuhalten.

Aber diese aus dem Bild vom erlaubten Trampelpfad abgeleitete Absicht des Gesetzgebers, weithin praktizierte, aber ursprünglich einmal verbotene Verhaltensweisen einfach zuzulassen und nur noch bei ökonomisch erfassbaren Folgen zu bestrafen, hatte sich als nicht konsequent durchführbar erwiesen. Als besonders schwierig in diesem Sinne erwies sich das Familienrecht. Unmöglich konnte man wirklich alles erlauben, was keinen wirtschaftlichen Schaden nach sich zog.

Im Ethikrat sah sich Daniel einer unüberblickbaren Vielzahl, meist nur emotional begründbarer, sich gegenseitig ausschließender Vorstellungen gegenüber. Zu seinem Ärger gewannen auch schon wieder kirchliche Moral- und Rechtsvorstellungen an Boden.

Seine Aufgabe war es, daraus eine praktikable Vorlage für einen Volksentscheid über Rechtsprinzipien zu erarbeiten. Aber ein kompromissfähiges Gesamtpaket war nicht zu schaffen. Es war zum Verzweifeln.

Es blieb wohl kein anderer Weg, als – statt einer Gesamtlösung - sich immer wieder auf einzelne abstimmungsfähige Teilgebiete zu beschränken und so Schritt für Schritt das überaltete, aber in vielen Teilen weiterhin maßgebliche Rechtssystem zu erneuern.

So etwas war nichts für Daniel. Allumfassend, eindeutig, radikal und klar, so stellte er sich seine Rechtsreform vor. Zögerliches Ringen um komplizierte Details war nicht sein Arbeitsstil. Da fehlte es ihm an Motivation und Geduld. Er war ein Mann der großen Ideen und Taten. Mühsame Kleinarbeit überließ er lieber den Bürokraten.

Lara stoppte ihn schließlich.

„Das haben wir uns nun schon auf der ganzen Fahrt anhören müssen. Jetzt mach mal Pause. Ich würde gern die Landschaft noch ein wenig genießen und einen kleinen Gang machen, bevor es dunkel wird. Maga und ich müssen ja schließlich einen Eindruck von der Gegend bekommen und sehen, wo ihr euch eine Woche lang herumtreibt. Oder bleibt ihr immer nur in der Hütte und diskutiert?"

Damit stand sie auf, die junge Gattin des großen Daniel, nickte Maga ermunternd zu und begann, sich für eine kleine Wanderung fertigzumachen. Die Übrigen folgten ihrem Beispiel. Auch Daniel, bis dahin noch in Konferenzkleidung, zog sich um und schloss sich der Gruppe an, die vor der Haustür auf ihn wartete.

Sie unternahmen einen kleinen Aufstieg zum nahen Hausberg, von dem aus man einen besonders guten Rundblick über die Berner Alpen hatte.

Zunächst gab es noch ein gemeinsames Gespräch, doch als es immer weiter bergauf ging, blieben die drei Frauen zurück und begannen eine eigene Unterhaltung. Sie sprachen über Härtefälle in der medizinischen Versorgung. Das war nicht ungewöhnlich. Lara war Chirurgin und Magda befasste sich beruflich mit psychologischen Problemen des Gesundheitswesens.

„Warum bist du eigentlich Chirurgin geworden?", fragte sie. „Früher war das doch ein ausgesprochener Männerberuf. Liegt dir das? *‚Bauchaufschneiden, Zyste raus, oder Herz reparieren, zunähen, fertig, der Nächste bitte'*? Entschuldige bitte, wenn ich das einmal so despektierlich sage. Ich will deinen Berufsstand nicht beleidigen."

„Du beleidigst mich nicht damit, wenn es natürlich auch nicht ganz so ist, wie du es beschreibst."

„Das war auch nicht so wörtlich zu nehmen."

„Nein, lass mal, ich weiß, was du meinst, und es trifft im Grunde die Gesichtspunkte meiner damaligen Entscheidung. Es geschah aus Resignation. Ich habe mich bewusst auf diesen handwerklichen Bereich zurückgezogen, obwohl ich mein Studium mit ganz anderen Vorstellungen begonnen hatte. Internistin wollte ich werden, meinen Patienten bei schwerwiegenden Erkrankungen helfen und ihnen menschlich beistehen wie mein Onkel früher, der auch Internist gewesen war und ein toller Arzt. Aber ich hatte die Revolution bei aller Begeisterung für die neue Politik nicht verinnerlicht.

Ich konnte nicht zu einem Hilfesuchenden sagen ‚Ja, man könnte Ihnen helfen, aber Sie lohnen sich gesellschaftlich nicht mehr. Für Sie reichen Schmerzmittel.'

Krankenhäuser sind zu Reparaturbetrieben für das Wirtschaftsgut ‚menschliche Arbeitskraft' geworden, mit getrennten Diagnose- und Therapieabteilungen. Und da habe ich mich halt aus der Kundenberatung ausgeklinkt und bin in die Werkstatt gegangen."

Und als sie merkte, dass Magda nachdenklich neben ihr herging und kein Wort mehr sagte, ergänzte sie – sozusagen als Trost:

„Die Theorie ist ja in Ordnung. Da hattet ihr ja recht. Klassische Ethiktradition. Kant, Marx und Co. Maximierung des gesamtgesellschaftlichen Nutzens. Die Nutzenfunktion ermittelt der Computer. Dazu stehe ich ja auch.

Aber im wirklichen Leben, erst recht im Berufsleben als Ärztin, habe ich Menschen vor mir. Und das verdrängt sich leichter, wenn nur das relevante Planquadrat sichtbar ist, und das meist sogar nur am Bildschirm, und der Mensch mitsamt seinem Schicksal unter dem grünen Tuch verdeckt ist und darüber hinaus auch nichts mitbekommt von dem, was wir mit ihm machen."

„… und du als Chirurgin die abgewiesenen Fälle gar nicht erst zu Gesicht bekommst. Ich verstehe."

„Ja, und denen, die dann noch zu mir gelangen, denen helfe ich so gut ich kann."

Dabei gingen sie immer langsamer und blieben zurück, so dass die Männer schließlich an ihrem Gespräch nicht mehr teilhaben konnten.

Am Abend in der Hütte wurden die Wanderkarten ausgebreitet und die Tour der beiden jungen Frauen besprochen. Sie musste ein wenig gekürzt werden, da sie, in Abänderung des ursprünglichen Planes, den letzten Abend wieder gemeinsam in der Hütte verbringen wollten.

Alle waren müde. Daniel war schweigsam geworden, nachdem seine Ausbrüche aufgehört hatten. Er schien missgestimmt. Auch Magda, die Initiatorin und sonst immer so Muntere, schien in Gedanken abwesend zu sein. Kein fröhliches Lachen an diesem Abend.

Das Gespräch schleppte sich mühsam dahin.

Joseph erzählte von seinem veränderten beruflichen Verhältnis zu Jakob. Dieser hatte im zentralen staatlichen Rechenzentrum, an dem er seit seiner Promotion arbeitete, Probleme bekommen. Nach seiner eigenen Schilderung der Situation hatten die Kollegen seine Ideen zur Weiterentwicklung der Datenbanken abgelehnt, weil sie seinen neuen Ansatz nicht begriffen hatten. Danach habe ein unerträgliches Mobbing angefangen. Daher hatte er Verbindung mit Joseph aufgenommen, als dort eine Stelle frei wurde. Entgegen dem Rat von Daniel hatte er Jakobs Wunsch nachgegeben und ihn eingestellt, nachdem er sich erfolgreich hatte umevaluieren lassen. Jakob war seitdem Josephs persönlicher Stellvertreter. Allerdings nahm er weiterhin kleinere Aufgaben im Rechenzentrum wahr, und es hatte den Anschein, als wäre ihm dieser Freiraum außerhalb der Kontrolle von Joseph ganz lieb.

Jakob hatte seinen Wohnsitz weit außerhalb in ländlicher Umgebung. Einmal hatte er Joseph und Magda zu sich eingeladen. Hatte ihnen stolz sein Haus gezeigt und das Pachtland, auf dem er sich auf einem kleinen Hügel neben seinem Fischteich eine alte Hütte als Denkfabrik für seine Computerspiele ausgebaut hatte. Nächtelang verbrachte er hier seine Zeit, spielte nicht nur, sondern entwickelte auch selbst neue Spiele, die er zum Download ins Internet stellte. Er nötigte seine Gäste zu einer Spielrunde, und man hätte gewiss das Essen versäumt, wäre nicht plötzlich auf allen Bildschirmen eine Meldung seiner Frau erschienen, dass die Lammfilets zubereitet seien.

Zum Abschied drückte er ihnen diskret eine Preisliste seiner Computerspiele in die Hand.

„Für euch gäbe es natürlich Freundschaftspreise."

Seine Einladung war weder von Joseph noch von Magda je erwidert worden. Auch seine Spiele fanden nie den Weg auf ihre Bildschirme.

Die Erwähnung des ungeliebten Kollegen hatte wenig dazu beigetragen, die Stimmung der alten Freunde zu heben. Auch Joseph verfiel danach in nachdenkliches Schweigen. So verlief der erste Abend weniger munter als erwartet. Man blieb nicht allzu lange auf, zumal die beiden „Kleinen" schon im Morgengrauen aufbrechen wollten.

Daniel und Lara zogen sich zuerst zurück, und bald darauf sagten auch die beiden Magdas Joseph gute Nacht und bezogen ihr Mutter-und-Tochter-Zimmer.

Als er allein war, ging Joseph noch ein wenig seinen Gedanken nach, die sich aber bald vom Beruflichen lösten, zurückkehrten zu seinem einsamen Aufstieg zur Hütte, der Vorfreude auf das Treffen und die Überraschung, als er Maga seit langer Zeit zum ersten Mal wiedersah. Jetzt, mit langen Haaren – er kannte sie nur mit extremer Kurzhaarfrisur - war sie wirklich ein Ebenbild jener Magda geworden, die er von Aix und später von Limburg und vor allem von der Woche damals in der Hütte in seiner Erinnerung bewahrt hatte.

Und noch weiter zurück gingen seine Gedanken. Das Traumbild seiner Amme tauchte wieder auf. Auch sie unverändert jung. Aber über alles legte sich schließlich das beruhigende Bild der wundervollen Alpenwiese, und er begann, sich die Blumen von damals vorzustellen und bemühte sich, die kleinen Verse der alten Minnelieder ins Gedächtnis zurückzurufen:

„ ... gebrochen bluomen unde gras.
vor dem walde in einem tal –
tandaradei!"

und

„Verlorn ist daz slüzzelin."

fiel ihm ein, mehr nicht. Sein vergebliches Bemühen, sich genauer an den Text zu erinnern, machte ihn wieder wach. Er löschte die Kerzen, vergewisserte sich, dass die restliche Glut im Kamin gefahrlos sich selbst überlassen werden konnte, deckte schon den Frühstückstisch wegen des geplanten zeitigen Aufbruchs von Lara und Maga und räumte noch hier und da ein wenig herum, bis schließlich auch er todmüde zu Bett ging.

32.

In aller Frühe stand Joseph, der ohnehin schon wach gelegen hatte, auf, kochte Kaffee und bereitete ein gemeinsames Frühstück vor. Die beiden Magdas folgten ihm bald. Sie traten verschlafen aus ihrem Zimmer. Daniel ließ sich durch Lara entschuldigen. Er fühle sich nicht gut und wolle endlich einmal ausschlafen.

„Wollen wir die beiden nicht noch ein Stück begleiten?", fragte Magda.

„Die werden uns schnell davonlaufen", fürchtete Joseph, doch die jungen Frauen widersprachen.

„Nein, das ist eine gute Idee. Wir haben doch den ganzen Tag vor uns, da brauchen wir uns ja nicht schon am frühen Morgen abzuhetzen."

„Aber wir wollen euch auf keinen Fall durch unser gemächliches Seniorentempo aufhalten. Ihr wollt doch noch weit kommen, heute."

„Das lasst mal unsere Sorge sein. Wenn es uns zu langsam wird, sagen wir Bescheid und ziehen davon", versicherte Maga.

„Ich fände es schön, den Anfang zusammen mit euch zu gehen", ergänzte Lara. „Ihr seid doch eigentlich die besten und ältesten Freunde von Daniel, und ich kenne euch viel zu wenig."

Und so zogen sie gemeinsam los.

Bis zur Baumgrenze und noch ein Stückchen weiter bis zur Hochalm blieben sie zusammen. Die Alm war noch winterfest verschlossen. Also eigenes Brot und Quellwasser statt Jausenbrettl mit Buttermilch. Dann trennte man sich.

Magda und Joseph schauten den beiden nach, bis der Pfad nicht mehr zu sehen war, auf dem sie weiter aufstiegen.

33.

„Jetzt wo wir allein sind, möchte ich dir etwas sagen, was nicht jeder zu wissen braucht."

Joseph reagierte nicht gleich und schaute weiter in die Richtung, in der die beiden verschwunden waren, in Erwartung, dass er sie weiter oben wieder entdeckte, wo der Weg über ein Geröllfeld führte.

Als Magda aber nach dieser Ankündigung nichts mehr sagte, sondern einfach schwieg, drehte er sich zu ihr um. Die Heiterkeit von eben war aus ihrem Gesicht gewichen. Weinte sie? Oder war es die blendende Sonne, die ihr Tränen in die Augen kommen ließ? Als sie merkte, dass er sie anschaute, hob sie den Kopf, und sie hatte das unwiderstehliche gewinnende Lächeln von früher, das so intime Vertrautheit auszudrücken schien, das alles umher vergessen ließ, keinen Raum mehr gab für andere Empfindungen als Freude darüber, für diese Frau willkommene vertraute Gesellschaft sein zu dürfen. Und wie früher so oft, war es auch diesmal begleitet davon, dass sie ihre Hand auf seinen Arm legte, als er eben diese Hand fassen wollte. Und, wie damals, war er unsicher, ob sie seine körperliche Nähe suchte oder ob sie, im Gegenteil, seine Annäherung hatte verhindern wollen.

Diesmal wurde es schnell klar.

„Nein, nichts eigentlich, was so recht in das sonnige Licht dieses Tages passt. Aber ich muss es einfach loswerden. Ich kann nicht neben dir – ausgerechnet dir – so hergehen, als wäre nichts und einfach weiter die muntere Magda spielen."

Und ehe er etwas sagen konnte, war es heraus:

„Ich fürchte, ich bin ernstlich krank. Und ich habe Angst vor dem Tod."

Betroffenes Schweigen, nur wenig erträglicher gemacht dadurch, dass er seinen Arm von ihrer Hand befreite und nun genau das tat, was sie wohl hatte verhindern sollen: er nahm Magda in den Arm, gerade so wie er früher seine Kinder zu trösten versucht hatte, noch ehe sie ihm ihr Leid geklagt hatten.

Und wie bei jenen hätte er sich die Worte sparen können, die er aber dennoch begann

„Erzähl!" - Seine Stimme war plötzlich so undeutlich, als wäre er gerade aus tiefem Schlaf erwacht. Er wollte seine Erregung verbergen und sprach nicht weiter.

„Lebten wir noch wie früher, oder wäre ich so alt wie Maga, kein Problem, ich ginge zum Arzt oder in die Uniklinik, ließe mich untersuchen und gegebenenfalls operieren. Vermutlich brauchte ich danach eine Weile Rekonvaleszenz oder eine Kur. Die Kasse würde alles übernehmen, meine Stelle als Dozentin blieb mir bei unveränderter Bezahlung erhalten und die ärztliche Schweigepflicht ersparte mir alle weiteren persönlichen Unannehmlichkeiten."

„Und du meinst, das geht nicht mehr?"

„Sei nicht naiv. Wir haben es doch selbst so gewollt. Im günstigen Fall liefe alles wie früher, lediglich die danach ja ganz bestimmt notwendige neue Evaluation würde schlechter und mein Gehalt würde ein wenig gekürzt. Aber was, wenn mir nach der Untersuchung die Operation verweigert wird?"

„In deinem Alter und bei deinen bisherigen Evaluationen?"

„Erstens bin ich nicht so viel jünger als du, auch wenn du charmanterweise mich so behandelst. Gut, ich habe zwar noch immer gute Ergebnisse, aber die Zeiten der jährlichen Steigerungen sind längst vorbei. Lediglich der Erfahrungsbonus hält mir in den letzten Jahren die Verfolgungen der Jüngeren vom Hals. Und die Dauer und Qualität der im Falle einer notwendigen Operation danach noch zu erwartenden beruflichen Tätigkeit – kurz, der gesellschaftliche Restwert meiner Arbeitskraft, wie wir es selbst seinerzeit bezeichnet haben – würde sich erheblich verringern. Es gibt genug Qualifizierte, die mich dann sofort ersetzen könnten. Vielleicht käme ich auch direkt ins Reservat und würde mit Schmerzmitteln und Psychopharmaka behandelt."

„Dann käme ich dich besuchen und würde deine euphorischen Gefühle schändlich ausnutzen!"

„Bleib doch mal bitte ernst. Ich finde das ganz beschissen. Kannst du dir doch denken. Natürlich käme ich dann ohne die notwendige Operation ins Reservat."

„Das war kein Scherz. Aber es war auch keine Antwort. Ich weiß. Entschuldige."

„Brauchst dich nicht immer zu entschuldigen. Ich hab es auch so verstanden. War ja nett gemeint. Und nun sag bitte erst mal überhaupt nichts mehr zu diesem Thema. Du kennst jetzt meine Sorge und verstehst es sicher, wenn ich nicht ganz so munter bin, wie du es eigentlich für diese gemeinsame Woche erwartet hattest, du – und ich übrigens auch. Vielleicht fällt dir ja irgendwann dazu noch etwas ein. Lara hat auch schon so eine Andeutung gemacht. Irgend so etwas Unverständliches wie ‚Maga solle dann mal noch nicht so schnell heiraten'. Das hab ich aber nicht begriffen. Gibt es da irgendeinen Trampelpfad? Nachfragen wollte ich nicht. Ein wenig hat Daniel schon auf sie abgefärbt. Manchmal ist sie wie er. Man fühlt sich als dummer Schüler und versteht nicht. Gerade dann, wenn es besonders wichtig ist."

Statt einer Antwort drückte er sie fester an sich, und sie ließ es sich jetzt gern gefallen. Sie schien entspannter als eben noch und lehnte sich an ihn, suchte seine Nähe und Wärme.

Daniel sagte sie nichts. Nicht, dass sie zu wenig Vertrauen zu ihm gehabt hätte. Irgendwie war er anders. Er hätte sie bestimmt ganz ernst genommen. Hätte sofort etwas vorgeschlagen und damit festgelegt. Aus. Vermutlich sogar das einzig Richtige, wie meist.

Und so wie Lara ein wenig von seiner Art der Sonderschulbehandlung seiner Umgebung angenommen hatte, war auf ihn ein wenig ihre Chirurgenart übergegangen. Fehler erkennen. Eingrenzen. Herausschneiden. Fertig.

Er war einfallsreich. Half gern. Aber sein Leid mochte man ihm nicht klagen.

Natürlich entging ihm nicht, dass etwas in der Luft lag. Er konnte das Problem noch nicht lokalisieren, spürte aber, dass ihm etwas verheimlicht wurde. Doch Nachfragen, das war nicht sein Stil. Es war eine Mischung von Zurückhaltung und Überheblichkeit. Einerseits wollte er ebenso wenig unaufgefordert in andere dringen wie er es zuließ, von anderen bedrängt zu werden. Es musste freiwillig sein. Beim Geben ebenso wie beim Nehmen. Andererseits konnte er sich nur schwer überwinden, eine Frage - Eingeständnis seiner Unwissenheit - zu stellen. Und außerdem hielt er das auch nicht für erforderlich. Die Auflösung fand sich - für ihn - fast immer, und dann viel dienlicher ohne Fragen. Er hatte Geduld. Und wenn nichts kam, dann eben nicht.

34.

Für alle drei war es eine ungewöhnliche Woche.

Die Komplizenschaft der ersten Zeit und die jahrelange arbeitsreiche, verlässliche und vor allem freundschaftliche Zusammenarbeit in den Gründerjahren hatte sie mit einander verbunden wie eine Familie. Als Kind ihrer gemeinsamen Fantasien hatten sie nach Jahren der Vorbereitung schließlich eine neue Gesellschaft in die Welt gesetzt, für deren Lebensfähigkeit, Erhaltung und Entwicklung sie gemeinsam gekämpft hatten, bis der Sprössling ihrer Gedanken das Laufen gelernt hatte, und begann, sich von allein weiter zu entwickeln, wenn auch nicht immer ganz in die vorgesehene Richtung, so dass er in der Reifezeit noch immer ein wenig gelenkt und geschützt werden musste. Und auch jetzt, in seinem beginnenden Erwachsenenalter, glaubten sie, immer noch von Zeit zu Zeit ein wenig die Hand darüber halten zu müssen.

Aber im Großen und Ganzen hatte sich aus ihren gemeinsamen Ideen ein lebensfähiger selbständiger mündiger Staat entwickelt, der sich inzwischen in Form einer Staatenunion fast über ganz Europa erstreckte. Zuerst das Fürstentum als Modell, simuliert und geboren aus einer virtuellen GAMMA-Beratung. Dann folgten die Schweiz, Deutschland, Österreich und die Niederlande, und fast parallel die meisten Staaten von Westeuropa. England, und noch mehr Osteuropa, zögerten zunächst und folgten erst, als der wirtschaftliche Aufschwung des übrigen Europas es nicht mehr verhindern ließ, und auch dann nur mit Einschränkungen. England wohl wegen seines - trotz der weiterhin bestehenden Monarchie - besonders ausgeprägten Demokratieverständnisses. Die osteuropäischen Staaten huldigten nach ihrer kommunistischen Zeit noch zu sehr dem uneingeschränkten Liberalismus, um sich – wie sie fürchteten - zu einer Diktatur der Datenbanken entschließen zu können.

Allein Norwegen konnte sich seinen traditionellen Zustand des „Wohlstandes und der sozialen Sicherheit in Freiheit", wie sie es nannten, dauerhaft leisten und erhalten.

Allen voreiligen Kritiken zum Trotz war das neue Gesellschaftssystem zu einer lebenden Demokratie geworden. Sie war durch freie Wahlen entstanden – auch wenn jetzt immer von „der Revolution" gesprochen wurde – und wurde auch weiterhin durch Wahlen und Volksentscheide gelenkt. Der Zentralcomputer hatte die zuletzt ohnehin nur noch auf Machterhalt ausgerichteten politischen Parteien überflüssig gemacht, indem er für die Besetzung aller wichtigen politischen Ämter anhand spezieller Evaluationen eine Liste fachlich und charakterlich geeigneter

Kandidaten vorgab, aus der die Bevölkerung die endgültige Besetzung der Positionen durch freie Wahlen bestimmte. Darüber hinaus gab es Volksabstimmungen zu Grundsatzfragen.

Magda, Daniel und Joseph waren inzwischen zu politischen Veteranen geworden. Kein Wunder also, dass sie sich in ihrer Hütte fühlten wie auf einem Familientreffen in kleinstem Kreise.

Es war eine Erholungspause unter Freunden. Jeder konnte tun, was er wollte, der Tagesablauf ergab sich ohne Vorausplanungen. Abends wurde viel gelesen, vor allem Magda zog sich gern mit einem Buch zurück. Daniel und Joseph spielten bisweilen Schach – in alter Tradition mit einer Dame Vorgabe zugunsten von Joseph, der es dennoch nur selten schaffte zu gewinnen, nach einiger Zeit keine große Lust mehr hatte und sich daher an den letzten Abenden anderes vornahm und sich nur selten noch Daniel zuliebe auf eine Partie einließ, wozu er sich allerdings ein wenig verpflichtet fühlte, denn Daniel machte einen kränklichen Eindruck, auch wenn er sich bemühte, sich seine Hinfälligkeit nicht anmerken zu lassen.

Tagsüber, vor allem mittags, spielte er „Zauberberg", wie er es nannte, legte sich gern in eine Decke gehüllt auf die Terrasse und ruhte, während Joseph und Magda in Spaziergängen die nähere Umgebung wiederentdeckten, auf Wegen, die sie von früher in Erinnerung hatten, die aber inzwischen völlig neue Anblicke boten.

„Hier stand doch früher eine Bank", oder „Ist das nicht der kleine Hügel, auf den wir am Abend manchmal noch gestiegen sind, weil man so einen herrlichen Ausblick hatte. Schade, dass jetzt alles so zugewachsen ist." Aber auch umgekehrt: „Was für ein herrliches Bergpanorama! Damals sah man hier nur Bäume. Die Almwiese gab es noch nicht. Schön, dass sie eine Rasthütte hierhin gebaut haben."

Sie waren sich wieder sehr nahe gekommen. Beinahe als wären sie ein Paar. Und auch zur Nacht fiel es ihnen schwer, sich zu trennen. Warum auch? Aber seltsam. Daniel war zwar ihr bester gemeinsamer Freund und alles andere als prüde, aber sie mochten ihn nicht einbeziehen in ihr Verlangen, auch in der Nacht zusammen zu sein. Und so kam Joseph heimlich zu ihr, wenn Daniel sich längst zurückgezogen hatte. Sie hatten das Gefühl, ihre Intimität passte nicht recht in die Dreiergemeinschaft und hätte beinahe etwas von Inzest. Dabei ging es ihnen nicht um Sex. Sie waren beisammen. Das genügte.

Sicher, auch Sinnlichkeit stellte sich ein – unnatürlich, wenn es anders gewesen wäre. Dennoch war es nicht wie früher. Kein ausschweifender Überschwang. Keine Extase. Es ergab sich einfach, gehörte dazu. Beweis entspannter Nähe und Vertrautheit. Und sie versteckten es vor Daniel als wäre es ihr ganz persönliches Geheimnis.

In den Stunden zu dritt führten sie kaum Fachgespräche wie damals. Und wenn, dann eher um zu erfahren, womit sich die anderen beschäftigten.

Die Zeit der Eroberungen von Neuland war vorbei. Das Ausruhen tat allen gut.

Erst am letzten Tag, als überraschenderweise schon zur Zeit der Zauberbergstunde plötzlich die Wanderstiefel von Maga und Lara auf den Holzbohlen der Terrasse zu hören waren, kam wieder Bewegung in die kleine Gesellschaft.

„Hallo, ihr beiden Bergsteiger! Wie war's?"

„Sicher weniger geruhsam als bei euch. Aber toll."

„Habt ihr Hunger? Oder habt ihr schon gegessen?"

„Wir dachten, wenn wir früh genug kommen, könnten wir noch gemeinsam zu einem Gamsbraten mit Knödeln zur Antoniushütte. Das muss jetzt herrlich sein da oben, bei dem Fernblick heute. Ihr seid ja doch sicher nicht weit weggekommen in dieser Woche, so ganz ohne Auto. Wie wär's?"

Gut war's.

35.

„Gamsbraten ist fertig. S' waren halt so viel Leut' hier gestern, bei dem Wätter. Die wollten alle Gamsbraten. Schon am Mittag hat's nicht mehr gereicht. Tut mir leid. S' ist halt Wochenänd."

Enttäuschte Gesichter.

„Eigentlich waren wir wegen Ihres berühmten Gamsbratens hergekommen."

Sie fühlten, wie sehr ihre steife Sprache in befremdlichem Kontrast zur einladenden Sprachmelodie des freundlichen Bergwirts stand, obwohl dieser sich den fremden Gästen zuliebe um bestes Hochdeutsch bemühte und sie aufmunternd herzlich einlud, dennoch Platz zu nehmen

„Aber probieren Sie doch unser Käsefondue. Das ist ganz besonders. Mit selbst gesammelten Kräutern. Spezialität der Antoniushütte. Kennen Sie das nicht? Dann müssen Sie erst recht kosten. Unbedingt. Fünf sind Sie? Das passt. Draußen wird's gleich kalt, wenn die Sonne erst hinter den Berg geht. Kommen Sie herein. Wir haben hier etwas ganz Besonderes. Speziell für vier bis sechs Personen. Sie werden sehen."

Dabei schaute er in den Himmel.

„S'wird regnen. Aber wohl erst in der Nacht. Schauen Sie hier."

Er machte eine einladende Handbewegung zum Hütteninneren und wies auf einen runden Tisch mit rot-weiß karierter Tischdecke in einer holzverkleideten Nische mit ebenfalls runder Bank und passenden abwechselnd blau und rot karierten Sitzkissen und Rückenpolstern. Darüber hing von der Decke herab an drei schweren Ketten eine mächtige alte Messinglampe. An ihrem untersten Ende war ein großer

Haken, und darunter stand, in der Mitte des Tisches, auf einem verrußten Eisengestell ein altmodischer Petroleumbrenner.

Sie folgten seinem Vorschlag und nahmen Platz auf der runden Bank. Lediglich der Stuhl zum Hütteninneren hin blieb frei. Den nutzte der Hüttenwirt und setzte sich dazu, um die Bestellung aufzunehmen.

„Einmal Antonius Fondue complet zu fünft, Salat und Wein inklusive. Recht so?"

So war es schon als Hüttenspezialität auf der Tafel am Eingang zu lesen gewesen, neben dem Gamsbraten, der mit Kreide durchgestrichen und durch ‚Rindsgulasch mit Knödeln' ersetzt worden war.

Zustimmendes Nicken der kleinen Gesellschaft.

„Dazu schlage ich unseren Roten vor, wenn Sie wollen, können Sie aber auch einen frischen Fendant haben und natürlich unser Quellwasser. Von allem so viel Sie wollen."

Man einigte sich auf den Fendant.

„Vorweg ein Kirsch für die Damen und ein Träsch den Herren? Auf Rechnung des Hauses natürlich."

Auch das wurde akzeptiert.

Kaum war er weg, kam es scherzhaft von Lara

„Der will bloß, dass wir nicht so viel Wein trinken."

„Da hat er sich aber mächtig geirrt! Ich besauf mich heute."

Endlich war ihr Lachen wieder da. Magdas Markenzeichen. Vielleicht nur gespielt, aber immerhin. Auch dazu bedurfte es eines bejahenden Antriebes.

„Vielleicht könnten wir dir sogar Grund dazu geben", sagte Lara, „Auf unserer Wanderung ist uns eine tolle Idee gekommen, wie wir dein Problem aus der Welt schaffen könnten."

Daniel war überrascht, vielleicht sogar ein wenig verletzt, dass er nicht eingeweiht worden war. Aber er ließ sich nichts merken.

„Nicht heute. Kein Wort mehr davon jetzt", wehrte Magda ab. „Ich will heute mit euch feiern. So wohl wie diese Woche habe ich mich lange nicht mehr gefühlt. Und ihr hattet eine herrliche Tour. Das muss doch gefeiert werden. Wer weiß, ob es je wieder so schön wird wie heute."

Der Wirt kam hinzu und brachte wie versprochenen Kirsch und Träsch. Offenbar hatte er die letzten Worte mitbekommen.

„Wenn das kein Grund zum Trinken ist!", sagte er und schenkte allen und auch sich ein Gläschen ein.

„Auf die Woche, und dass es das nächste Mal wieder genauso schön wird, hier oben! Auf euer Wohl zusammen!"

Damit stand er auch schon auf und nahm, während Teller, Brot und Salate herbeigetragen wurden, den riesigen Fonduetopf entgegen, befestigte ihn behutsam mit einer Kette an den Haken der Messinglampe, zündete den Petroleumbrenner an und wünschte „En Guete!"

Magda, wieder ganz die souveräne Psychologin, gelang es, die kleine düstere Verstimmung, die für einen Moment angeklungen war, durch Erinnerungen aus der früheren gemeinsamen Zeit in ihr Gegenteil zu verkehren.

„Wer hätte damals geahnt, was sich einmal aus unserem kolumbianischen Ei aus dem Kloster entwickeln würde?"

„Aus dem damals noch ungelegten", berichtete Joseph bescheiden.

„Aber – um nicht, na sagen wir, biologisch zu werden - der Urknall hatte stattgefunden", ergänzte Magda das Bild.

„Der fruchtbare Moment im Bildungsprozess." brabbelte Daniel weinselig vor sich hin und dokumentierte diesmal seine Sonderpädagogik vor sich selbst.

„Ich glaube, es war ein Glücksei", meinte Joseph.

„Denkst du an die Schokolade oder das Spielzeug darin?"

„Ich denke gar nicht. Fiel mir nur so ein", sagte er müde.

„Vogelstraußpolitik" schlussfolgerte sie.

„Richtig. Straußenei. Hatten wir noch nicht. ", bestätigte er.

„Ach du dickes Ei!", meldete sich Daniel zurück.

„Angeberei!"

„Selber Loreley!" konterte er in gekünsteltem Lallen.

Alle blödelten mit, und die zunächst nur gespielte Heiterkeit verselbständigte sich – je öfter der Wein nachgeschenkt war, desto mehr - zu wirklicher Ausgelassenheit.

Gegen Mitternacht waren alle anderen Gäste bereits gegangen, und als der Wirt sich wieder zu ihnen an den Tisch setzte, sich ein Glas dazustellte und noch einmal allen vollschenkte, sahen sie das - trotz aller seiner launigen Scherze – doch eher als Aufforderung zum Zahlen an. Daniel, der von allen noch am nüchternsten wirkte, fuhr den Wagen bis hinab ins Tal. Im Dorf wollte man dann ein Taxi nehmen. Aber als er keine Anstalten machte, anzuhalten, erhob auch keiner Einspruch, und er fuhr sie wieder hinauf bis zum Parkplatz unterhalb der Hütte.

„Gleich ins Bett?"

„Gleich ins Bett."

„Wann morgen früh?"

„Wenn die ersten wach werden."

Als einziger musste Joseph allein in seinem Zimmer schlafen. Es war wie ein Abschied, als er, plötzlich von allen verlassen, vor seinem leeren Bett stand. Er mochte noch nicht schlafen und machte sich, wie am ersten Abend, daran, den Frühstückstisch vorzubereiten. Er wollte diesen letzten Tag noch nicht beenden, zündete den Kamin wieder an, setzte sich in den alten Sessel, erinnerte sich noch einmal an den ersten Abend, als er dort gesessen hatte, und ließ seinen Gedanken freien Lauf. Er musste wohl eingeschlafen sein, als er, zunächst ohne recht zu begreifen, fühlte, dass sich behutsam ein Arm um seine Schultern legte und eine vertraute Stimme flüsterte

„Ich wusste, dass du nicht schlafen würdest."

„Ach, du bist es wirklich? Ich dachte, ich träume."

„Träumst du denn so oft von mir?"

„Viel zu selten. Und nie so schön wie jetzt."

„Legen wir noch ein Scheit Holz nach? Ich möchte noch ein wenig mit dir zusammen Abschied nehmen. Und ich muss dir noch etwas sagen."

Er wollte aufstehen, aber sie war schneller.

„Lass mich mal. Du schläfst ja noch fast."

„Das scheint nur so. Ich bin jetzt wieder ganz wach."

Aber er ließ sie ohne Anstalten der Gegenwehr Holz nachlegen.

„Aber komm schnell wieder zu mir. Ich friere. Mir ist ganz seltsam."

„Was hast du denn? Bist du krank?"

„Vielleicht ist es der viele Wein, aber ich bin, wie soll ich sagen – geht das überhaupt? - voller Glücksgefühl, seit du gekommen bist - und gleichzeitig bodenlos traurig."

Er zog sie zu sich herab, hielt sich fest an ihr, wie an einem rettenden Strohhalm und schluchzte.

„Sag mir schnell, was du sagen wolltest, ich habe solche Angst, ich weiß auch nicht, warum. Ich glaube, ich bin wirklich noch nicht richtig wach. Entschuldige!"

Er ließ sie los, stand auf, schnäuzte sich die Nase.

„So, ich glaube, jetzt bin ich wieder da. Schön, dass du noch einmal Holz aufgelegt hast. Schau, wie es brennt. Nun ist es auch nicht mehr so kalt, dunkel und gespenstig wie eben. Und jetzt erzähl mir dein Geheimnis. Bitte."

Sie hatte ihn noch nie so erlebt.

„Es ist nichts Beunruhigendes. Im Gegenteil.", begann sie.

„Sag es trotzdem."

„Sicher. Deshalb bin ich ja gekommen – das heißt, eigentlich nicht nur deshalb. Ich ahnte, dass du allein hier bist und vielleicht auch ein wenig auf mich gewartet hast. Ich wollte dich fragen, ob ich im Mai für ein paar Tage zu dir zu Besuch kommen darf. Du hast doch noch immer die große Wohnung mit den beiden leeren Kinderzimmern, die auf Besuch warten."

„Da brauchst du nicht zu fragen. Wenn ich es rechtzeitig weiß, nehme ich mir alle Zeit. Aber sollten wir dann nicht vielleicht lieber zusammen wegfahren?"

„Nein, es wäre besser bei dir. Für wie lange, weiß ich noch nicht. Aber jedenfalls ab 1. Mai. Frag jetzt nicht warum. Bitte."

„Abgemacht. Warum auch immer. Von mir aus ab ersten Mai. Ich freue mich."

Sie blieben noch, bis die letzte Glut im Kamin verglomm und es kühl wurde.

„Es ist wie früher wenn wir in der Familie am Silvesterabend nach dem obligatorischen Feuerwerk in aller Stille abends die Kerzen des Weihnachtbaums haben ausbrennen lassen."

„Das hab ich nie erlebt. Nicht einmal bei den Großeltern. Stelle ich mir aber schön vor."

„Ist es doch auch. Oder?"

36.

Zurück in Frankfurt. Nachdem die Sekretärin, wie jeden Tag, die Post gebracht und einige Routineangelegenheiten mit Joseph besprochen hatte, kam sie noch einmal in sein Büro zurück.

„Herr Professor Winter, fast hätte ich es vergessen, die neue Praktikantin ist da. Sie sagt, sie kennt Sie, möchte sich aber doch noch einmal bei Ihnen vorstellen, bevor sie bei uns anfängt. Kann sie jetzt kommen oder soll ich einen Termin machen? Sie hat sich nicht angemeldet."

„Wie ist sie denn?"

„Sehr höflich. Sehr ernst, korrekt und kühl. Aber zwischendurch lächelt sie so liebenswürdig und gleichzeitig so ängstlich und verloren, dass man sie in den Arm nehmen möchte, um sie zu trösten, die kleine Person. Aber ich glaube, sie weiß sehr genau, was sie will." Dabei schaute sie sich zur Tür um, wie um sich zu vergewissern, dass sie geschlossen war, bevor sie ihre Beschreibung leise fortsetzte:

„Ein wenig aber auch wie eine Agentin bei James Bond, wenn Sie verstehen, was ich meine. Eine hübsche Asiatin, wie man sie sich im Krimi vorstellt. Ehrlich gesagt, etwas unheimlich."

„Na, da bin ich aber gespannt. Dann holen Sie sie mal gleich herein."

„Gut."

„Aber lassen Sie sich nicht um den Finger wickeln", fügte sie im Hinausgehen scherzhaft hinzu.

„Wenn das so ist, Frau Jathge, wollen Sie dann nicht lieber vorsichtshalber dabei bleiben?", flachste er zurück.

Und dann stand sie auch schon vor ihm. Und ob er sie kannte! Es war eine ganze Weile her, seit sie sich das letzte Mal begegnet waren, und sie schien ihm sehr verändert. Aber er hatte sie nicht vergessen, und es berührte ihn eigenartig, sie nun plötzlich wieder vor sich zu sehen.

„Herr Professor", begann sie scheu und ohne auf eine Begrüßung seinerseits zu warten, „es könnte sein, dass Sie mich lieber nicht in Ihrem

Institut als Praktikantin akzeptieren möchten, und das ist der Grund, weshalb ich schon vor meinem eventuellen Dienstantritt zu Ihnen komme."

„Aber lassen Sie sich doch erst einmal herzlich begrüßen! Ganz im Gegenteil. Ich freue mich, Sie wieder in meiner Nähe zu haben, wenn auch natürlich in vollkommen anderer Weise als die ersten Male."

Und nun schaute er seinerseits, ob die Tür auch wirklich verschlossen war, bevor er ihr die Hand reichte, sich dann aber doch anders entschloss und sie zu zwei kleinen diskreten Begrüßungsküssen freundschaftlich an sich zog.

Seine Sorge war unnötig. Gleich bei ihrem Eintreten hatte sie die Türe sorgsam hinter sich zugezogen.

„Ich möchte Ihnen auf keinen Fall auch nur die geringste Unannehmlichkeit oder Peinlichkeit bereiten."

„Das tun sie nicht. Im Gegenteil. In welcher Zeit leben wir denn? Sehen Sie nicht, wie sehr ich mich freue, Sie als angehende Praktikantin vor mir zu sehen?"

„Ich bemerke, Sie haben das von mir gewählte ‚Sie' akzeptiert."

„Wie sollte ich anders?"

„Darf ich es als Zeichen sehen, dass Sie bereit sind, mit mir beruflich zusammenzuarbeiten?"

„Aber natürlich. Sie wissen ja nicht, wie glücklich es mich macht, Sie jetzt hier wieder zu sehen. Demnach haben Sie Ihr Studium erfolgreich abgeschlossen. Ich hatte mir damals Sorgen gemacht."

„Ich weiß, Sie haben mir nicht geglaubt. Sie vermuteten, Ihre frühere Studentin wäre auf die schiefe Bahn gekommen und tischte Ihnen eines der üblichen Prostituiertenmärchen auf. Aber ich habe tatsächlich die Wahrheit gesagt. Ich stand damals wirklich kurz vor den Prüfungen und brauchte dringend finanzielle Mittel bis zum Studienabschluss. Es war so. Und Sie haben mir mit Ihrem Buch so sehr geholfen, das Sie beim zweiten Mal mitgebracht haben. Zuerst dachte ich, es wäre ein neues Lehrbuch von Ihnen und war neugierig, ob Sie eine Widmung hineingeschrieben hatten. Als ich dann aber stattdessen die Kopie Ihrer Überweisung fand, wollte ich es nicht annehmen. Hab mir schnell einen Mantel umgehängt und bin Ihnen nachgelaufen, aber Sie waren nicht mehr zu sehen. Und dann habe ich es doch behalten. Ich sagte mir ‚Du kannst auch einmal etwas annehmen. Sei nicht so stolz! Lass dich beschenken. Er tut es doch sicher gern.' Es hat gereicht bis zum Examen. Ohne den Nebenjob. Danke!"

Spontan wollte er sie umarmen. Väterlich, seine neue Adoptivtochter. Aber er hielt sich zurück aus Angst, dass es missverstanden werden könnte. Und nun wusste er wirklich nicht, was er sagen sollte.

„Einmal bin ich noch wiedergekommen", begann er schließlich.

„Hatte dir nachspionieren wollen. In deinem Zimmer von damals war ein anderes Mädchen und sagte mir, dass du längst nicht mehr da seiest. ‚Keine Susi mehr'. Mehr rückte sie nicht heraus."

Da umarmte sie ihn vorsichtig, stellte sich auf die Zehenspitzen und flüsterte ihm ins Ohr

„Nein. Keine Susi mehr. Von jetzt ab Frau Sou Zie Ling."

Und sie reichte ihm ihre Karte.

„Entschuldige! Entschuldigen Sie. Es war ein Versehen. Ein kleiner Rückfall."

„Und es bleibt dabei, Sie stellen mich ein?"

„Nicht ich. Die Personalabteilung hat Sie eingestellt. Ich habe nur unterschrieben. Auf den Namen habe ich dabei nicht geachtet. Ich hatte wirklich keine Ahnung. Und so ist es vielleicht auch besser gewesen - Frau Ling!"

„Zu Ihren Diensten!", sagte sie schalkhaft lächelnd, verbeugte sich wie ein kleines Mädchen, drehte ich um und ging zur Tür, öffnete sie, zwinkerte ihm einmal noch schelmisch zu, und verließ das Zimmer so lautlos wie sie es betreten hatte.

37.

Der Mai rückte näher. Joseph war mit internationalen Kooperationen zur Neuordnung von Reservaten beschäftigt. Die zwangsweise Einweisung, insbesondere älterer verdienstvoller Personen, deren berufliche Leistung aber in der Zukunft nicht mehr benötigt wurde, war allgemein als zu hart empfunden worden.

Daher beschäftigte man sich damit, in bevorzugten Gegenden Europas Reservate einzurichten, die nicht unbedingt als Verbannung anzusehen waren. Schon vor der Jahrhundertwende hatte es einen Trend gegeben, dass sich ältere Personen – damals noch freiwillig – in südliche Gegenden zurückzogen. Mallorca war seinerzeit sehr beliebt gewesen. Außerdem hatte man zu Beginn des Jahrhunderts an vielen Universitäten Bildungsangebote für Ältere eingerichtet, die sehr gut angenommen worden waren. Die damaligen Ideen griff man nun auf, und Josephs Aufgabe war es, wirtschaftlich tragbare und sozial erfolgversprechende Projekte im Ausland ausfindig zu machen und unter Vertrag zu bringen.

Vor allem sollte das riesige Aids-Reservat aufgegeben und einer neuen Bestimmung zugeführt werden.

Gleich nach der „Revolution" hatte man mangels geeigneter Medikamente in Europa die weitere Ausbreitung von Aids dadurch erfolgreich verhindert, dass man für Aidskranke ein Reservat einrichtete. Dank der damals bereits eingeführten und durch regelmäßige Kontrolluntersuchungen stets aktualisierten Gesundheitskarte wurden alle Personen mit ansteckenden Krankheiten im Zentralcomputer erfasst und, soweit medizinisch möglich, entsprechend behandelt, in schweren Fällen isoliert. Hunderttausende Aidskranke kamen in ein riesiges Reservat, das in strenger Quarantäne wie ein Kleinstaat organisiert war. Durch die Fortschritte in der Entwicklung der Medizin war es inzwischen überflüssig geworden. Das Gebiet aber blieb von einigen der seinerzeit dort Angesiedelten weiterhin bewohnt, da es auf einer großen landschaftlich schönen Halbinsel am Mittelmeer lag und inzwischen über eine gute Infrastruktur mit allen möglichen Erwerbstätigkeiten verfügte.

Man hatte zunächst erwogen, das Reservat für jüngere Arbeitsunwillige zu verwenden, die sich auch nach einem Pflichtjahr bei Militär-, Sozial- oder Umweltdienst nicht in ein geregeltes Arbeitsverhältnis eingliedern ließen. Eine makaber-romantische Robinsonade, angesiedelt zwischen Kibbuz, Arbeitslager und Überlebenstraining. Davon war man aber wieder abgekommen.

Nun plante man, es als Altersreservat nutzbar zu machen, doch so, dass man es im Notfall jederzeit schnell räumen und bei Bedarf zur Pandemieeingrenzung wieder als Quarantänereservat nutzen könnte.

Mit den internationalen Verhandlungen war GAMMA beauftragt worden, und die Vorplanungen lagen auf Josephs Schreibtisch.

Joseph hatte sich ein Team von jungen temperamentvollen „Native Speakers" aufgebaut. Sie kamen aus England, Frankreich, Italien und Spanien, pflegten die Kontakte zu den Geschäftspartnern in ihrem jeweiligen Heimatland und begleiteten Joseph auf seinen Reisen durch Europa. Er war für sie so etwas wie ein Familienvater, in dessen Schutz sie, vor allem im fremden Deutschland, die Anerkennung fanden, die ihnen sonst zu Unrecht oft versagt blieb. An ihrer Sprache erkannte man sie sogleich als Ausländer und fälschlicherweise schloss man nicht selten vom ihrem sprachlichen auf ihr fachliches, wenn nicht sogar auf ihr menschliches Niveau.

Im Laufe der Zusammenarbeit hatten sie sich Josephs verbindlichen Verhandlungsstil zu eigen gemacht, wie umgekehrt er sich auf den gemeinsamen Reisen viel von ihren landestypischen Umgangsformen abgeguckt und angewöhnt hatte. Mit Rafael sprach er nur Spanisch, mit Sophie nur Französisch. Vielleicht war es auch das, was ihnen in Josephs Gegenwart das Gefühl der Fremde und Unterlegenheit genommen hatte.

Mit Giovanni redete Joseph, der auf Italienisch nicht vielmehr als „si", „no", „buon giorno", „grazie" und „buena notte" konnte, beide nicht gern Englisch aber leidlich Spanisch sprachen, in einer Mischung von Deutsch, Spanisch und – seitens Giovanni – Italienisch, verstanden sich aber dennoch bestens.

Die Engländerin bildete eine Ausnahme. Sie hatte Germanistik studiert, einen Deutschen geheiratet, lebte mit ihm seit Jahren hier und sprach perfekt Deutsch.

Sie war sehr clever und karrierebewusst und kam gut mit Jakob aus. Die beiden übernahmen den angelsächsischen Teil seiner Abteilung bald völlig selbständig.

Jakob war die Umstellung auf seine neue Tätigkeit unerwartet schwer gefallen. Vorher im Rechenzentrum hatte er es mit Maschinen und Software zu tun gehabt – und trotzdem bald Probleme mit seinen Kollegen und Vorgesetzten bekommen. Hier, im beratenden Forschungsinstitut, bestand seine Arbeit überwiegend aus Verhandlungen mit anderen Institutionen. Das lag ihm weniger. Dementsprechend schlecht war seine erste Evaluation ausgefallen. Man einigte sich damals auf eine Verlängerung der Probezeit und setzte im Anschluss daran eine neuerliche Evaluation an.

In Hinblick darauf stellte Joseph seinen Stellvertreter nach außen besser hin als er war. Er ging so weit, dass er für eine Weile einen Teil seiner Projekte so verfasste, als ob sie von Jakob erarbeitet worden wären. Ähnlich war er früher auch gegenüber seinen anderen Mitarbeitern verfahren. So weit wie bei Jakob war er allerdings noch nie gegangen. Beide arbeiteten über vernetzte Kommunikationsserver und hatten jeweils Zugriff auf die Dateien des anderen. Daher war es für Joseph ein Leichtes, eigene Schriftsätze so auf Jakobs Rechner zu verschieben, dass es selbst bei internen Nachprüfungen, wie sie bei Evaluationen bisweilen vorgenommen wurden, den Anschein hatte, es seien von Jakob selbst erstellte Dateien. Jakob überarbeitete dann die überspielten Texte und Berechnungen meist noch ein wenig, um ihnen den für ihn üblichen Stil zu geben, bevor er sie endgültig als seine Produkte abschloss.

Joseph weihte ihn in fast alle seine Projekte ein, unternahm gemeinsame Reisen mit ihm, stellte ihn seinen Partnern als seinen gleichberechtigten Stellvertreter vor, und erteilte ihm nach wenigen Monaten der Zusammenarbeit jegliche Vollmacht, in seinem Namen zu handeln und entscheiden.

Auf diese Weise hatte Jakob sich inzwischen recht gut eingearbeitet. Joseph konnte ihm aufgrund seiner selbständigen Arbeitsweise und der inzwischen gesammelten Erfahrung viel überlassen. Als sein Stellvertreter war er ihm eine große Entlastung.

Dagegen beklagten sich seine romanischen Schützlinge bisweilen über den vordergründig schmeichelnden, in Wahrheit aber blasierten und eitlen Machostil von Jakob, der ihnen Angst einflößte. Schon jetzt fühlten sie sich unsicher, wenn Joseph auf Reisen war und er dadurch für einige Zeit zu ihrem Vorgesetzten wurde. Was sollte erst werden, wenn Joseph eines Tages seine Tätigkeit aufgab und Eberle an seine Stelle trat?

38.

Vor seiner nächsten großen Dienstreise bestellte Joseph noch einmal Frau Ling in sein Büro.

„In welcher Abteilung sind Sie jetzt?"

„Ich war bis gestern, wie Sie es auf meine Bitte veranlasst hatten, im Rechenzentrum, schreibe heute meinen Bericht und fange morgen im Überseebereich an. Dr. Eberle hat mich dort angefordert."

„Bei Dr. Eberle? Davon wusste ich gar nichts. Aber nicht schlecht. Da können Sie bestimmt viel lernen."

„Wie lange werde ich eigentlich von Abteilung zu Abteilung geschickt werden?"

„Das hängt ein wenig von Ihnen ab. Wenn Sie meinen, sich ein Bild von unserer Arbeit gemacht zu haben, können Sie, wenn Sie es wünschen, in ein Projekt einsteigen."

„Ich habe mich während der Zeit im Rechenzentrum abends mit dem Organisationsplan und dem Jahresbericht beschäftigt. Ich glaube, das hat viel gebracht. Am liebsten würde ich jetzt gleich richtig in einem Projekt mitarbeiten. Vom Studium her bin ich so vollgestopft mit Theorie, ich sehne mich nach praktischer Arbeit."

„Gut. Ich könnte Ihnen etwas anbieten. Aber das wird nicht einfach. Eine Feuertaufe sozusagen."

Sie nickte. Joseph dachte einen Augenblick nach, und dann machte er ihr folgenden Vorschlag.

„Diese Woche bleiben Sie bei Dr. Eberle, schreiben Ihren Bericht, und Sonntag geht es los. Ich mache eine längere Reise zu verschiedenen Partnern in Frankreich, Spanien, Italien und vielleicht auch noch in Griechenland. Fast den ganzen Rest des Monats werde ich unterwegs sein. Sophie, Rafael und Giovanni - ich nehme an, Sie kennen sie inzwischen schon - fahren bereits diese Woche mit den Unterlagen zur Vorbereitung voraus, jeder in sein Heimatland. Sie kommen mit mir, wir reisen von Ort zu Ort und bringen mit den anderen zusammen dann anschließend, wenn alles klappt, bei unseren ausländischen Partnern die Verträge unter Dach und Fach.

Natürlich könnten Sie als Praktikantin jederzeit abbrechen. Aber wenn Sie sich entschließen, mitzukommen, wäre es mir ganz lieb, wenn Sie die ganze Zeit dabei wären, denn im Mai werde ich längeren Urlaub nehmen, und da wäre es ganz gut, wenn jemand einen Überblick über alle während der Reise abgeschlossenen und vorbereiteten Verträge und ihren Entwicklungsstand hätte, um die abschließenden Arbeiten hinterher von meinem Büro aus – natürlich in elektronischem Kontakt mit mir - koordinieren zu können. Dazu ist es wichtig, die Gesprächspartner persönlich kennengelernt zu haben. Ich vermute, es wird in dieser Phase keine großen Probleme mehr geben, und in den meisten Fällen wird nur noch meine Unterschrift fehlen, die dann Dr. Eberle als mein Stellvertreter vornehmen wird. Aber manchmal sind eben doch noch Kleinigkeiten zu bedenken und abzuändern.

Natürlich werden Sie mit der Arbeit nicht allein sein. Rafael und die anderen sind dann auch wieder zurück, und die kennen sich ja bestens aus und werden Ihnen immer gern helfen."

Sie war sehr erstaunt. Sagte nichts. Schien nachzudenken.

„Sie müssen sich nicht sofort entscheiden. Und im Übrigen, falls Sie in dieser Hinsicht ein Problem sehen: Sie bleiben Frau Ling, auch wenn ich vielleicht irgendwann zu Ihnen ebenso ‚Souzie' sagen werde, wie ich zu den anderen Rafael, Giovanni, Sophie und sogar Jakob sage. Allerdings werde ich, jetzt, wo ich es weiß, mir dann nicht mehr den fast ebenso klingenden kindlichen deutschen Namen vorstellen, sondern Ihre beiden Namenszüge ‚Sou' und ‚Zie' vor mir sehen."

„Eigentlich ist es nur ein Name. Sie können ihn sogar in einem Wort schreiben. Das ist das Gleiche."

„Gut. Vor allem aber keine Angst vor einem Rückfall. Eher würde ich Sie als Tochter adoptieren!"

„Würden Sie das?"

„Hab ich doch in meinem Herzen längst!"

„Danke. Geben Sie mir bis heute Nachmittag Bedenkzeit?"

„OK. Und jetzt an die Arbeit!"

Kaum eine Stunde später reichte Frau Jathge einen kleinen handgeschriebenen Zettel herein: ‚Ich werde Sonntag in Ihr Projekt einsteigen. Ling.'

Und dann klingelte auch schon das Telefon:

„Du willst die Tigerlilli wohl für dich behalten, wie? Na dann viel Spaß."

Es war Jakob.

39.

Die Reise war anstrengend aber erfolgreich. In drei Wochen besuchte Joseph zusammen mit Frau Ling fast ein Dutzend Orte, und am Ende hatten sie ebenso viele Vertragsentwürfe bis zur Unterschriftsreife ausgehandelt.

Schlusspunkt bildeten Verhandlungen in Paris über die Einrichtung eines europäischen Pandemiereservats. Seit dem Schock der letzten verheerenden Vogelgrippe war von Regierungsdelegationen fortwährend über ein gesamteuropäisches Quarantänegebiet verhandelt worden. Fünf Länder waren beteiligt. Alle waren dafür. Aber keiner wollte bezahlen. Das Übliche. Doch irgendetwas musste schließlich geschehen. Alle Partner hatten sie in den vorangegangenen Wochen einzeln zu vorbereitenden Gesprächen besucht. Nun trafen sie sich in Paris zu einer gemeinsamen Abschlussbesprechung. Die französischen Gastgeber hatten alles getan, die Konferenz in einem repräsentativen fernsehwirksamen Raum in Szene zu setzen: Holzvertäfelung, edles Parkett, Samtvorhänge, Polstersessel, Kronleuchter.

Daniel hatte Regierungsvertreter aller europäischen Staaten eingeladen und war selbst am ersten Tag dabei, um die Konferenz zu eröffnen.

Josephs ganzer Stab war mitgekommen. Sophie hatte sich zu den Franzosen, Rafael zu den Spaniern und Giovanni zu den Italienern gesetzt. Den Kontakt zu den Angelsachsen und Skandinaviern, die nur Beobachtungsstatus hatten, hielt Souzie, soweit sie an ihrem offiziellen Platz neben Joseph abkömmlich war.

Jakob hielt derweil die Festung daheim und konnte so in Paris durch seinen eigenartigen Verhandlungsstil kein Porzellan zerschlagen.

Daniels unnachahmlich energischer, klarer und keinen Widerspruch duldenden Rhetorik war der Durchbruch zu verdanken, und es wurde ein Konsens in allen Grundsatzfragen erzielt. Sogar die Engländer stimmten zu.

Nach Daniels Abreise übernahm Joseph die Konferenzleitung, und er erreichte es in seiner ruhigen Art – und nicht zuletzt auch durch den ständigen vermittelnden Kontakt seiner Teamkollegen zu allen Delegationen - dass man sich schließlich auf den Text eines Vorvertrages einigte, der allgemeine Zustimmung fand. Lediglich Kleinigkeiten blieben offen, die die Delegationen noch mit ihren Regionalregierungen abstimmen mussten, aber das konnte kein ernsthaftes Problem mehr sein.

Zur Abschlusssitzung kam Daniel überraschend noch einmal nach Paris. In das Abschlusskommuniqué ließ er einfügen, dass eine Delegation von Sachverständigen unter Josephs Leitung eine Inspektion des zukünftigen Pandemiereservats vornehmen werde. Vor Ort solle die bereits vorliegende Machbarkeitsstudie von GAMMA in Hinblick auf einige von den Delegationen geäußerten wirtschaftliche, medizinische und psychologische Fragen überprüft und, wo es nötig schien, ergänzt werden, um die restlichen Bedenken einzelner Länder noch vor den endgültigen Ratifizierungsverfahren des Abkommens ausräumen zu können.

Die überraschende Einigung und Unterzeichnung der Schlussvereinbarung fand große Beachtung in der internationalen Presse und wurde zum Teil wörtlich abgedruckt. Die Kommentarspalten waren voll mit lobenden Anerkennungen.

Joseph fühlte sich überrumpelt. Seit einem Monat war er bereits unterwegs. Er weigerte sich, seine Reise nun noch einmal zu verlängern. Daniel bestand jedoch darauf, dass er von Paris aus direkt in das Reservat fuhr.

„Es ist nicht viel zu tun. Aber es ist dringend. Du wirst schon sehen. Glaube mir. Wenn ich das sage, ist das so.“

„Ich kann doch nicht unvorbereitet dorthin gehen. Nicht einmal eine genaue Karte des Gebietes habe ich, nur unser eigenes Gutachten und das dürftige Material der anderen, das in den Pariser Tagungsunterlagen lag“, und wie ein ertappter Schuljunge gestand er endlich

„Außerdem habe ich Magda fest versprochen, für sie Zeit zu haben.“

„Die wirst du haben und brauchen. Ihr trefft euch Montag um 14 Uhr im Chefzimmer des ehemaligen Zentralkrankenhauses des Reservats. Die Delegation besteht aus dir, Lara und Magda. Sonst keinem.“

„Soll das ein Witz sein? In den Zeitungen steht, dass eine hochkarätige Delegation dort recherchieren wird!“

„So ist es. Seid ihr doch. Euren hochkarätig recherchierten Bericht - und, wenn du willst, jede Menge Material – bringt Lara mit. Du brauchst ihn nur zu lesen. Schließlich solltest du wissen, was drinsteht, bevor ihr ihn abliefert.“

„Das mach ich nicht mit.“

Es war eine Szene nach Daniels Geschmack. Er ließ ihn zappeln. Er wusste, mit Absurdität konnte man den sonst so zögerlichen Joseph reizen. Ab einem bestimmten Grad leistete er keinen Widerstand mehr, war ihm alles egal, sein skeptischer Gesichtsausdruck schlug um in ein amüsiertes jungenhaftes Grinsen und er machte mit.

„Hör zu. Sieh es als Urlaub in charmanter Gesellschaft. Gleich mit zwei Frauen. Lara erteile ich blanko Absolution im Voraus. Die Gegend ist schön. Ihr könnt im Mittelmeer baden. Und Aids gibt es da lange nicht mehr. Vielleicht komme ich euch besuchen.“

„Warum dann nicht gleich Ferien in der Schweiz auf unserer Hütte?“

„Hast du Erholung so nötig?“

„Wenn du so weiter machst: Ja.“

„Im Ernst, es wird wirklich eine Art Urlaub. Zwangsurlaub. Nicht für dich. Aber davon später. Vertrau mir. Bitte.“

Er streckte ihm die Hand hin. Kopfschüttelnd schlug Joseph ein und lachte.

„Meist hast du ja Recht.“

„Meist? - Immer!“

„Nicht immer.“

„Nun fang nicht wieder mit meiner ersten Ehe an!“

„OK. Lassen wir das. - Siehst du die beiden noch vorher?“

„Nein, sie bereiten schon alles vor, Lara packt den Wagen und morgen fahren sie in aller Frühe los.“

„Mit dem Wagen?“

„Mit dem Wagen. Es ist besser so. Du wirst sehen.“

40.

Lara kam allein zum vereinbarten Treffpunkt. Joseph hatte nicht lange warten müssen an dem unheimlichen Ort, an dem jahrelang tausende Todkranke medizinische Hilfe gesucht hatten. Hier in diesem Raum mussten noch vor nicht allzu langer Zeit zahllose verzweifelte Gespräche stattgefunden haben. Und vielleicht dann später auch Entlassungsgespräche, als man die schreckliche Krankheit endlich in den Griff bekommen hatte.

Nun war der gigantische Gebäudekomplex fast leer. Nur ein kleiner Stab von Versorgungs- und Wachpersonal sorgte dafür, dass das riesige Areal und seine Einrichtungen erhalten blieben.

Ein Wachmann hatte Lara durch die geisterhafte Leere der Empfangshalle geführt, vorbei an der verlassenen Pförtnerloge, durch die ebenfalls verwaiste Aufnahme, durch einen Gang mit sinnlos gewordenen Hinweisschildern „Radiologie", „Urologie" „Psychiatrie". Sie folgten den Pfeilen zur „Innere Ambulanz" bis zur Tür 1000 mit der Beschriftung „Chefarzt – Anmeldung Raum 1001". Der Wachmann klopfte an – ohne die vermutlich ebenfalls unbesetzte Anmeldung in Zimmer 1001 zu informieren – erwartete aber keine Antwort, trat ein und kündigte sie mit den Worten an „Die Frau Doktor ist da."

Hinter ihr schloss sich die Tür, man hörte das Hallen der sich entfernenden Schritte. Dann standen sie allein in der unheimlichen Stille.

„Du kommst allein?", fragte er besorgt nach einer zögernden flüchtigen Begrüßung.

„Magda ist im Wagen geblieben. Sie ist noch zu schwach. In diesem Zustand sollte sie keiner hier sehen. Offiziell sind wir ja eine Untersuchungsdelegation."

„Zu schwach? Was ist passiert?"

„Typisch. Hätte ich mir fast denken können. Hat er wirklich nichts gesagt?"

„Daniel machte unverständliche Andeutungen, sprach von einem Bericht, aber auch von Urlaub, aber so, dass ich nichts ernst nehmen konnte und wohl auch nicht sollte. Verlor sich mal wieder in absurdem Straßentheater. Schließlich beschwor er mich, ich solle ihm vertrauen, es sei wichtig, ich solle alles andere absagen und sofort hierher fahren. Und nun bin ich da. Ich habe bis jetzt nicht begriffen, was das ganze soll."

„Und Magda? Sie sagt, sie habe sich schon lange vorher mit dir abgesprochen."

„Sie fürchtete, sie sei krank. Das hat sie damals auf der Hütte gesagt. Ich sollte mir den Mai für sie frei halten, und nicht nachfragen. Mehr nicht. Kein Ton von Aidsreservat oder Untersuchungsdelegation. Nichts. Ich Trottel hab beiden blind vertraut und zugesagt."

„Und das war gut so." Dabei holte sie, wie um zur Tagesordnung überzugehen, die von ihm versäumte Umarmung und die Begrüßungsküsse nach.

„So, und nun komm und begrüß erst einmal Magda. Sie wartet auf dich."

„Nein, erst sag, was los ist. Was ist mit Magda?"

„Magda war wirklich schwer krank. Ich hab sie untersucht und vorgestern operiert. Jetzt braucht sie zwei bis drei Wochen Ruhe und medizinische Betreuung."

„Und wieso ist sie dann hier?"

„Erzähl ich dir später. Nur eins: Auf ihrer Gesundheitskarte ist nichts eingetragen. Bei Maga dagegen sind eine Routineuntersuchung und eine Nachuntersuchung vermerkt. Negativer Befund. Und offiziell wird es dabei bleiben. Sie soll doch nicht vorzeitig ins Altersreservat. – Und jetzt raus hier! Sag ihr endlich guten Tag. Sie freut sich so auf dich."

Zwischen dem Krankenhauskomplex und dem Meer gelegen, fünf Autominuten von beidem entfernt, hatte man ein kleines, abgelegenes, von Pinien umgebenes Haus für die „Delegation" hergerichtet. Ein Arzt des Reservats hatte hier früher gewohnt.

Der ideale Ort für Magdas ungestörte Rekonvaleszenz. Bei Komplikationen hätte man ärztliche Versorgung in dem kleinen Notaufnahmebereich des Krankenhauses in Anspruch nehmen können, der in Eigenverantwortung von und für die wenigen freiwillig verbliebenen Bewohner des Reservats erhalten geblieben und weiter betrieben wurde. Selbst eine kleine Kantine hatte man dort eingerichtet.

Für die erste Zeit wollten die Drei so weit wie möglich unbeobachtet bleiben. Lara machte einen Höflichkeitsbesuch bei den beiden ärztlichen Kollegen der Station, entschuldigte aber ihre „Delegationskollegen" mit dem Hinweis auf die viele Arbeit, die sie in so kurzer Zeit zu erledigen hätten, um das Regierungsgutachten zu erstellen. Sie hätten doch sicherlich mit besonderem Interesse die neuen Entwicklungen zur Neugestaltung des Gebietes in Fernsehen verfolgt.

Ansonsten mieden sie jeden Kontakt. Einladungen und fürsorglich angebotene Hilfe lehnten sie zunächst höflich ab. Das interne Telefonsystem war seit der Auflösung des Aidsreservats außer Betrieb. Ihre Handys hatten sie abgeschaltet. Einzige Verbindung mit der Außenwelt waren Internet und E-Mails, die über den GAMMA-Server liefen.

„Wenn wir erst einmal einen Überblick über die Fülle des uns zur Verfügung gestellten Materials gewonnen haben, kommen wir gern auf Ihre Einladung zurück. Sicher sind wir dann auch auf Ihre Mithilfe angewiesen."

Es klang seriös und überzeugend, und man ließ sie in Ruhe.

Ihre Mahlzeiten bestritten sie in dieser Zeit aus einem von Lara unterwegs getätigten Großeinkauf.

Magda war noch in einem erbärmlichen Zustand. Ein mattes dankbares Lächeln war ihre Begrüßung, als sie Joseph erkannte. Sie hing noch am Tropf. Mühsam hoben die beiden sie auf einer Trageliege aus dem Wagen und brachten sie in ihrem Häuschen in einem abgelegenen und nun provisorisch als Krankenzimmer eingerichteten Hinterraum unter - immerhin mit einem kleinen Fenster und wunderschönem Ausblick auf die Pinienwälder. Hier war sie auch im Falle eines unvorhergesehenen Besuchs vor Entdeckung sicher.
Im eigentlichen Wohnzimmer installierten sie ihre Laptops und Drucker und verteilten das vorbereitete Arbeitsmaterial auf den beiden Tischen.
Der Wachmann, der sie auf seiner dienstlichen Route am Abend aufsuchte, und den sie kurz hereinbaten, muss beeindruckt gewesen sein, wie unverzüglich sie sich an die Arbeit gemacht hatten. Überall erzählte er davon.

Magda ging es von Tag zu Tag besser. Sie aß wieder normal. Wenig zwar und nicht mit allzu großem Appetit, aber immerhin. Sie schien über den Berg. Schlief noch viel. Morgens, wenn es noch nicht zu heiß war, sonnte sie sich auf der Terrasse.
Lara war mit der Entwicklung sehr zufrieden.
„Wenn es so weitergeht, können wir, wenn wir wollen, in zwei Wochen zurück. Keiner wird ihr dann noch etwas anmerken."
„Was war es denn eigentlich?"
„Besser du weißt von nichts."
„Und unser Gutachten?"
„Ist längst fertig. Wenn Daniel etwas verspricht, hält er Wort. Das Gutachten ist vor einem Jahr bereits erstellt worden, wurde dann aber nicht benötigt. Lediglich Kleinigkeiten müssen eingefügt und das Datum der Fertigstellung verändert werden, dann können wir es abgeben. Ein Tag Arbeit, höchstens zwei. Das ganze hat er doch nur für Magda inszeniert. Er wäre sonst auch nicht noch mal nach Paris gekommen. Glaubst du, er hätte dir die Abschlussbesprechung nicht auch allein zugetraut?"

Zu ihrer Dienststelle hatten sie nur wenig Kontakt. Jakob hatte sich nur einmal gemeldet und scheinheilig zum Erfolg in Paris gratuliert. Es war klar, dass es ihn verletzte, dass er nicht daran Teil gehabt hatte. In seiner üblichen komisch sein sollenden Art schloss er mit den Worten: „Ich wünsche der Delegation einen schönen Urlaub im Süden. Besonders dem Hahn im Korbe." Offenbar wusste er mehr als er offiziell zu wissen bekommen hatte.

Lara regte an, Magdas Tochter vorzuschlagen, das letzte Wochenende vor der Rückkehr nach Frankfurt mit ihnen in ihrer kleinen Idylle im Reservat zu verbringen.

Sie nahm die Einladung sofort an. Am Samstagmorgen holten sie zu dritt Maga vom Flughafen ab, und sie verbrachten alle zusammen einen beinahe sorglosen sonnigen Ferientag abwechselnd am Strand, unter Pinien und auf der Terrasse ihres kleinen Häuschens.

Sie erzählte von ihrem Freund, der nun doch endlich den elterlichen Betrieb übernehmen durfte, nachdem er ihn nach dem Tode seines Vaters fast ein Jahr kommissarisch geleitet hatte. Die Gesetzgebung sah neuerlich vor, dass Personen mit geeigneter Qualifikation und Erfahrung einen elterlichen Betrieb weiterführen durften. Unter der Voraussetzung, dass dies mit wirtschaftlichem Erfolg geschah, ging das Unternehmen nach zehn Jahren sogar in den Besitz des Erben über. Nun war ihm nach erfolgreicher Evaluation die Erlaubnis erteilt worden, sein – vorläufiges - Erbe anzutreten.

41.

Am Sonntag kam eine Mail von Souzie:

„Sehr geehrter Herr Professor Winter,
es geht hier sehr turbulent zu. Aber erst einmal der Reihe nach.
Die Evaluation von Herrn Dr. Eberle ist hervorragend gelaufen. Sie können also auch in Zukunft fest mit ihm rechnen. Sicher hat er Ihnen davon berichtet. Er hat ein großartiges Sektfrühstück für uns alle ausgegeben. Schade, dass Sie nicht dabei waren.
Ich arbeite jetzt wieder bei Herrn Dr. Eberle, halte aber auch Kontakt mit der EDV-Abteilung, von wo ich Ihnen gerade maile. Ich kenne die Leute ja noch von der ersten Zeit als Praktikantin. Sie sind überaus nett und helfen mir sehr.
Ich verstehe nicht, warum von unseren neuen Verträgen noch nichts zurückgekommen ist. Aber das wird wohl mit den Computerproblemen zusammenhängen. Die Kommunikationsserver unserer Abteilung hatten einen seltsamen Virusbefall. Danach durften wir auf Weisung von Herrn Dr. Eberle wegen der Gefahr seiner weiteren Ausbreitung nicht mehr mit ihm arbeiten. Aber Herr Dr. Eberle hat ja gute Beziehungen zum zentralen Rechenzentrum, und wir haben ganz schnell einen einzigen, größeren für die ganze Abteilung bekommen, bei dem für jeden von uns ein geschützter Bereich vorgesehen ist. Nur habe ich leider keinen Zugriff mehr auf die alten Daten. Das soll sich aber nach Auskunft von

Herrn Dr. Eberle ändern, falls es im Rechenzentrum gelingt, den Virus von den alten Festplatten zu entfernen und – so gesäubert - wieder lesbar zu machen.
Und bei Ihnen? Sie müssen sich keine Sorgen machen; es läuft auch alles ohne Sie. Ihre Abwesenheit beunruhigt niemanden. Auch mich nicht. Bei Ihrem Stellvertreter ist alles in besten Händen!
Ich wünsche Ihnen gute Fortschritte bei Ihren Arbeiten. Genießen Sie zwischendurch auch ein wenig den sonnigen Süden! Bei uns regnet und stürmt es.
Mit freundlichen Grüßen,
Ling."

Bereits der Anfang der Mail stimmte ihn nachdenklich. Schon die übertrieben offizielle Anrede und der Bericht vom Sektfrühstück. Aber sie war ja immer so korrekt und dienstbeflissen. Während der gemeinsamen Reise hatte er sie weiterhin mit Frau Ling angeredet. Es schien ihm, dass es ihr so lieber war, gerade so als ob sie nicht nach außen hin zeigen wollte, dass sie, wie die anderen Mitarbeiter, in den Kreis seiner Vertrauten aufgerückt war. In diesem Brief aber war an einigen Stellen der Stil irgendwie anders als gewöhnlich. Nicht asiatisch kühl, kurz und knapp, eher aufgeregt, bis dann plötzlich, fast am Ende, die drei wirren Zeilen kamen:

„Und bei Ihnen? Sie müssen sich keine Sorgen machen; es läuft auch alles ohne Sie. Ihre Abwesenheit beunruhigt niemanden. Auch mich nicht. Bei Ihrem Stellvertreter ist alles in besten Händen!"

Das klang besonders eigenartig. *„Ihre Abwesenheit beunruhigt niemanden"*, was sollte das bedeuten? Irgendetwas musste dahinter stecken, sonst hätte Souzie es nicht so formuliert. Sie überließ eigentlich nichts dem Zufall oder einer flüchtigen Laune.
Und so las er die seltsamen drei Zeilen ein paar Mal. Schließlich dämmert es ihm.
Es war einmal Souzies Idee gewesen, im Falle einer - bisher nie dagewesenen - Befürchtung, dass ihr Schriftverkehr überwacht werden könnte, vertrauliche Miteilungen durch einen einfachen Code zu verbergen, der aus folgenden drei Verabredungen bestand:

?   leitet die Verschlüsselung ein und bedeutet gleichzeitig
     „folgendes glaube ich nicht",
;   bedeutet *„von Nachfolgendem ist das Gegenteil wahr"*,
!   bedeutet *„Ende der Codierung"*.

Damit entpuppte sich die Mail zu einem Hilferuf höchster Alarmstufe.

Gleich am nächsten Tag flog Joseph mit dem ersten Fugzeug nach Frankfurt. Um 9.00 Uhr war er in seinem Büro.

Frau Jathge hatte wohl einen Hinweis bekommen. Sie tat erstaunt über sein Erscheinen, war es aber wohl nicht wirklich.

„Herr Professor Winter", rief sie aus, „was für eine Überraschung, wir hatten Sie noch gar nicht wieder zurückerwartet."

Und bevor er etwas sagen konnte, steckte sie ihm einen Zettel zu, mit dem Hinweis *„Seien Sie vorsichtig!"*.

Er warf einen kurzen Blick auf die Notiz, zerknüllte sie und steckte sie in seine Manteltasche.

„Es kam auch für mich überraschend", antwortete er, „aber es musste wohl sein. Ich schau erst einmal nach, was sich auf meinem Schreibtisch alles angesammelt hat, und heute Nachmittag bin ich auch schon wieder weg", antwortete er, nickte ihr, fragend mit den Schultern zuckend, aber freundlich zu und ging dann an ihr vorbei erst einmal in sein Büro.

Nach einander bestellte Joseph Frau Jathge, Souzie und die anderen zu sich, informierte sich aber lediglich über die Veränderungen im EDV-System und nur in Ausnahmen ließ er Hinweise auf dringende anliegende Entscheidungen zu.

„Alles andere hat Zeit bis ich wieder da bin", sagte er. In Anbetracht der Warnung von Frau Jathge mied er persönliche Gespräche und kündigte an, dass er noch am Nachmittag wieder zurückfliegen werde. In Eile suchte er einige befreundete Kollegen anderer Abteilungen auf, um sie kurz zu begrüßen und ihnen zu sagen, dass er nun nach seiner unerwartet langen Abwesenheit bald wieder zurück sein werde. Dabei fiel ihm eine seltsame Zurückhaltung auf.

„Gut, dass du wieder da bist", hieß es, „es hat sich ja einiges ereignet hier. Aber das wirst du ja selber am besten wissen."

Nachdem er sich so gut es ging ein Bild von der Situation gemacht hatte, bat er Jakob für 14 Uhr um ein Gespräch in sein Büro. Diesem kam eine Zusammenkunft mit Joseph offenbar ungelegen, und er schützte anderweitige, angeblich unaufschiebbare Verpflichtungen vor, deren Verlegung er erst zustimmte, nachdem Joseph angeboten hatte, notfalls persönlich Jakobs Gesprächspartner um Verlegung zu bitten.

Jakob war pünktlich.

„Kaffee?"

„Nein danke, ich hab gerade."

„Dann nur für mich bitte", sagte er zu der auf Weisung wartenden Sekretärin und nahm mit Jakob am Besprechungstisch Platz.

Es ergab sich ein äußerst unangenehmes Gespräch über die angebliche Notwendigkeit der Neuorganisation der Server. Jakob fing immer wieder an, darüber zu klagen, wie schwierig insbesondere menschlich die

Situation für ihn während Winters unerwartet langer Abwesenheit gewesen sei. Schließlich kam heraus, dass Jakob eine Sonderevaluation für Joseph beantragt hatte.

„Ich glaubte, das sei das Beste für dich. Flucht nach vorn. Wegen der Pannen im Kommunikationsserver konnte ich mich nicht mit dir beraten. Aber es musste schnell etwas geschehen. Da habe ich überlegt, was du wohl tun würdest, wenn du da wärest. Ich nahm an, so sei es sicherlich in deinem Sinne. Du hast doch immer so hervorragende Werte und brauchst nichts zu fürchten. Eine gute Evaluation würde alle zum Schweigen bringen."

„Wieso zum Schweigen bringen?"

„Du musst wissen, die Stimmung ist nicht gerade gut hier. Die wenigen Resultate, die von deiner Reise mit Frau Ling eintrafen, waren unbefriedigend. Ich habe mich darum bemüht, alles ins Lot zu bringen, was mir inzwischen auch weitgehend gelungen zu sein scheint. Aber man ist hier allgemein ungehalten wegen deiner langen erfolglosen Abwesenheit. Es ist einfach zu viel liegengeblieben. Deine Frau Ling, die sich ja eigentlich um alles kümmern sollte, erweist sich als völlig unzuverlässig und störrisch. Man munkelt, du hättest etwas mit ihr und sie nur deshalb eingestellt. Sie soll eine etwas eigenartige Vergangenheit haben. Aber das weißt du ja selber sicher besser als ich. Ich habe sie zu mir geholt und kontrolliere ihre Arbeit jetzt persönlich. Durch die neue Serverorganisation haben wir ja einen hervorragenden Überblick über die Arbeit der Mitarbeiter."

„Und du hast es bis heute nicht für nötig gehalten, mich zu informieren?"

„Du hast keine Vorstellung von dem Stress, der hier herrscht. Die ganze EDV-Umstellung, die Überarbeitung deiner Verträge und dann die Geschichte mit der Ling. Darüber müssen wir einmal in Ruhe sprechen. Ich wollte auch nicht einfach eine Mail schicken. Und da habe ich es immer wieder aufgeschoben. Heute Morgen habe ich dir dann doch ins Reservat gemailt. Von dort antwortete man mir, dass du kämst."

„Das mit der Beantragung einer Sonderevaluation war vielleicht eine ganz gute Idee. Es könnte wirklich in mancher Hinsicht Klarheit schaffen."

Und als Joseph bemerkte, wie sehr diese Bemerkung seinen bis dahin so gesprächigen Partner verunsicherte, der plötzlich ganz still geworden war, entließ er ihn.

„Wirklich, vielen Dank. Aber jetzt habe ich noch anderes zu erledigen."

Damit stand er auf, verabschiedete sich kurz von seinem verwunderten Stellvertreter, ging zu seinem Schreibtisch und rief Frau Jathge herein. Jakob blieb nichts anderes übrig als zu gehen, grüßte noch einmal im Hinausgehen und war verschwunden.

Joseph bestimmte – schließlich war immer noch er der Chef und nicht Jakob – dass die alte Kommunikationslösung umgehend wieder herzustellen war, traf alle hierzu erforderlichen Regelungen mit der EDV-Abteilung, stellte klar, dass Frau Ling ab sofort damit beauftragt wurde, in seinem Büro, zusammen mit der Sekretärin ausschließlich für ihn und auf seine Weisung hin zu arbeiten, so lange er noch im Aidsreservat unabkömmlich sei. Außerdem erreichte er, dass angesichts der Wichtigkeit des direkt vom Ethikausschuss angeordneten Gutachtens sofort eine separate, vom neuen GAMMA-Kommunikationsserver unabhängige Sonderleitung von seinem Büro zum Reservat geschaltet wurde, zu der lediglich Frau Jathge und Frau Ling Zugang hatten.

Persönliche Gespräche, selbst mit Ling und Frau Jathge, vermied er.

Gegen Abend flog er zurück ins Reservat. Offiziell konnte er seine doch immerhin von höchster Stelle angeordnete dortige Arbeit nicht länger unterbrechen.

Lara und Maga erwarteten ihn am Flughafen. Mit dem nächsten Flieger – vermutlich also mit derselben Maschine – wollte Maga zurückfliegen. Sie hatte den späten Flug gewählt, um Joseph noch vor ihrer Abreise zu treffen und eventuell eine Botschaft für Souzie mitzunehmen.

„Das wäre gut. Ich konnte dort nicht frei mit ihr sprechen. Sag ihr, sie muss unbedingt sofort – wenn es nicht schon zu spät ist - versuchen, die alten Server vor ihrer „Säuberung" oder Vernichtung retten, koste es was es wolle. Und, dass es gut war mit dem Code.

Sag ihr, dass ich übermorgen eine offizielle Mail schicken werde. Über den Zentralserver, so dass Jago sie liest. Bis dahin müssen die alten Server in Sicherheit sein. Ich hab mir da was überlegt."

„Und sonst, wie war's, was ist denn los?", fragte Maga.

„Vielleicht später mal. Ich muss selbst erst einmal alles verarbeiten und will euch jetzt nicht mit Unausgegorenem belasten. Außerdem würde Maga sonst ihren Flug verpassen. Er ist schon lange zum Check in angezeigt."

„Haben wir schon vorher erledigt."

„Nur kurz", beharrte sie noch einmal, „wenn 10 das Schlimmste und 0 das Beste ist, wie war's?"

„Im ungünstigen Fall 10. Aber vielleicht entwickelt es sich noch zum Guten, sagen wir 2 oder so."

„Das war ja sehr aufschlussreich!"

„Was soll ich denn sagen, ich weiß ja selbst nicht, wie alles läuft. Aber mach dir keine Sorgen. Und nun geh zu deinem Flugzeug, bevor du durch Lautsprecher eine Extraeinladung bekommst. Tschüs. Grüß mir die Souzie. Sie ist ein tolles Mädchen – das sag ihr aber lieber nicht!"

„Das klang ja nicht gut", kam Lara auf die knappe Information zurück, als sie zum Wagen gingen.

„War es auch nicht. Aber beunruhige Magda nicht so sehr. Sie hat ja nichts damit zu tun und soll sich erholen."

„Ach, der geht es schon wieder ganz gut. Ich glaube, es ist alles überstanden. Wir waren heute bei der Krankenstation und haben ein paar Kontrollen durchgeführt, die ich nicht in unserer Klinik machen wollte. Es scheint alles bestens zu sein. Noch eine Woche, und wir können nach Hause."

„Ihr wart zur Untersuchung in der Krankenstation?"

„Zu deiner Beruhigung, man hat mich dabei diskret allein gelassen. Wenn nicht, hätte ich nur ein paar unverfängliche Blutzuckeruntersuchungen gemacht. Es war ohnehin eher wie ein einem Höflichkeitsbesuch unter Kollegen.

Anschließend haben wir einen längeren Spaziergang unternommen. Bis zum Meer hinunter. Es war so schönes Wetter."

„Nicht schlecht. Aber trotzdem. Ich erzähl dir schnell, was ich in Erfahrung gebracht habe, dann hab ich das hinter mir."

Und während der Fahrt berichtete er in kurzen Worten von seinen Gesprächen in Frankfurt.

„So ein Scheißkerl!", war ihr einziger Kommentar.

„Warte ab. Er hat überzogen. Vor der Evaluation habe ich keine Angst. Und ich glaube, wenn ich an die Server komme, habe ich ihn in der Hand. Wenn sich dann herausstellt, was ich vermute, schicke ich ihn in die Wüste."

„Hältst du ihn für so dumm?"

„Ja."

„Daniel meint, er sei aalglatt, clever und ein gefährlicher Intrigant."

„Diesmal ist er im Höhenrausch und völlig in sich selbst verliebt."

Als sie ankamen, erwartete Magda sie auf der Terrasse, wo sie für Joseph noch ein wenig zum Essen vorbereitet hatte.

„Es war noch so angenehm milde Luft draußen. Da wollte ich noch nicht ins Haus gehen. Joseph hat von dem herrlichen Tag ja bisher nichts mitbekommen und wird die wohltuend laue Temperatur genießen."

„Sehr einverstanden! Vielen Dank. Ich fühle mich wie in einer anderen Welt. Ein wenig fast wie in der Hütte."

Sie setzten sich.

„Was trinkst du?"

„Wenn ich „Hütte" denke, sag ich „Champagner". Aber darauf seid ihr sicher nicht vorbereitet."

„Im Gegenteil. Hat Lara dir schon von ihren Untersuchungen erzählt? Wir haben der Krankenstation einen Besuch gemacht. Es gibt keinen Grund zur Beunruhigung mehr. Wir wollten mit dem Champagner auf dich warten und erst einmal sehen, in welcher Stimmung du von deinem Blitzbesuch in Frankfurt zurückkommst."

„In Champagnerlaune!"

42.

„Liebe Frau Ling,
ich habe eine dringende Bitte. Irgendwo müssen doch noch die alten
Server sein. Sie liegen sicher noch in der EDV-Abteilung. Sehen Sie doch
einmal, ob Sie herausbekommen können, wo sie hingekommen sind und
stellen Sie sie sicher. Nicht dass sie am Ende verlorengehen. Vielleicht
können sie ja wiederhergestellt werden und dann im Zusammenhang mit
meiner bevorstehenden Evaluation noch hilfreich sein. Ich nehme an,
dass es auch im Sinne von Herrn Dr. Eberle sein wird, dafür zu sorgen,
dass sie nicht in fremde Hände fallen. Vorsichtshalber sollten Sie ihn
aber vorher fragen.
Mit freundlichen Grüßen,
Winter"

Die Mail wäre eigentlich nicht mehr nötig gewesen, denn Souzie hatte
ihm bereits am Morgen über die neue Direktleitung zu verstehen
gegeben, dass sie die – mittels einer einfachen Standardsoftware wieder
vollständig lesbar gemachten - Server zwischen zu entsorgendem
Computerschrott in der Datenzentrale ausfindig gemacht, die Daten-
speicher ausgebaut, durch ähnlich aussehende ersetzt und über einen in
diesem Bereich tätigen Kollegen dafür gesorgt hat, dass die so
manipulierten, vermeintlich alten Server, wie ohnehin vorgesehen, sofort
vernichtet wurden. Mit Vernichtungsbeleg.
Dennoch. Er wollte sicher sein, dass Jakob ahnungslos war und davon
ausging, dass alle alten Unterlagen vernichtet seien.
Erst am Tage darauf kam ihre offizielle Antwort:

"Lieber Herr Professor Winter,
Ihren Auftrag habe ich versucht, auszuführen. Allerdings hat Dr. Eberle
es sich nicht nehmen lassen, sich wegen der Wichtigkeit der
Angelegenheit selbst darum zu kümmern. Leider waren die Server aber
offenbar bereits vor einigen Tagen verschrottet worden.
Ling."

Damit hatte Joseph alles in der Hand, was er brauchte, um sich auch im
Falle einer - ihm extrem unwahrscheinlich erscheinenden - negativen
Evaluation wehren zu können, da die Server sämtliche Mitschnitte seiner
erfolgreichen Verhandlungen der letzten Wochen enthalten mussten, die
offenbar der Abteilung nicht zur Kenntnis gelangt waren.
Er sah der Heimkehr nach Frankfurt gelassen entgegen und genoss die
wenigen noch verbleibenden Tage im Süden in Vorfreude auf die
Präsentation seiner erfolgreichen Reiseergebnisse im Kollegenkreis.

Erst am letzten Tag holte es alle wieder ein. Die ruhige Woche war zu Ende. Die Heimkehr stand bevor. Sachen wurden zusammengepackt. Alle waren nervös. Wetterleuchten schon beim Frühstück. Gereiztes Schweigen zuerst. Dann brach es los. Magda fing an.

„Eigentlich haben wir uns ja alles selbst eingebrockt."

„Wie meinst du das?"

„Du mit deiner Evaluation und ich mit meiner heimlichen medizinischen Betreuung. Vor dreißig Jahren hättest du einen unkündbaren Job mit guten Pensionsaussichten, eigener Villa und allem Drum und dran gehabt. Lebenslang. Und ich wäre krankgeschrieben worden, hätte ein paar Tage im Krankenhaus verbracht, danach eine Kur verordnet bekommen und wäre nach ein paar Wochen wieder gesund an meinen Arbeitsplatz zurückgekehrt, von allen besorgt gefragt, wie es mir denn geht. Und selbst im ungünstigen Fall hätte man mir als Beamtin meinen Arbeitsplatz jahrelang frei gehalten, in der Hoffnung, dass ich wieder arbeitsfähig würde. Allerschlimmstenfalls wäre ich nach einiger Zeit dienstunfähig geschrieben worden und vorzeitig in Pension gegangen. Bei meinem Alter sogar mit kaum gekürzten Bezügen."

„So ganz war ich nie mit der brutalen Konsequenz einverstanden, mit der ihr damals vorgegangen seid", mischte sich Lara ein. „Es war doch eigentlich nur eine fixe Idee, aus einem absurden Gedankenspiel geboren, wenn ich das recht begriffen habe. Ich kannte euch damals ja noch nicht, doch Daniel hat es eigentlich immer so erzählt."

„Aber die fixe Idee", ergänzte Joseph, „entpuppte sich als – zugegebenermaßen sehr radikale - Problemlösung für die ungeheuren Schwierigkeiten unserer Gesellschaft. Du, als Ärztin, weißt doch selbst, dass das Gesundheitssystem unbezahlbar geworden und praktisch zusammengebrochen war, dass die Arbeitslosen und Rentner mehr kosteten als die wenigen noch in Arbeit stehenden Jüngeren mitfinanzieren konnten und dass die Kosten der Sozialleistungen uns jegliche globale Wettbewerbsfähigkeit nahmen. Wir standen doch kurz vor dem Aus."

„Abschaffung des Erbens, zumindest in gewissen Grenzen, das verstehe ich noch. Aber Psychopharmaka anstelle medizinischer Behandlung und statt des mühsam ersparten eigenen Häuschens und der wohlverdienten Rente im Alter Enteignung und Altersreservat, mittlere Restlebenserwartung derzeit nur drei Jahre, ich meine …"

„Dein Mann sprach damals sogar von Abschlachtprämien, auch wenn er es wohl nie so ganz ernst gemeint hat und es eher eine seiner Lieblingsszenen absurden Straßentheaters war.

Aber nimm Aids. Es gab damals einen Aufschrei unter der moralischen Tarnkappe von „Political Correctness" und Solidarität mit den Aidskranken. „Humanform des Keulens" nannte man es. Und was ist wirklich geschehen? Ausgrenzung von Hunderttausenden in Europa. Sicherlich. Aber sie bekamen letztlich alles was sie brauchten, und da es so viele waren, war es auch eigentlich schon keine wirkliche Ausgrenzung mehr. Sie bildeten realiter einen Staat im Staate. Noch dazu in dieser herrlichen Gegend!". Er machte eine demonstrative Handbewegung über die umgebende Landschaft hin.

„Trotzdem, nicht gerade das Gelbe vom Ei. Es war grausam. Getrennt von ihren Familien, herausgerissen aus ihrem Berufsleben …"

„… wo sie doch nur gemieden worden waren wie Aussätzige, weil alle Angst vor Ansteckung hatten, während hier …"

„... sie gemeinsam dem Tode entgegen vegetierten!", fielen sie sich gegenseitig ins Wort.

„Eben nicht. Sie waren unter Leidensgenossen, wurden endlich wieder von allen als gleichwertig anerkannt."

„Als gleich minderwertig wohl eher."

„Immer wieder das gleiche abgegraste Thema", mischte sich Magda ein, die bisher nur zugehört hatte, „und die unfruchtbare, nicht endende Diskussion darüber, ob das grausame Leid der Hunderttausenden, deren Bilder wir vor Augen haben, schwerer wiegt oder das nur abstrakt bekannte zu erwartende zukünftige Leid von Millionen, die sich noch anstecken und zugrunde gehen würden. Haben wir die Aidsgefahr in Europa nicht tausendmal besser und eigentlich auch menschlicher gemeistert als die anderen Völker, die entweder nicht den Mut oder nicht die Mittel hatten, sich so konsequent zu wehren?"

„Aber Reservat, Psychopharmaka und blaue Phiole für Kranke und Alte? Ich weiß nicht so recht."

„Vielleicht sind wir damals ja zu weit gegangen", räumte Magda ein. „Man spricht immer von ‚Der Revolution'", und Revolutionen sind immer zunächst kompromisslos. Trotzdem: Was ist wichtiger: Arbeit und Lebensqualität in der Lebensmitte oder – lasst mich einmal übertreiben - müßiger Reichtum am Ende? Beides zusammen konnten wir uns damals ökonomisch nicht mehr leisten."

„Jetzt", unterbrach Joseph sie, „nach Jahren ohne Arbeitslosigkeit und ohne das tote Kapital der Alten und der untätigen Erben, sind wir endlich so weit, auch die Reservate besser stellen zu können. Daran arbeiten wir doch. Alle Verträge, die ich in der letzten Zeit gemacht habe, dienen dazu, auch die Reservate an den trotz Globalisierung wiedergewonnenen Wohlstand in Europa anzupassen. Nicht ganz wie das Mallorca der Alten von früher, aber immerhin. Du wirst sehen, die Lebenserwartung wird wieder steigen. Drei Jahre als durchschnittliche Verweildauer im Reservat ist wirklich bitter. Aber das muss ja nicht so bleiben."

„Die Crux sind immer die Menschen, nicht das System", meldete sich Lara wieder zu Wort, als wollte sie Daniel vertreten. „Ob Christliches Abendland, Islamismus, soziale Marktwirtschaft, Kommunismus oder moderne Demokratien, immer dasselbe. Am deutlichsten vielleicht beim Kommunismus. Die Idee war sozial und human, ohne Ausbeutung, gleiche Rechte für alle, keine Erbhöfe. Und warum entartete er überall zur Diktatur? Nicht wegen der Ideologie - die war eher antidiktatorisch – sondern durch Netzwerkbildung, Vetternwirtschaft und Korruption. Letztlich siegte entgegen der kommunistischen Idee der Eigennutz vor dem Gemeinnutz, und das System zerbrach. So ist es bisher allen Systemen ergangen. Vermutlich geht es uns eines Tages auch wieder so." „Aber immerhin. Computererstellte Vorschlagslisten nach Fähigkeiten für die höchsten Ämter, danach demokratische Wahl innerhalb dieser Listen, verbunden mit Volksentscheidungen in Grundsatzfragen. Wir haben eine stabile Demokratie geschaffen. Dass soll uns erst mal jemand nachmachen."

„Hast ja Recht, Joseph. Aber es bröckelt. Schaut euch doch nur uns selbst an. Was machen wir? Gehen wir nicht wieder eigene verbotene Trampelpfade wie eh und je? Magda und ich mit der Gesundheit, Jago mit der EDV und du mit Geheimcodes? Zum eigenen Vorteil. Gegen das System."

„Und worunter leiden wir?", mischte sich Magda noch einmal psychologisierend ein, „doch nicht unter dem System. Damit könnten wir uns abfinden, glaube ich. Sondern unter unserer naturgegebenen menschlichen Schwäche. Der der anderen und der eigenen."

Sie waren gereizt. Leer. Sie stritten. Aber mit wem? Sie argumentierten eigentlich nicht gegeneinander, obwohl Außenstehende es so hätten auffassen müssen. In Wahrheit waren es die Stimmen eines Terzetts, die sich ergänzten zu einem zornigen Klagelied. Es war der letzte Morgen vor der Abreise. Keiner wollte zurück in diese verrückte Welt.

Magda hielt es als erste nicht mehr aus. Verdeckte mit den Händen ihr Gesicht und fing an zu heulen.

„Lasst mich, es ist nichts, ich weiß auch nicht warum auf einmal." Lara umarmte sie. Joseph nahm ihre Hand.

„Es geht schon wieder. … Ich glaube, es war … einfach zu schön hier … mit euch… einfach so lange zu schön." Und dann liefen die Tränen wieder.

Noch einmal rafften sie sich auf und gingen ans Meer, setzten sich in den warmen Sand und schauten über das Wasser. Keiner sagte ein Wort. Jeder nahm in seiner Weise Abschied.

Bis sie den Gedanken an den Aufbruch nicht mehr ausweichen konnten.

„Müssen wir der Station noch einen Besuch machen?"

„Wenn wir alles gepackt haben, fahren wir vorbei, bedanken und verabschieden uns."

Sie standen auf, und als sie zum Haus zurückkamen, legten sie die restlichen Sachen in den Wagen und fuhren ohne weiteres Zögern los.

In der Gegend von Paris übernachteten sie. Tags darauf gingen sie auseinander. Sie wurden längst erwartet.

43.

„Ling."

„Joseph Winter hier. Ich bin gerade angekommen. Ich halte es allein nicht aus in meiner Wohnung. Haben Sie Zeit?"

„Wann?"

„Am liebsten sofort."

„Gut. Wohin soll ich kommen?"

„Am besten irgendwohin, wo viel Betrieb ist. Sonst fange ich noch an zu heulen."

„Ich kenne da einen Biergarten ganz in der Nähe des „Diàvolo". Am besten, ich hole Sie ab. "

„OK. "

„Haben Sie Hunger?"

„Kaum, eher Durst. Aber ich werde trotzdem etwas essen. Und bitte keine dienstlichen Themen. Versprochen?"

„Versprochen."

„Und ich möchte Sie von jetzt ab wieder Souzie nennen."

„Nennen Sie mich Souzie. Das ist gut. Aber bitte bleiben Sie mein Professor. So haben wir uns kennengelernt. Bis gleich, Professor. Ich brauche 10 Minuten."

„Danke. Bis gleich."

Sie war eine gute Zuhörerin. Am Ende dieses Abends kannte sie sein ganzes Leben. Früher hatte er nie viel von sich erzählt. An diesem ersten Abend, den er wieder in Frankfurt war, war ihm danach. Er ließ die berufliche Gegenwart noch nicht an sich herankommen, musste sie für einen Abend noch verdrängen und flüchtete in die Vergangenheit. Am Ende kannte sie sogar seine Amme und wusste, wo sie zusammen mit ihr und Magda unentrinnbar eingeschlossen war.

44.

Dann kam es knüppeldick. Die Computerevaluation lag vor. Negativ. Jago kam persönlich zur Begrüßung und wollte gute Ratschläge erteilen. Als er anfing salbaderisch trostreiche Worte auszuspucken und eine

gemeinsame Strategie vorschlug, stand Joseph auf, öffnete die Tür seines Büros, machte eine hinausweisende Armbewegung und sagte ganz ruhig „In Zukunft kommst du nur nach Anmeldung bei meiner Sekretärin."
Am Nachmittag bat er seine Mitstreiter von Paris zu sich und eröffnete ihnen die Situation. Sie waren so bestürzt und betroffen, dass sie keine Worte fanden.
Er schlug vor, dass man sich am Abend im „Casa di Diàvolo" treffen sollte, um bei einem Glas Wein die neue Situation zu besprechen. Alle sagten sofort zu.
Dann machte er einen Rundgang und besuchte, soweit sie im Hause waren, befreundete Kollegen. Er hatte sich damals nicht getäuscht, als er bei seinem Blitzbesuch die Runde machte. Die meisten reagierten sehr vorsichtig und reserviert auf seine Mitteilung des Evaluationsergebnisses. Es gab Bemerkungen wie
„Du warst wohl doch zu viel unterwegs", und „Es ist wohl in letzter Zeit einiges liegen geblieben in deiner Abteilung."
Bestenfalls hörte er unverbindlichen ausweichenden Zuspruch:
„Das ist ja nur die Computerauswertung. Warte erst einmal die mündliche Verhandlung ab."
Nur eine Ausnahme gab es: Paul Laban. Er war beinahe ebenso bestürzt wie Josephs Mitarbeiter.
„Das ist unglaublich. Das kann doch nicht mit rechten Dingen zugehen. Hattet ihr nicht Serverprobleme? Da ist bestimmt was verloren gegangen. Kann ich mir nicht anders vorstellen. Ich kenne dich doch und deine Arbeit. - Wenn du irgendwelche Hilfe von mir brauchst, und sei es auch nur einen geduldigen Gesprächspartner, ich bin jederzeit bereit. Im Augenblick habe ich auch keine Idee. Aber vielleicht fällt mir ja noch etwas ein. Doch halt, soll ich dich an ein paar Ergebnissen beteiligen, die im Grenzgebiet unserer Tätigkeiten liegen? Lass uns mal darüber nachdenken."
Das tat gut.
Er kam zurück in sein Büro. Erst jetzt kam er dazu, in Ruhe mit Frau Jathge zu reden. Er brauchte sie nicht erst zu sich zu bitten. Von sich aus fragte sie
„Herr Winter, haben Sie jetzt einen Augenblick Zeit? Sie waren ja den ganzen Tag so in Eile."
„Sicher, Frau Jathge. Kommen Sie doch herein. Ich habe Sie noch gar nicht recht begrüßen können."
„Das ist ja auch nicht so wichtig. Aber Sie haben sicher schon bemerkt, dass in Ihrer Abwesenheit einiges einen schlimmen Weg genommen hat, und ich glaube, das eine und andere sollten Sie wissen, bevor Sie weiter planen. Es ist unvorstellbar, wie sich einige Kollegen verhalten."
„Nur zu. Ich hätte Sie ohnehin um Ihren Rat gefragt."

„Ich habe mir eine Liste gemacht von Vorfällen, die mir bedenklich vorkamen. Darf ich sie einfach einmal durchgehen? Sie können ja selbst sehen, was davon Ihnen wichtig erscheint."

Sie bestätigte ihm Punkt für Punkt, was er auch schon von Souzie erfahren hatte. Dabei teilte sie die Kollegen und Mitarbeiter, soweit sie ihr aufgefallen waren, säuberlich in „Gute" und „Böse" ein. Besonders lobend äußerte auch sie sich über Paul Laban und die Solidarität von Josephs ausländischen Mitarbeitern. Über die Engländerin und den Finnen allerdings verlor sie kein Wort. Sie hatten sich wohl nicht blicken lassen, gehörten ja auch kaum mehr in Jakobs Team.

Langsam bekam er ein Bild von der veränderten Atmosphäre in seiner dienstlichen Umgebung. An die übliche Routinearbeit machte er sich an diesem Tag noch nicht.

Kurz bevor er aus dem Hause ging, bat Rafael, der Spanier, noch einmal um ein kurzes Gespräch. Er war sichtlich verlegen, als er Platz genommen hatte und Joseph ihn fragte, was denn anläge.

„Wir haben noch einmal zusammengesessen und beratschlagt. Nun soll ich im Auftrage aller sagen, dass wir die Evaluationspunkte, die du uns seit deiner letzten Evaluation mehr oder weniger aus deinem Kontingent zugesprochen hast, offiziell an dich zurückgeben wollen, wenn das möglich ist und dir helfen kann. Wir könnten es nicht hinnehmen, wenn du dadurch nun selbst Schaden nehmen würdest. Das wollten wir dir unbedingt noch vor unserem Treffen heute Abend sagen, damit du weißt, wie wir das ganze sehen."

Damit stand er auf und machte Anstalten, ohne weitere Worte das Büro zu verlassen. Auch Joseph wusste nicht, was er sagen sollte, versperrte ihm aber den Weg, und unbeholfen – da in Zärtlichkeit unter Männern ungeübt - umarmte er ihn und begnügte sich ansonsten mit einem kargen „Danke", bevor er ihn ziehen ließ.

Er blieb noch eine Weile erschöpft an seinem Schreibtisch sitzen, den Kopf auf die Hände gestützt, ehe er sich in der Lage fühlte, aufzustehen, seinen Mantel anzuziehen und so unbefangen wie möglich sein Büro zu verlassen. Schließlich raffte er sich auf und verabschiedete sich mit kräftiger Stimme von seiner Sekretärin:

„Ich mache Schluss für heute. Vielen Dank für alles. Es wird sich schon irgendwie regeln. Bis morgen dann!"

Er ging nicht erst nach Hause Das Wetter stand in unfreundlichem Kontrast zu dem Mittelmeerklima der vergangenen Wochen, aber er genoss den frischen feuchten Wind und da er noch ein Weilchen Zeit hatte, ließ sich aufs Geratewohl durch die Stadt treiben.

Als er das „Casa di Diàvolo" betrat, fühlte er sich erfrischt.

Obwohl er pünktlich kam, war er der Letzte. Man wollte ihm offenbar in der freundschaftlichsten Weise einen Empfang bereiten. Als der Kellner ihm den Mantel abgenommen hatte, waren alle aufgestanden, Sophie kam ihm entgegen, küsste ihn zur Begrüßung, reichte ihm ein Glas, und mit einem kräftigen vielstimmigen „Salute" tranken sie einen gemeinsamen Willkommensschluck auf sein Wohl.

„Danke, Grazie, Merci, Gracias! Das tut gut. Vielen Dank!"

Und dann fügte er, indem er an sein Glas schlug, seine Worte anzukündigen, hinzu

„Rafael hat mir eure Botschaft überbracht. Mir fehlen die Worte. Und daher gleich eine Bitte", und er wiederholte den gleichen Wunsch wie am Tage zuvor gegenüber Souzie: „Kein Wort vom Dienst heute Abend. Lasst uns unser Wiedersehen und unsere gemeinsamen Erfolge feiern! In diesem Sinne: Prost!"

Man hatte ihm den Ehrenplatz zwischen den beiden jungen Damen, Sophie und Souzie frei gehalten, und er begann, sich wieder richtig wohl zu fühlen, unterhielt sich angeregt und heiter mit allen, aß mit bestem Appetit, trank vielleicht ein wenig zu viel, und als er gegen Mitternacht sein Haus betrat, war er erfüllt von dem wunderbaren Gefühl, wieder heimgekehrt zu sein.

45.

Erst am Tage darauf studierte er das Computergutachten seiner Evaluation. Sofort stellte er fest, dass die Arbeiten in Paris und im Aidsreservat noch nicht aufgenommen waren, dass nur zwei der Verträge vorlagen, die er auf der Reise abgeschlossen hatte und vor allem, dass sogar fast die Hälfte der Ergebnisse fehlte, die bereits vor seiner langen Abwesenheit fertiggestellt waren.

Da die alten Server mit den genauen Daten nicht zur Verfügung standen, notierte er gemeinsam mit seiner Sekretärin aus der Erinnerung die wichtigsten der fehlenden Projekte, und kam schon so auf eine zumindest ausreichende Punktzahl. Hinzu kamen die beiden Aufträge in Paris und im Reservat für die Ethikkommission. Die waren vermutlich nicht aufgeführt, weil sie noch nicht endgültig abgeschlossen waren. Aber auch ohne diese lag alles schon weit im grünen Bereich.

Vorsichtshalber besprach er sich noch einmal mit seinem Team und ergänzte mit ihrer Hilfe die Liste der nicht aufgeführten Projekte.

„Ihr seht, die Unterstützung, die ihr mir gestern angeboten habt, wird nicht nötig sein. Aber lasst mich dennoch zwei Dinge dazu sagen: Die Tatsache eures Angebots hat mir ungeheuer geholfen. Es hat mich sehr berührt, und ich fühle mich seitdem nicht mehr allein in diesem Haus. Vielen Dank. Und ein Zweites: Ich hätte es nicht annehmen können. Solche Manipulationen zu diesem Zeitpunkt hätten euch mit in das Ganze hineingezogen. Das kommt nicht in Frage – egal wie alles einmal ausgehen wird. Macht bitte keine Dummheiten! Dennoch, was soll ich sagen …", danach zögerte er einen Augenblick, da ihm nichts Passendes einfiel, bevor er einfach wiederholte: „Vielen Dank nochmals."

Nach dieser Besprechung stimmte er dem frühesten der in der Computerevaluation vorgeschlagenen Termine für die Anhörung zu. Noch am Ende derselben Woche sollte sie stattfinden.

In den verbleibenden Tagen erledigte er in aller Ruhe die Arbeiten, die ihm Frau Jathge vorlegte, da sie in seiner Abwesenheit ohne ihn nicht hatten abgeschlossen werden können.

„So viel ist es gar nicht. Frau Ling hat in der Zeit, als sie nach Ihrem Blitzbesuch hier im Büro arbeitete, fast alles erledigt. Sie war eine gute Hilfe. Aber alles konnte ich ihr ja nicht geben. Streng genommen ist sie ja nur Praktikantin. Vieles hat auch Herr Dr. Eberle übernommen."

Joseph bekam einen seltsamen Anruf von Herrn Gottwitz, einem Sachbearbeiter in der Revisionsabteilung

„Herr Professor, entschuldigen Sie, wenn ich Sie störe, Sie haben sicherlich Wichtigeres zu tun."

„Legen Sie los, Herr Gottwitz, wo brennt's?"

„Ich wollte eigentlich bei der Anhörung nicht dabei sein. Aber ich dachte mir, wenn ich mir die Bemerkung erlauben darf, vielleicht, wenn es Sie nicht stört …"

„Nein, im Gegenteil, Herr Gottwitz, kommen Sie nur!"

„Und, Herr Professor, was ich Sie fragen wollte, ich möchte ja nichts tun, was Ihren Vorstellungen zuwider laufen könnte, also falls ich gefragt werde, darf ich denn sagen, dass die Zusammenarbeit mit Herrn Dr. Eberle immer vorzüglich geklappt hat?"

„Aber sicher, wenn Sie Gutes über Kollegen zu sagen haben, immer. Nur zu!"

„Ja, das war's eigentlich schon."

„Dann also bis Freitag!"

„Ja, bis Freitag. Auf Wiederhören, Herr Professor."

46.

Wie üblich, war die Anhörung öffentlich. Viele waren anwesend. Im Hereinkommen sah er bereits neben seinen jungen ausländischen Kollegen auch Frau Jathge, daneben Souzie, und nicht weit davon Herrn Gottwitz, der ihn wohl gesehen haben mochte, sich aber zu einem Gruß nicht traute. Paul Laban nickte ihm ermutigend zu. Und natürlich war der Personalrat Dr. Saule gekommen.

„Wünschen Sie Ausschluss der Öffentlichkeit? Wie Sie wissen, hätten Sie Anspruch darauf", fragte der Vorsitzende der Evaluationskommission Joseph der Form halber, als er seinen Platz eingenommen hatte.

Sie beide waren sich bereits vorher darin einig gewesen, dass sie Vertraulichkeit nicht für notwendig hielten. Im Gegenteil, Joseph fühlte sich sicherer so, getragen vom Wohlwollen seiner Kollegen und Mitarbeiter, und winkte ab.

„Meine Damen und Herren, wie Sie wissen, steht heute die Anhörung von Herrn Prof. Dr. Joseph Winter an" - und mit einem Blick auf Joseph fügte er ein: „Ich darf kurz Herr Winter sagen, nicht wahr, wir kennen uns ja seit langem."

Nach einem kurzen Bericht vom beruflichen Werdegang, Würdigung seiner Verdienste und Hinweisen auf frühere positive Evaluationen forderte er Joseph mit den folgenden Worten zur Stellungnahme auf.

„In Anbetracht all dessen würde es mich sehr überraschen, wenn Sie die Kritik des Computerberichts nicht mit wenigen Worten entkräften könnten, denn mir ist bekannt, dass zur Zeit der Erhebungen Ihre zentralen Server ausgefallen waren und infolgedessen nicht auszuschließen ist, dass der Bericht Lücken aufweist. Bitte, Herr Winter, Sie haben das Wort."

„Herr Vorsitzender, meine Damen und Herren, ich glaube, ich kann mich kurz fassen.

Zunächst einmal möchte ich mich für Verzögerungen und vielleicht auch allzu lange liegengebliebene Arbeiten der vergangenen Wochen entschuldigen. Aber wie Sie alle wissen, war ich vom Ethikausschuss der Regierung beauftragt worden, direkt von Paris aus für einige Wochen ins frühere Aidsreservat zu fahren, um dort mit einer kleinen Delegation eine umgehend erforderliche Studie über die zukünftige Verwendung des Areals zu erstellen. Diese unvorhersehbare Verlängerung meiner Abwesenheit lag außerhalb meiner persönlichen Verantwortung. Es tut mir leid, wenn sich dadurch hier im Hause Schwierigkeiten ergeben haben. Aber das sind Dinge, die vermutlich gar nicht in den Berichtzeitraum des Evaluationsgutachtens hineinfallen.

Ich komme nun zu den relevanten Vorgängen des letzten halben Jahres.

Zusammen mit meinen Mitarbeitern habe ich in den vergangenen Tagen eine Liste der Projekte zusammengestellt, die ich seit meiner letzten Evaluation erfolgreich abgeschlossen habe und die in dem Evaluationsbericht nicht berücksichtigt sind. Ich will nicht behaupten, dass die Erfolge allein mir zuzurechnen ist. Wie immer sind an jedem Projekt viele beteiligt. Aber wenn man die erzielten Ergebnisse in gerechter Aufteilung auch nur zur Hälfte mir, zur anderen meinen Mitarbeitern, insbesondere den ausländischen Teamkollegen und für die letzte Zeit ebenfalls unserer tüchtigen Praktikantin, Frau Ling, zurechnet, würde sich eine Evaluation ähnlicher Qualität ergeben, wie Sie sie, Herr

Vorsitzender, freundlicherweise eben von früheren Jahren erwähnt haben.

Ich habe die Liste bereits vorab dem Herrn Vorsitzenden zukommen lassen und um wohlwollende Prüfung gebeten.

Da es sich nicht um geheime Projekte handelt, habe ich ein weiteres Exemplar zur allgemeinen Einsicht an der Informationstafel des Saales ausgehängt. Darüber hinaus habe ich vor wenigen Minuten an einige Kollegen, mit denen ich, wie etwa mit Herrn Dr. Eberle, eng zusammenarbeite, zur Klärung von Missverständnissen eine Mail des gleichen Inhalts geschickt.

Ich danke für Ihre Aufmerksamkeit."

Es gab ein wenig Unruhe, und die Blicke wendeten sich zur Tafel, aber keiner wagte neugierig aufzustehen.

„Gibt es Ergänzungen von anderer Seite? – Das ist nicht der Fall. Dann vertage ich die Anhörung auf 14 Uhr. Ich bitte die Herren Dr. Eberle und Dr. Saule in einer halben Stunde zu einer kurzen Besprechung. Wo könnten wir uns treffen? Hier ist es so weitläufig und ungemütlich."

„Ich schlage, sein Einverständnis voraussetzend, das Büro von Paul Laban vor, das liegt gleich hier nebenan", meldete sich Jakob, und Paul Laban willigte ein.

So vertagte man sich für eine Stunde.

Nach der Pause war das allgemeine Interesse geringer geworden. Josephs umfangreiche Auflistung hatte überzeugt. Der Raum war nicht mehr ganz so gefüllt wie vorher, aber noch immer war er fast voll. Die Spannung war heraus, die Zuhörer unterhielten sich munter weiter, als der Vorsitzende zusammen mit dem Personalrat in den Saal trat. Erst als er seine Stimme erhob, wurde es ruhig.

„Meine Damen und Herren, ich nehme hiermit die unterbrochene Anhörung von Herrn Prof. Dr. Winter wieder auf. Und erteile zunächst das Wort an Herrn Dr. Eberle."

Das rief Verwunderung hervor. Man hatte eigentlich nur ein paar abschließende Worte erwartet.

„Herr Vorsitzender, meine Damen und Herren. Wir alle wissen um die Verdienste des Kollegen Winter und wünschen, weiterhin mit ihm zusammenzuarbeiten, was hier jetzt sicher auch nicht zur Diskussion steht. Dennoch muss ich ein paar kritische Anmerkungen zu der von ihm vorgelegten Liste machen."

Er machte eine kurze Pause, als wolle er die Wirkung seiner Ankündigung auskosten, bevor er, erhöhter Aufmerksamkeit sicher, fortfuhr.

„Natürlich konnte ich in der kurzen Pause nicht alle Angaben mit der notwendigen Sorgfalt nachprüfen, um sie der Kommission gegenüber zu bestätigen, und der Verlust der damaligen Server erschwert die Nachforschungen.

Die aufgeführten Projekte sind nach meiner Erinnerung in der Tat ausnahmslos in unserem Hause durchgeführt worden. Aus persönlichem Eigeninteresse muss ich aber hier richtig stellen, dass eine nicht geringe Zahl der von Kollege Winter für sich reklamierten Projekte wohl versehentlich in seine Aufstellung geraten sein müssen, da es sich um Projekte handelt, die ich persönlich betreut habe, ohne oder mit nur unwesentlicher Mithilfe von Herrn Winter."

Wieder machte er eine Pause und genoss nun sichtlich für einen Augenblick die gespannte Aufmerksamkeit seiner Zuhörer, deren Ungeduld er durch die neuerliche künstliche Verzögerung noch steigerte.

„Ich habe in der Unterbrechungspause die wichtigsten der meine Äußerungen bestätigenden Schriftstücke aus meinen Unterlagen herausgesucht, um meine Richtigstellung zu belegen. Sie tragen alle außer meiner Unterschrift auch die der betreffenden Projektpartner. Außerdem liegt mir ein Schreiben vor, in dem einer der Partner die zögerliche Behandlung der Kooperation mit Herrn Winter bemängelt und mich bittet, vertretungsweise das Projekt zu übernehmen und zum Abschluss zu bringen, was ich auch getan habe, um den Ruf des Hauses als verlässlichen Partner zu wahren. Auch dieses Projekt ist eines aus der Liste des Kollegen Winter.

Wenn Sie, Herr Vorsitzender, es gestatten, hänge ich ein Verzeichnis der für mich reklamierten Projekte aus der Aufstellung von Herrn Winter, für die ich in der Eile einen Beweis der Richtigkeit meines Anspruches finden und kopieren konnte, ebenfalls an die Informationstafel des Saales. Das sind allerdings bei weitem nicht alle. Die Beweisstücke haben Sie, Herr Vorsitzender, in der Pause schon gesehen. Ich habe sie inzwischen hier für Ihre Unterlagen fotokopiert und eben noch in aller Eile vom Zentralbüro beglaubigen lassen."

Damit zog er eine wohlvorbereitete Hülle mit Unterlagen aus seiner Aktentasche, ging durch die unruhig gewordene Menge der Kollegen und Mitarbeiter nach vorne und reichte sie dem Vorsitzenden. Als er seine Liste an der Tafel anbringen wollte, wehrte der Vorsitzende ab:

„Ich glaube, das würde jetzt nur stören. Das können Sie später machen."

Dann warf er einen kurzen Blick auf die überreichten Schriftstücke „Sind das die Unterlagen, die ich in der Pause einsehen konnte?"

Und als Jakob bestätigend nickte, steckte er sie ein.

„Dann muss ich sie ja jetzt nicht von neuem lesen."

Er legte sie zu den anderen Aktenstücken.

„Sind weitere Anmerkungen? Wenn nicht, dann …"

Da meldete sich Rafael.

„Ich möchte dem von Herrn Dr. Eberle Vorgetragenen mit Entrüstung widersprechen und entgegenhalten, dass wir alle, ich meine, das gesamte

Team von Herrn Prof. Dr. Winter, vor einigen Tagen zusammengesessen haben und gemeinsam die Liste erstellt haben, wie sie in Ihren Unterlagen und an der Informationstafel hängt. Wir alle verbürgen uns persönlich für ihre Richtigkeit. - Ist es nicht so? Sagt doch auch endlich etwas!", sagte er, als er in seiner Erregung nicht mehr weiter wusste, mit hilfesuchendem Blick auf seine Mitstreiter.

„Genau so!", reagierte Giovanni als erster. Sophie nickte nur.

„Wollt ihr damit behaupten, ich sage die Unwahrheit? Dann werft doch einen Blick auf …"

An dieser Stelle unterbrach der Vorsitzende den empörten Zwischenruf von Dr. Eberle.

Es lagen noch zwei Wortmeldungen vor.

„Entschuldigung, Herr Laban. Bitteschön, Sie hatten sich seit langem gemeldet."

„Dürfte ich erfahren, ob das Team von Herrn Winter seinerseits Belege für seine Aufstellung vorlegen kann?"

„Es muss doch wohl genügen, wenn alle fünf damit befassten Personen sich in gleicher Weise …"

Hier wurde Sophies Zwischenruf unterbrochen und gerügt:

"Bitte kein aufgeregtes Durcheinander. Das Wort hat weiter Herr Laban."

„Ich war fertig."

„Herr Winter, möchten Sie sofort auf die Frage von Herrn Laban antworten?"

„Gern. Aber dem Zwischenruf von Frau Roile habe ich inhaltlich nichts hinzuzufügen, und ich wiederhole ihre Worte: Es muss doch wohl zur Wahrheitsfindung genügen, wenn alle fünf mit den fraglichen Projekten befassten Personen sich in gleicher Weise äußern."

„Dann noch einmal Herr Dr. Eberle bitte, ich glaube, Sie hatten sich gemeldet."

„Ich sehe mit Verwunderung, dass die Seriosität meiner Aktenführung angezweifelt wird. Da Herr Gottwitz, der für mich zuständige Bearbeiter aus der Revisionsabteilung, unter uns ist, möchte ich ihn hier fragen, ob es jemals Grund zu Beanstandungen meiner Jahresberichte seitens der Revision oder sonst wo gegeben hat."

„Herr Vorsitzender, darf ich sofort antworten?"

„Ich bitte darum. Sie sind demnach Herr Gottwitz und arbeiten in der Abteilung Revision."

„So ist es."

„Und Sie sind in Ihrer Abteilung für Herrn Dr. Eberle zuständig?"

„Ja, das bin ich, aber nicht allein natürlich, wenn ich mir die Bemerkung erlauben darf."

„Gut, das versteht sich. Fahren Sie fort."

„Also ich wollte eigentlich nur sagen, dass die Zusammenarbeit mit Herrn Dr. Eberle immer sehr gut gewesen ist und dass – wenn ich mir die Bemerkung erlauben darf - es niemals Beanstandungen von unserer Seite gegeben hat."
„Vielen Dank."

Der Vorsitzende fasste in kurzen Worten die Ergebnisse der Sitzung zusammen und bot Jakob und Joseph an, falls sie es wünschten, anschließend noch einmal Stellung zu nehmen oder ihn zu korrigieren, wenn er ihrer Meinung nach etwas nicht korrekt wiedergegeben habe.
Während dieser Ausführungen schrieb Joseph die folgende Botschaft auf ein Blatt Papier und reichte sie Rafael:

„Ich werde jetzt versuchen, die Kollegen dazu zu bringen, Farbe zu bekennen. Aber wenn die gesamte Abteilung die einsamen Behauptungen von Dr. Eberle einfach so hinnimmt und ihnen damit den Vorrang einräumt gegenüber dem einstimmigen Votum von uns allen, dann will ich hier ohnehin nicht weiterarbeiten, sage gar nichts mehr und werde mich der Entscheidung des Vorsitzenden fügen, egal, wie sie ausfällt."

„Herr Dr. Eberle, vielleicht fangen Sie an, falls Sie noch Ergänzungen vorzutragen wünschen."
„Es ist, wie ich meine, alles gesagt, und ich habe Ihnen meine Dokumentation vorgelegt, die eindeutig ist und deren Echtheit wohl von niemandem angezweifelt werden kann, nachdem Ihnen nun auch beglaubigte Kopien vorliegen. Ich habe dem nichts hinzuzufügen."

„Herr Winter bitte."
„Herr Vorsitzender, liebe Kollegen, meine Damen und Herren,
Auch ich habe in der Sache nichts hinzuzufügen. Gemeinsam mit meinen Mitarbeitern, Sophie Roile, Rafael Guevara Lòpez, Giovanni Parado und der Praktikantin Sou Zie Ling, die in den letzten Monaten ebenfalls an unseren Projekten mitgewirkt hat, sind wir in der Pause alle Positionen unserer Liste noch einmal durchgegangen und haben keinerlei Irrtümer entdecken können.
Da wir nicht so wie Kollege Eberle Ausdrucke von gespeicherten Unterlagen anzufertigen pflegen, können wir wegen des Verschwindens der Server ..."
„Die Server sind nicht verschwunden, sondern wegen Virenbefalls ordnungsgemäß entsorgt worden, möchte ich festhalten", berichtigte Jakob spontan.
„Gut, also da diese Server nicht mehr zur Verfügung stehen, können wir im Augenblick leider keine schriftlichen Nachweise für die Richtigkeit unserer Aussagen vorlegen. Herr Vorsitzender, meine Damen und

Herren, seien Sie sicher, wir wären ohne die Zerstörung – Verzeihung Entsorgung wollte ich sagen – der Server dazu mühelos in der Lage. Glauben Sie mir. Glauben Sie den übereinstimmenden Aussagen aller meiner Mitarbeiter."

Und er fuhr nach einer Pause und einem Blick in den Zuhörerraum fort: „Ich weiß, dass eine Befragung der anwesenden Kollegen bei Anhörungen dieser Art nicht vorgesehen ist und von mir auch hier nicht durchgeführt werden kann. Das bedaure ich sehr, denn da viele der Anwesenden seit Jahren mit mir und meinem Team eng zusammenarbeiten, würde es mich doch interessieren, ob auch sie den scheinbaren Beweisen von Kollege Eberle mehr glauben schenken als dem einstimmigen Votum aller anderen mit der Angelegenheit Befassten."

„Herr Winter, Sie gehen zu weit, wenn Sie in meine Befugnisse eingreifen wollen, und ich verbitte mir das."

„Verzeihung, ich hatte nicht die Absicht, eine solche Befragung anzuregen oder gar sie unberechtigterweise in die Wege zu leiten. Es tut mir leid, wenn es so verstanden wurde. Ich habe nur meine Enttäuschung zum Ausdruck bringen wollen, dass trotz der Öffentlichkeit der Sitzung nicht eine einzige Wortmeldung …"

„Danke, das genügt, wir haben es wohl alle verstanden. Wenn Sie zur Sache noch etwas ergänzen möchten, bitte sehr, fahren Sie fort."

„Nein, ich habe keine weiteren Anmerkungen. Ich würde mich nur wiederholen."

„Ich sehe nun doch noch eine Wortmeldung. Herr Laban, wenn ich es von hier aus recht erkennen kann."

„Herr Vorsitzender, entschuldigen Sie, wenn ich dennoch auf die Bemerkungen von Herrn Professor Winter eingehe, aber es muss ja doch einmal gesagt werden, und ich vermute, da bin ich mir mit meinen Kollegen einig, dass offenkundigen schriftlichen Beweisen nicht widersprochen werden kann, solange sie nicht durch Gegenbeweise eindeutig widerlegt werden können. Und dies ist bislang weder durch Herrn Winter selbst, noch durch seine Mitarbeiter geschehen. Die vagen Andeutungen von Herrn Winter – und ich nehme an, ich spreche da im Sinne aller meiner Kollegen – es tut mir leid, denen kann ich nicht folgen."

„Gibt es weitere Anmerkungen? Herr Kollege Winter, möchten Sie schon jetzt etwas sagen?"

„Nein Danke. Dazu bin ich im Augenblick nicht in der Lage."

„Gibt es weitere Wortmeldungen? Das scheint nicht der Fall zu sein. Dann schließe ich hiermit die Sitzung und werde die endgültige Evaluationsentscheidung in den nächsten Tagen, sobald ich die Unterlagen zusammen mit den Kommissionsmitgliedern noch einmal geprüft und gegebenenfalls noch einige klärende Gespräche geführt habe, Herrn Winter zukommen lassen." -

Der Saal leerte sich. Joseph blieb wie versteinert sitzen.
„Herr Winter, ist Ihnen nicht gut? Möchten Sie einen Schluck Wasser?"
Es war der Vorsitzende, der, als erster, besorgt zu ihm gekommen war und ihm sein Glas mit Wasser anbot.
„Nicht so recht, das können Sie sich sicher vorstellen."
„Doch, doch, sicher. Aber das meinte ich jetzt nicht."
„Nein, seien Sie unbesorgt, körperlich fehlt mir nichts. Aber ein Schluck Wasser, das täte schon gut."
„Kopf hoch, Herr Kollege, das wird schon wieder. Ihre ganze Mannschaft steht doch zu Ihnen."
„Und sonst keiner mehr. Ich hab es wohl gemerkt. Aber Sie haben Recht. Das ist das einzige, was wirklich zählt. Als wäre es meine Familie. Vielleicht sollten wir alle zusammen wegziehen."
„Sie haben mich vergessen. Ich kenne Sie. Ich weiß, was ich von Ihnen zu halten habe. Ich kann mir das alles nur als Irrtum, als Computerpanne oder weiß Gott was für einen unglücklichen Zufall erklären. Aber im Augenblick fällt auch mir nichts ein, und das Urteil wird, wenn die Aktenlage sich nicht noch erheblich bewegt, sicher nicht ganz in Ihrem Sinne ausfallen können. Aber ich muss und werde natürlich neutral bleiben und den vorliegenden Fakten folgen, das bin ich meinem Amt und meinem Gewissen schuldig."
„Sicher. Das sollen Sie auch. Und nun können Sie mich hier erst einmal beruhigt wieder allein lassen, bevor Sie noch in den Ruf der Parteilichkeit geraten."
„Keine Sorge. Ich hatte ja auch ein Gespräch mit der anderen Seite. In der Pause. Das war übrigens nicht meine Idee. Der Personalrat Dr. Saule hatte darum gebeten."
Und er fügte, nachdem er sich umgeschaut und vergewissert hatte, dass ihnen niemand zuhören konnte, hinzu
„À propos Personalrat, ich würde mir an Ihrer Stelle zur Vorbereitung des Widerspruchs einen Schlichter suchen, aber keinesfalls den Personalrat. Nehmen Sie einen Außenstehenden. Nicht gerade Daniel Broth, man weiß zu gut, dass Sie befreundet sind. Vielleicht einen Juristen von der Fakultät. Kennen Sie da niemanden? Ich könnte Herrn Runge ansprechen, wenn Sie wollen. Der ist gut. Steht über den Dingen, hat aber dennoch ungeheuren Durchblick."
„Wenn Sie dadurch nicht in Schwierigkeiten kommen, würde ich Ihrem Vorschlag gern folgen. Ich kenne Herrn Runge nicht und er mich wohl auch nicht, aber darin sehe ich eher einen Vorteil. Er ist dann wenigstens nicht betriebsblind."

„Gut. Rufen Sie ihn morgen an. Er wird dann schon von mir vorgewarnt sein. Seine Nummer werden Sie sicher herausbekommen. Dr. Gerd Runge."

„Vielen Dank. Sie haben mir wirklich geholfen. Mir geht es jetzt auch schon wieder besser."

Seltsam, dass sonst keiner auf ihn gewartet hatte. War er plötzlich wirklich so allein, hier, wo sonst immer freundschaftliches Händeschütteln und Scherzen gewesen war? Konnte man so schnell vereinsamen?

Rafael, Sophie und die anderen, wo steckten sie? Sicher warteten sie im Büro auf ihn. Die Gegenwart des Vorsitzenden musste sie wohl abgeschreckt haben.

Aber dort war nur Frau Jathge. Sie stand auf, als er hereinkam, sagte nichts, kam ihm wortlos entgegen und ließ sich, als müsse sie und nicht er getröstet werden, in den Arm nehmen.

„Dieses Schwein!", war das einzige, das sie schließlich hervorbrachte, als sie die Beherrschung wiederfand und an ihren Schreibtisch zurück ging.

„Dieses Schwein!", wiederholte sie noch ein paar Mal. Sonst sagte sie nichts.

Dann zeigte sie wortlos auf seinen Schreibtisch, und er fand ein mit großen bunten Buchstaben handbeschriebenes Blatt Papier

> *Wir sind zum Teufel! - Alle zusammen.*
> *Sophie, Souzie, Rafael und Giovanni*
> *warten auf Joseph.*

„Kommen Sie mit?", fragte er.

„Ich hab noch zu tun. War ja den ganzen Tag kaum im Büro. Nicht einmal die Post ist erledigt."

„Kann das nun nicht auch noch bis Montag warten?"

„Lassen Sie. Ich möchte auch nicht, jetzt, so gleich danach."

„Gut. Ich geh aber. Dann bis Montag!", und gedankenlos sagte er noch „Schönes Wochenende", aber darauf kam keine Antwort.

Wieder hatten sie sich etwas Besonderes einfallen lassen.

Als der Wirt des „Casa di Diàvolo" ihn kommen sah, ließ er alles stehen und liegen, begrüßte ihn mit einem „Buona Sera, Profesore", holte seine Gitarre unter dem Tresen hervor, verband ihm die Augen mit einem roten Seidenschal und führte ihn mit ein paar einführenden, hinhaltenden Akkorden bis ins kleine Nebenzimmer an den Tisch seiner Freunde, und indem er ihm vorsichtig die Binde von den Augen nahm, begannen sie alle zusammen ganz leise das Lied „O Sole Mío!", ließen ihn so da stehen, sangen immer weiter, wollten kein Ende finden, begannen immer wieder von Neuem, ohne Anstalten zu machen irgendwann freiwillig aufzuhören, sangen immer lauter und fröhlicher, bis er am Ende selbst mit einfiel, worauf alle zu klatschen begannen und noch einmal zusammen die ganze Strophe bis zu ihrem Ende sangen.

47.

Die Entscheidung ließ nicht lange auf sich warten. Drei Tage später fand er sie in seiner Post. Zu seiner Überraschung war sie milder ausgefallen als erwartet. Zwar wurde auf eine negative Evaluation und die Einweisung ins Reservat befunden, aber durch den abschließenden Satz wurde beinahe alles wieder zurückgenommen. Der entscheidende Satz lautete

„In Anbetracht der aus technischen Gründen nicht vollkommen rekonstruierbaren genauen Aktenlage und in Hinblick auf die bisher stets korrekte Arbeit und die hervorragenden früheren Leistungen von Herrn Prof. Dr. Winter wird die Entscheidung bis zur folgenden Evaluation zur Bewährung ausgesetzt. Diese wird hiermit auf Oktober dieses Jahres festgesetzt."

Am Ende war noch angefügt: „Gegen diese Entscheidung kann innerhalb von 20 Tagen über den Personalrat Einspruch eingelegt werden…"

Also doch Begnadigung. Freispruch mangels Beweisen. Jeder vermutete, Daniel habe Einfluss genommen.

48.

Die Kollegen blieben zurückhaltend. Eine Mischung von Misstrauen, Vorsicht und schlechtem Gewissen kam ihm entgegen, wenn er ihnen begegnete. Sprach er die Evaluation und die damit zusammenhängenden Umstände an, so war es ihnen sichtlich peinlich. In einer Mischung von Resten langjähriger kollegialer Freundschaft und unangenehmer Berührtheit riet man ihm eindringlich, alles auf sich beruhen zu lassen.

„Es ist doch eigentlich überhaupt nichts geschehen, was dich beunruhigen müsste. Die nächste Evaluation schaffst du mit links und dann ist alles wieder wie immer. Mach dir da doch keine Sorgen!"

Bestenfalls hieß es

„Halt dich zurück. Tu dem Eberle nicht den Gefallen, ihn ernst zu nehmen. Das würde ihm so passen. Wir kennen ihn doch."

Oder

„Du weißt, dass er gern die Nr. 1 wäre, an dir vorbei Karriere machen möchte. Aber „denkste". Er hat dir doch nichts anhaben können. In einem halben Jahr ist alles verpufft, wenn deine nächste Evaluation vorliegt."

Anders seine vertrauten ausländischen Juniorkollegen. Die waren nach wie vor empört, fühlten sich aufs tiefste verletzt und schmiedeten Rachepläne.

„Wir fahren sofort zu den Partnern in unsere Heimatländer und erkunden, was wirklich vorgefallen ist. Das wäre doch gelacht. Diese elende Ratte bringen wir zur Strecke."

Und wenn Joseph sie zurückhalten wollte, indem er ihnen gegenüber selbst die Argumentation seiner Kollegen verwendete, waren sie empört.

Sophie sprach von Stolz und Ehre, Rafael wollte Jakob am liebsten nächtens erschlagen, und Giovanni malte Szenarien süditalienischer Blutrache aus.

Allein Souzie behielt einen klaren Kopf.

„Wir sollten ihn nicht unterschätzen. Im Augenblick hat alles keinen Sinn. Überall liegen die Nerven bloß. Keiner möchte mehr von der Angelegenheit hören und alle fürchten, am Ende noch selbst hineingezogen zu werden. Wir sollten in aller Ruhe Material sammeln, die ausländischen Partner aufklären, deren Server auswerten, aber stillhalten. Jemanden wie Jakob Eberle, der sich schon auf Josephs Posten sah, lässt der entgangene Sieg nicht ruhen. Er wird abwarten, abschätzen, wie sicher er sein darf und dann überraschend wieder anfangen, wenn er glaubt, wir hätten nichts gegen ihn in der Hand. Darauf sollten wir warten und ihn erst dann fertigmachen. Und zwar dann so schnell und gründlich, dass er ein für alle Male vom Fenster weg ist. Eine vernichtende Entlarvung mit der Folge von Zwangsreservat oder mindestens Umevaluation. Aber bis dahin sollten wir nicht untätig sein. Haltet die Augen auf und sammelt so viel Material, wie ihr könnt!"

Das kam Joseph entgegen. Zeit gewinnen. Ausruhen. Erst einmal zur Besinnung kommen. Er wollte nicht kämpfen. Wozu auch? Er hatte bisher noch immer gute Evaluationen gehabt, aber er war immerhin schon 66. Früher – in Zeiten vor der Revolution - wäre er schon längst pensioniert gewesen.

Irgendwann müsste er ohnehin ins Reservat. Er merkte ja, wie seine Kräfte nachließen. Egal, ob Tennis, Bergwanderungen, Gedächtnis, Sexualität oder Umgang mit moderner Technologie. Er konnte zwar mit den ihm verbleibenden Kräften und Fähigkeiten noch ganz zufrieden sein. Aber dennoch, die nächste Generation musste kommen, ihn abzulösen. Leute wie Rafael, Giovanni, Sophie oder die tüchtige Souzie – nur eben nicht gerade Jago. Dem fühlte er sich noch immer haushoch überlegen.

Aber kämpfen? Hatte er das wirklich nötig? Die Herausforderung eines tüchtigen Konkurrenten hätte in ihm wohl noch alle Kräfte zum Wettkampf mobilisiert, um zu sehen, ob er es noch schafft. Und wenn nicht, dann eben nicht. Auch in Ordnung. – Aber einen unwürdigen langwierigen Kampf gegen einen hinter Intrigen versteckten Partisanen würde er sich nicht mehr aufhalsen. Selbst nicht, wenn der Sieg am Ende sicher wäre.

Und so zog er sich, wenn er nicht mit seinen jungen Adoptivkollegen zusammen war, meist in sein Büro zurück und verrichtete langweilige Routinearbeiten. Zu mehr fehlte ihm Kraft und Lust.

An besseren Tagen ging er bisweilen hinüber zu Fachkollegen, begann unter irgendeinem Vorwand ein Gespräch über ein neutrales Thema. Er erwartete, dass sie von sich aus auf die ihn so sehr bedrückenden Ereignisse zu sprechen kämen. Vergebens. Über ein unverbindliches „Wie geht's" gingen sie nicht hinaus. Und wenn er zu ihrer Überraschung die Höflichkeitsformel ernst nahm und ein wenig auf seine so unangenehm veränderte Situation einging, schwiegen sie, peinlich berührt. Kühle Zurückhaltung wehte ihm entgegen.

Er besuchte auch Kollegen, die ihm ferner standen. Gerade von ihnen versprach er sich eine objektive Einschätzung, da sie sich nicht durch persönliche Nähe beengt fühlen konnten. Aber was sollten sie sagen? Sie waren Zuschauer gewesen. Erstaunt vielleicht, aber wenig berührt. Sie wiederholten lediglich die bekannten Beschwichtigungsformeln:

„Sie müssen sich an die Fakten und Vorgaben halten, egal, wie sie entstanden sind. Machen Sie das Beste daraus. So wie die Dinge stehen, sitzen Sie schon in einem halben Jahr wieder fest im Sattel. Die Evaluation schaffen Sie doch problemlos, wie ich Sie kenne."

Und wenn etwas Persönliches kam – und das geschah bei ihnen eher als bei den ehemals vertrauteren Kollegen – dann praktische Ratschläge:

„Nehmen Sie es sich nicht so zu Herzen. Sehen Sie zu, dass Sie sich keinen weiteren Ärger einhandeln. Schließlich sind Sie nicht mehr der Jüngste und sollten sich den späteren Abgang nicht verderben."

Bei Jüngeren kam noch ein für ihn ganz neues Element hinzu, wenn sie – wozu er sie bisweilen doch verleitete - distanziert aber doch irgendwie fürsorglich auf ihn eingingen:

„Sehen Sie, wir betrachten das heute anders. Beruf und Privates muss man trennen. Die Kollegen haben wir uns nicht ausgesucht. Sie sind uns als berufliches Umfeld gegeben. Eckdaten so zu sagen. Wir arbeiten zusammen, wo unsere Aufgabenfelder sich überschneiden oder berühren, aber in professioneller Distanz. Das verbindende Ziel ist die optimale Evaluation durch gemeinsame Projekte. Das ist von vorn herein klar und beruhigend. Und so endet die Zusammenarbeit ganz natürlich, wenn die gemeinsamen beruflichen Ziele auseinander gehen. Dann geht jeder seinen Weg weiter. Professionell. Ohne Trennungsschmerz."

Und wenn sie sein erstauntes Gesicht bemerkten, fügten sie vielleicht tröstend hinzu

"Sicher war das früher anders. Vor der Revolution. Im letzten Jahrhundert hatte man noch nicht diese Klarheit im Arbeitsleben, und da gab es vermutlich dauernd menschliche Konflikte. Sie, Kollege Winter, stammen noch aus dieser Zeit. Das merkt man: Liebenswürdig aber – verzeihen Sie – unprofessionell. Da ist es sicher schwer heute. Aber sehen Sie doch auch das Gute an der beruflichen Realität: Die Evaluation gibt uns Sicherheit. Macht uns unabhängig von menschlicher Willkür und persönlicher Abhängigkeit. Schwere Zeiten für Schmeichler und Netzwerke."

Sein „Ja, da haben Sie wohl recht" klang nicht überzeugt, auch wenn er zustimmend hinzufügte:

„Wir haben es ja schließlich so gewollt. Und es ist wohl auch besser so."

Und wenn er ehrlich vor sich war: er kam jetzt mit diesen jungen Leuten besser zurecht als mit seinen langjährigen vertrauten Kollegen. Sie konnten ihm wenigstens gerade in die Augen schauen. Und ihr Händedruck beim Abschied war fest und selbstbewusst – geradezu kameradschaftlich. Mehr unverbindlich als von Herzen vielleicht. Aber er tat trotzdem wohl.

49.

Dr. Runge machte einen konservativen, seriösen Eindruck. Groß, schlank, kräftige, bestimmte Stimme, dunkler Anzug, schwarz gerandete Brille, volles aber ergrautes Haar, lediglich die Schleife, die er anstelle einer Krawatte trug, gaben ihm ein etwas aus dem üblichen Rahmen fallendes Aussehen. Er mochte vor Jahren einmal eitel, vielleicht sogar arrogant gewesen sein, verwöhnt von seinen frühen Erfolgen. Aber das musste lange her sein. Er war ruhig geworden. Sachlich. Nur seine Augen ließen noch immer ein wenig den früheren Abenteurer vermuten.

„Ich sag es Ihnen gleich: Ich bin müde. Ich will nicht mehr."

Statt einer Antwort, schaute er Joseph in die Augen. Der hielt dem Blick stand. Ohne Mühe, wie einer, der nichts zu verlieren hatte und selbst als Beobachteter seinerseits ruhig sein Gegenüber beobachtend.

„Ich glaube Ihnen. Und vielleicht haben Sie sogar Recht. Mir scheint, Sie wissen genau, was Sie wollen. Oder sollte ich sagen ,nicht wollen'? Sehr ungewöhnlich in Ihrer Situation."

„Entweder ein Knall, ein vernichtender Blitzsieg, eine Sensation, ein Feuerwerk, ohne Rücksicht auf Verluste, oder ich höre auf. Grabenkrieg kommt nicht in Frage."

„Und da Sie das erste nicht sehen, ist es das Ende für Sie."

„Genau so."

„Geben sie mir Munition für den Knall. Sie haben doch etwas. Das sehe ich. Außerdem würden Sie sonst nicht davon sprechen."

Da keine Antwort kam, wechselte er ein wenig das Thema

„Der uns bekannt gemacht hat, ist ein Freund von Ihnen."

„Ich kenne ihn kaum. Nur dienstlich."

„Aber er ist Ihr Freund. Glauben Sie mir. Und deshalb hat er Sie mir ans Herz gelegt." Und nun hob er für einen Augenblick bedrohlich seine Stimme fast wie Daniel, wenn er ins Straßentheater verfiel: „Und nur deshalb habe ich zugesagt."

Joseph blieb stumm und wartete ab.

„Wenn Ihnen das noch nicht reicht, als Ihr Schlichter stehe ich unter Schweigepflicht. - Und nun los, vertun wir nicht unsere Zeit."

„Gut. Soll ich mich ganz in Ihre Hand geben?"

„Wie wollen Sie sonst weiter kommen? Ich muss wissen, was wir zur Verfügung haben, sonst kann ich Ihnen nicht helfen, Ihren Blitzkrieg zu gewinnen."

Nach einer weiteren Pause, diesmal aber nicht aus Unentschlossenheit, sondern nachdenkend, wie er anfangen sollte, begann Joseph schließlich.

„Wir haben die Dateien."

„Welche Dateien?"

„Die Dateien der verschwundenen Server. Alle."

„Sicherheitskopien?"

„Nein, die gibt es nicht. Wenigstens soviel ich weiß."

„Aber Sie müssen doch ..."

„Ich weiß, was Sie sagen wollen. Bei uns besteht eine automatische Datensicherung von allem, was aktuell geschieht, durch eine temporäre separate Speicherung für 24 Stunden auf dem Zentralrechner von GAMMA. Danach wird die Sicherheitskopie automatisch gelöscht, mit Ausnahme von Dateien, die wir mit ‚Archiv' kennzeichnen. Die gehen dann in Dauerverwahrung. Das tun wir aber nur bei abgeschlossenen Prozessen. Der besseren Übersicht wegen."

„Und der ganze Rest bleibt nur auf Ihren Abteilungsservern?"

„So ist es."

„Und wie sind Sie dann an Kopien der Dateien der vernichteten Abteilungsrechner gekommen?"

„Keine Kopien. Wir haben die Originale. Den ganzen Abteilungsserver."

„Wie das?"

„Egal. Wir haben ihn."

„Wenn Sie wirklich eine reine Weste haben, dann kann Ihnen mit den Dateien in der Hand nichts mehr passieren. Dann haben wir – wenn ich Sie richtig verstehe - alle Beweise in der Hand. Zünden Sie Ihr Pulver, und Sie haben das gewünschte Feuerwerk!"

„Und verbrannte Erde."

„Wo ist der Fleck auf der Weste?"

„Erstens haben wir die Dateien gestohlen, kurz bevor sie vernichtet werden sollten."

„Das kriegen wir hin. Weiter!"

„Außerdem würde genaues Hinsehen offenlegen, dass ich jahrelang meinen Mitarbeitern mit meinen eigenen Evaluationspunkten ausgeholfen habe. Es ist nicht einmal auszuschließen, dass Dr. Eberle mir da schon jetzt auf der Spur ist, denn er weiß, wie ich das bewerkstellige. Ich habe ihm noch bis vor kurzem selbst auf diese Weise geholfen."

„Das ist bedenklicher. Jedenfalls für Ihre Mitarbeiter – für Dr. Eberle natürlich genauso. - Sie persönlich dagegen kostet es nur ein paar unbedeutende Punkte, schlimmstenfalls Reservat auf Bewährung, aber das hätten Sie jetzt ja auch."

„Und noch etwas." Joseph zögerte.

„Ich fürchte, jetzt begebe ich mich vollkommen in Ihre Hand."

„Was soll's, das sind Sie ohnehin schon."

„Aber nicht nur mich, das ist das Schlimme."

„Soll ich so lange hinausgehen? Nur, dann nützt es nichts."

„Der Aufenthalt im Aidsreservat war getürkt."

„Das ist ja wohl schlecht möglich. Es stand in der Presse, und soweit ich weiß, liegt Ihr Gutachten bereits vor. Das genügt mir. Mehr will ich nicht wissen. Das ist wasserdicht, was auch immer dahinter steckt."

„Mehr würde ich auch ohnehin nicht sagen. Nur sollten Sie wissen, dass eventuelle Nachforschungen in dieser Richtung unter allen Umständen unterbleiben müssen."

„Verstanden."

„Das wär's."

„Sie haben eine Kleinigkeit vergessen. Was genau ist auf den Datenspeichern an Beweisen vorhanden?"

„Zunächst, wie ich sagte, die Punktemanipulationen. Ich vermute, Dr. Eberle hat die gleiche Manipulation in meiner Abwesenheit verwendet, um einige meiner bereits vor der Reise abgeschlossenen Projekte für seine eigene Evaluation auf sein Konto zu leiten."

„Vermutung oder Wissen?"

„Es ist so gut wie sicher. Anders ist es überhaupt nicht möglich. Die Projekte waren ja bereits für mich gutgeschrieben. Er hat sie einfach umgebucht. Er besaß jede Vollmacht und alle Passwords. Ich hatte so gut wie keine Geheimnisse vor ihm."

„Ist das nachprüfbar?"

„Eindeutig. Nur brauche ich etwas Zeit, da die Server natürlich nicht in meinem Büro herumliegen und ich persönlich sie in dem Zustand, in dem sie derzeit sind, nicht zum Laufen bringen kann. Das wäre auch viel zu gefährlich."

„Wo sind sie?"

„Im Ausland."

„Im Ausland?"

„Entschuldigung, ich sage zu den Europaländern manchmal versehentlich noch immer Ausland. Das liegt wohl an den Fremdsprachen."

„Also wohl bei Partnern in Frankreich, Spanien oder so. Genauer will ich es auch nicht wissen. Tut nichts zur Sache.

Was ist noch drauf?"

„Im Prinzip wohl alles, was wir brauchen."

„Das heißt?"

„Gespräche und der gesamte Schriftverkehr mit meinen Auslandspartnern. Dr. Eberle hat in meiner Anwesenheit ankommende Mails und unterschriftsreife Verträge unterschlagen und erst nach telefonischen Nachfragen durchblicken lassen, die Unterlagen seien unauffindbar, ich sei in letzter Zeit dauernd außer Hause, man solle sie neu ausstellen, direkt an ihn schicken und ihm direkt zur Unterschrift zukommen lassen. Dann hat er sie unterschrieben, Dankesbriefe bekommen und seinem Evaluationskonto zugeschrieben. Wenn das so war – und meine Erkundigungen bei den Partnern deuten eindeutig darauf hin - dann ist alles auf den in Sicherheit gebrachten Servern dokumentiert.

Die Anmahnungen hat er natürlich separat für sich kopiert. Sie sind Teil der Unterlagen, die er letzte Woche dem Vorsitzenden präsentiert hat. Er muss übrigens genau gewusst haben, welche Partner ebenfalls Kommunikationsserver benutzen und welche nicht. Wenn er, was nur bei wenigen der Fall ist, fürchten musste, dass die Gespräche auch dort gespeichert werden, hat er Solidarität demonstriert und alles in meinem Namen und Sinne für mich abgewickelt. Das sind die wenigen Projekte, die mir gutgeschrieben worden sind."

„Herr Winter, ich glaube, das genügt als Information. Wann ist der Termin für den Widerspruch?"

„In zehn Tagen."

„Gut. Dann sollten wir gleich morgen unsere Strategie abstimmen. So haben wir danach noch eine gute Woche Zeit, um uns vorzubereiten. Mir würde es am besten nachmittags um fünf Uhr passen."

„Das ginge. Haben Sie schon eine Idee, wie wir vorgehen könnten?"

„Mehrere. Aber darauf sollten Sie selbst kommen. Ich bin nicht Ihr Verteidiger, sondern Schlichter, das heißt, ich unterhalte mich mit Ihnen, berate Sie, greife aber nicht aktiv unter Parteinahme in das Verfahren ein."

Dr. Runge sah das Gespräch damit als beendet an, aber Joseph blieb noch zögernd sitzen:

„Ich bin im Augenblick noch nicht sicher, ob ich den neuen Termin bei Ihnen wahrnehmen werde. Ich fürchte immer noch, ich will nicht mehr. Und dann hat es auch keinen Sinn."

Dr. Runge antwortete nicht direkt. Vielleicht wartete er noch auf weitere Begründungen. Als diese nicht kamen, und Joseph aufstand und Anstalten machte, sich zu verabschieden, erhob sich Dr. Runge, ging auf ihn zu, klopfte ihm, den er um Haupteslänge überragte, vertraulich auf die Schulter und versuchte, ihn umzustimmen:

„Ich will Sie zu nichts überreden. Sie allein müssen wissen und entscheiden, wie Ihre Zukunft aussehen soll. Man sagt, dass Ihnen Ihr Beruf zum eigentlichen Lebensinhalt geworden ist. Warum das alles ohne Not aufgeben?"

„Ohne Not? Das sehe ich anders."

„Ich kann nur sagen, dass ich überzeugt bin, ja aufgrund Ihrer Informationen geradezu versprechen kann, dass man Sie vollkommen rehabilitiert und Ihr feiner Kollege in die Wüste geschickt werden wird. Ihre Stellung wird danach sein wie eh und je. – Sie müssen es nur wollen."

„Rehabilitiert. OK. Was man so rehabilitiert nennt."

Dr. Runge hörte zu, sagte aber nichts. Diesmal wusste er, dass Joseph von sich aus fortfahren würde.

„*'Nehmen Sie einem Menschen seine Lebenslüge, und Sie nehmen ihm das Glück'*. Genau weiß ich nicht, wie Ibsen es ausgedrückt hat, aber in diesen Tagen wird mir deutlich, wie sehr er Recht hat."

Dr. Runge blieb geduldig, schwieg, obwohl er längst verstanden hatte. Und Joseph erklärte von sich aus, was er meinte,

„Das, was die Kollegen wahrnehmen, wenn sie sagen, ich sei mit meinem Beruf verheiratet, ist meine Arbeit. Mehr sehen sie nicht in ihrer fortschrittlichen Professionalität.

Gewiss. Die Arbeit gehörte dazu. Bildete die greifbare Basis. Aber das Eheähnliche war die freundschaftliche Verbundenheit mit der ganzen Abteilung. Der Glaube an die Gegenseitigkeit dieser Freundschaft war meine Lebenslüge.

Doch kaum schien es den Kollegen taktisch günstiger, einem erfolgreicher erscheinenden neuen Stern zu folgen, da gaben sie mich auf. Die scheinbar freundschaftlichen Bande wurden durchschnitten und in veränderter Richtung neu geknüpft.

Sicher. Meine Stellung, formal gesehen, bekäme ich vielleicht wieder. Auch würden die alten Freunde sich schnell wieder als neue Freunde deklarieren. - Nein, da verzichte ich lieber."

„Sie wollen desertieren? Den gesellschaftlichen Nutzen Ihrer zukünftigen Arbeit vernichten? Ihrer eigenen moralischen Schöpfung wollen Sie sich feige entziehen, um Ihren persönlichen kleinen egoistischen trotzigen Weg zu gehen? Bereuen Sie am Ende vielleicht, was Sie angerichtet haben und wollen …"

„Nein, nein. Nichts desgleichen", fiel er ihm ins Wort, „aber neue Lebensformen verlangen Anpassung. Ich bin dazu nicht tauglich. Bin ein schlechter Patriot – oder vielleicht zu spät hineingeraten in unsere neue Welt, um die erforderlichen Veränderungen an mir zu schaffen. Will sie auch nicht mehr. Ich bin nicht besessen von der abstrakten sozialen Idee, für die Gesellschaft zu arbeiten, und erst recht nicht für persönliche Evaluation und Einkommensmaximierung. Das ist mir zu „cool“. Ich brauche die Nestwärme menschlicher Umgebung. Auch im Beruf. Das ist mein innerer Motor. Und der streikt. Wenigstens im Augenblick.“

„Vielleicht braucht er nur Sprit. Warten Sie ein Weilchen ab. Vielleicht können Sie ihn mit neuen Erfolgen wieder auftanken. Sie sind doch noch jung!“

„Jung? Ich gehe auf die 70 zu.“

„Jetzt sind aber Sie der Formalist.“

„Mag sein. Aber ich fühle mich auch wie 70.“

„Im Augenblick. Natürlich. Sie fühlen sich wie man sich am Ende einer gescheiterten Ehe fühlt.“

Und lächelnd fuhr er fort

„Familienberatung und Selbstfindungshilfe, das ist eigentlich nicht mein Metier, trotzdem rate ich, versuchen Sie einen Neuanfang.“

Mit diesen Worten reichte er Joseph zum Abschied freundschaftlich die Hand, und im Davongehen erwiderte dieser

„Vielleicht ist ja das Reservat auch so unerträglich, dass ich von dort aus eine Reevaluation versuche, koste es was es wolle. Wir werden sehen.“ -

Den zweiten Termin mit Dr. Runge sagte er ab und traf sich stattdessen am nächsten Tag mit Rafael.

„Du bist nach mir der Älteste. Vielleicht wirst du ja einmal mein Nachfolger.“

„Nicht solange …“

„Lass. Ich weiß. Die Wogen werden sich glätten, wenn ich erst weg bin.“

„Das wird noch ein paar Jährchen dauern.“

„Ich glaube nicht. Ich werde mich nicht mehr wehren. Entweder man glaubt uns, oder nicht. Aber kein Schlammringen.“

„Du wirst nicht aufgeben. Ich kenne dich. Du wirst dich fangen.“

„Wir werden sehen.“

„Kommst du ins „Diàvolo“?“

„Ihr trefft euch schon wieder? Wann?“

„Um sieben.“

„Ich komme später. Gegen acht, nur auf ein Viertelchen. Nach Essen ist mir nicht. Ich würde euch nur euren jungen Appetit verderben.“

„Da will ich lieber nichts zu sagen. Wir erwarten dich. Ciao!“

„Ciao.“

Da saßen sie. Diesmal aber nicht mit Gesang und „Prost“. Stattdessen war Dr. Runge dabei.

Sie hatten ihm eine Liste von mündlichen Beweismöglichkeiten vorgelegt, die sie sämtlich beschwören könnten, notfalls unter Eid, und die später durch die Server nachgewiesen werden könnten.

Aber Joseph lehnte ab.

„Es tut mir leid. Ich werde keinen Einspruch einlegen und mich der Entscheidung des Vorsitzenden kommentarlos fügen.

Alles würde auf langwierige Auseinandersetzungen hinauslaufen. Das will ich nicht. Ich war gewohnt, mit Menschen zusammenzuarbeiten, die zu Freunden wurden. Das beherrsche ich. Da war ich erfolgreich und fühlte mich zu Hause. Doch im Gerangel mit verhassten Rivalen bin ich ein Versager. Das kann ich nicht. Habe es nie gelernt und möchte es auch nicht lernen. Feinde meide ich, wenn es geht. Ignoriere sie. Meist hat das genügt. Das Leben ist zu schade, es an sie zu verschwenden."

Er hatte sie nicht überzeugt und fuhr fort

"Habt ihr die Kollegen nicht beobachtet? Ist euch nichts aufgefallen? Seit Freitag meiden sie uns. Richten sich ganz vorsichtig schon auf Zusammenarbeit mit Eberle ein. Nein. Da gehöre ich nicht mehr hin. Keiner mag ihn. Aber fürchten tun sie ihn alle. Ich übrigens auch. Selbst wenn alles klappte. Er würde es nicht einfach wegstecken. Es käme immer wieder etwas Neues von ihm. Äußerlich Friedfertigkeit, innerlich Rachegelüste. Er würde auf die erstbeste Gelegenheit warten, dann ginge es wieder los. Nein. Das kann ich nicht, selbst wenn ich es wollte. Das ist nicht mein Leben."

Und nun wandte er sich an Herrn Dr. Runge mit den Worten

„Es tut mir leid, Herr Runge. Aber es ist mein letztes Wort. Definitiv. Einen Widerspruch gegen das Urteil werde ich nicht einlegen. Ich nehme es an, so wie es ist. Und ob ich mich auf eine rehabilitierende Sonderevaluation im Dezember einlassen werde, weiß ich im Augenblick auch noch nicht."

Und als betretenes Schweigen die Antwort war, griff Joseph zu dem kleinen Glaskrug mit Chianti, der ihm inzwischen gebracht worden war, schenkte sich ein, füllte auch das Glas von Dr. Runge, der neben ihm saß, erhob sich und begann noch einmal, indem er seinen Nachbarn direkt ansprach:

„Ich weiß es zu schätzen, dass Sie gekommen sind. Es wäre nicht Ihre Pflicht gewesen, desto mehr freut es mich. Vielen Dank. Nun können Sie mit eigenen Augen sehen, von wem ich rede, wenn ich ‚unser Team' sage. Sind es nicht Prachtkerle?"

Er musste eine Pause machen, räusperte sich, trank einen Schluck und mit leiser rauer Stimme sprach er weiter.

„Ich hatte eine wunderbare Zeit mit euch. Ich bin sehr froh und dankbar. Irgendwann musste sie zu Ende gehen. Ob ein paar Monate früher oder später, was soll's. Ihr seid jung, habt das Leben vor euch. Ich wünsche euch, dass es so erfüllt sein wird und so herrlich wie das, welches mir geschenkt worden ist und nun vielleicht hinter mir liegt. Darauf lasst uns trinken!"

Zögernd standen sie auf. Erst Dr. Runge, dann, als wäre es das Signal, die anderen. Und als er den Anfang machte und mit Joseph anstieß, folgten alle seinem Beispiel.

50.

Frau Jathge hatte sich nicht beirren lassen. Schon zu Beginn der langen Zeit, in der Joseph unterwegs gewesen war, hatte sie gefühlt, dass sich irgendetwas Unheilvolles zusammenbraute. Zwar kannte sie nicht die Hintergründe, aber es war ihr klar, dass die Demontage von Dr. Winter von außen inszeniert war und mit ihrem Chef eigentlich nichts zu tun haben konnte. Und sie hatte eine Idee, wer vielleicht am ehesten alles würde erklären können.

„Sie sollten einmal mit Herrn Laban sprechen. Der ist ganz niedergeschlagen seit der Anhörung. Sie haben sonst so viel mit ihm zusammen gemacht. Vielleicht nehmen sie ihn einfach wieder auf Ihre nächste Reise mit. So geht das doch nicht weiter. Sie isolieren sich ja vollkommen! Vor allem aber, wie gesagt, sprechen Sie unbedingt einmal mit ihm."

Ihre letzten Worte sagte sie so drängend, und sie schaute ihn dabei in einer Weise an, als wisse sie etwas, das sie ihm aber unmöglich selbst sagen konnte.

Eigentlich hatte er es nicht gewollt. Aber Joseph folgte ihrem Rat. Warum nach all den anderen nicht auch ein Gespräch mit ihm? Schließlich war er jahrelang derjenige seiner Kollegen gewesen, mit dem ihn am meisten verbunden hatte. Ohne die geringste Einschränkung hatte er Paul immer mehr als Freund denn als Arbeitskollegen empfunden. Desto tiefer saß seine Enttäuschung. Wie hatte er plötzlich so entschieden gegen ihn Partei ergreifen können?

Sie trafen sich in einem Restaurant, in dem sie früher oft gemeinsam gegessen hatten.

„Es ist nicht wie du denkst", begann Paul.

„Und was ist anders als ich denke?"

„Zunächst einmal muss man anerkennen, mit welcher Intensität und welchem Engagement Jakob sich in seine Arbeit gestürzt hat, seit er in deiner Abteilung arbeitet. Zwar nicht unbedingt hier vom Büro aus. Er macht auch viel über Internet von zu Hause aus. Aber achtzig Stunden pro Woche ist er beschäftigt."

„Wie kommst du darauf?"

„Ich habe guten Kontakt zu ihm. Er hilft mir bisweilen in EDV-Fragen. Du weißt ja, dass das nicht meine besondere Stärke ist. Außerdem kommt er oft zu mir in mein Büro zum Kaffeetrinken. Und da klagt er manchmal sein Leid, wie uferlos die Arbeit ist."

„Seltsam. Davon haben wir bisher eigentlich wenig gemerkt. Und seine Evaluationen – außer der allerletzten natürlich - ..."

„Das ist es ja. Ich hatte wirklich Angst um ihn, hielt ihn sogar für suizidgefährdet, so hat ihn das immer mitgenommen, dass seine Arbeit nicht genügend gewürdigt wurde. Daher war seine letzte Evaluation ja auch so wichtig für ihn."

Es entstand eine peinliche Pause. Paul wusste natürlich, dass Joseph die Seriosität der letzten Evaluation anzweifelte und überzeugt war, dass Leistungen hineingeraten waren, die nicht auf Eberles eigenem Mist gewachsen waren.

„Ich weiß, was du sagen willst oder zumindest denkst", fuhr er fort, „aber es war wirklich alles ganz anders. Ich war ja dabei, als in der Verhandlungspause in meinem Büro das Gespräch mit dem Vorsitzenden stattfand."

„Du warst dabei?"

„Ja. Und daher weiß ich, dass Jakob sich hatte zurückhalten wollen und sich dagegen gewehrt hat, in der Verhandlung auszusagen. Das hat er dem Vorsitzenden hier in meiner Gegenwart gesagt. Aber Dr. Saule hat ihn überredet, alles auf den Tisch zu legen, was er wusste und daraufhin ist er schweren Herzens noch einmal in sein Büro gegangen und hat Material zusammengesucht, um es dem Vorsitzenden zu geben und es in der Anhörung vorzutragen. Dr. Saule hat ihn in dem Gespräch geradezu dazu gezwungen."

„Und mit diesem Trick hatte er den bekanntermaßen am engsten mit mir befreundeten Kollegen als Fürsprecher gewonnen, der für die anwesenden Kollegen ein Signal setzen würde."

„Das war kein Trick. Man hat ihn hier vor meinen Augen so in die Enge getrieben, dass er nicht mehr anders konnte."

„Und das Possentheater glaubst du wirklich? – Du, der selbst schon derartig unter der Verlogenheit von Dr. Saule hast leiden müssen?"

„Ich habe das Gesicht von Jakob beobachtet. Der war den Tränen nahe. Und ob du es glaubst oder nicht, er schätzt dich ungeheuer und hat riesige Hochachtung vor dir. Das hat er mir oft genug gesagt. Nicht nur mir übrigens."

„Genial. Jakob spielt den Apostel, um seine alttestamentarische Herkunft zu verbergen. Für gerissen hatte ich ihn gehalten. Aber dass er so weit gehen würde, und es schaffen könnte mit Dr. Saule zusammen so etwas durchziehen ... Wirklich genial."

„Du täuschst dich in ihm. Von sich aus hätte er das Material zurückgehalten."

„Vielleicht wäre das langfristig auch besser für ihn gewesen."

„Was willst du damit sagen?"

„Ach, ich bin naiv. Alte Generation. Im Herzen immer noch vorrevolutionär, und so glaube ich, irgendwann kommt es ans Licht, was hier gespielt worden ist. Leider werde ich dann wohl nicht mehr dabei sein."

„Aber du willst doch nicht sagen …"

„Doch. Genau das will ich. Wovor du Jakob bewahrt hast, dahin hast du mich gebracht. De facto Berufsverbot. Und noch eines: Vielleicht bist du selbst am Ende das bedauernswerteste Opfer dieser Intrige. Ich bin es jetzt. Aber ich habe es schon fast überwunden. Für dich kommt es später. Du wirst es vielleicht nie verkraften. Und daher wird es dabei bleiben. Für immer, weil Geschehenes nicht ungeschehen gemacht werden kann."

Paul schwieg, schüttelte ungläubig den Kopf.

„Was ich ihm am wenigsten verzeihen kann, ist, dass er uns beide auseinander gebracht hat. – Ich schätze dich als treuen Freund, der leichtgläubig auf einen geschickten Schmeichler und abgefeimten Intriganten hereingefallen ist. Ich kann es dir nicht verübeln. Es war für dich nicht zu durchschauen. Leider. Aber deine Nähe kann ich nicht ertragen, so lange ich weiß, dass du, blauäugig, wie du bist, mit diesem Wicht weiterhin vertrauensvoll zusammenarbeitest."

Dabei stand er auf und reichte Paul die Hand.

„Ich weiß, dass du es ehrlich meinst, objektiv sein möchtest, bei aller Freundschaft. Aber nach Lage der Dinge musst du wohl dem Glauben schenken, der dir den Sand in die Augen streut. Du kannst nicht anders. Und das schätze ich an dir."

„Aber wenn ich dir sage …"

„Lass gut sein. Ich versteh dich. Mach's gut."

Bei diesen Worten war er an der Tür.

Sie hatten sich noch einmal die Hand gegeben. Joseph entschlossen und mit festem Druck, Paul zögernd, verwirrt.

51.

„Du brauchst mir nichts zu sagen", empfing ihn Magda, „ich weiß alles. Und auch was ich nicht wissen kann, ist mir völlig klar. Ich hab ihn von Anfang an nicht leiden können. Aber nun ist das Fass voll. Wir werden ihn zertreten, diesen Wurm!", empfing sie ihn, nachdem sie auf den beiden Sesseln ihrer Terrasse Platz genommen hatten.

„Nun mal nicht so schnell. Wovon redest du überhaupt?"

„Souzie war hier. Sie hat mir alles erzählt. Jago ist raffiniert. Aber diesmal ist er zu weit gegangen. Ihr habt die Server und damit ist er erledigt. Endgültig. Endlich."

„Ich prügle mich nicht mit Würmern."

„Dann zertritt ihn!"

„Da sind mir die Schuhe zu schade."

„Du willst zusehen, wie er und seine schmierige Brut weiter sein Unwesen treibt? Wer ist der nächste? Giovanni? Sophie? - Rafa und Souzie sicher nicht. Das wagt er noch nicht, die sind ihm unheimlich. Die kommen erst später dran. Vielleicht …"

„Hör auf. Ich weiß, dass ihr alle erwartet, dass ich etwas unternehme. Aber werde ich nicht. Ich hatte ein schönes Leben. Unter Freunden. Beruflich und privat. Einige wenige sind geblieben. Auch im Kollegium. Das tut gut. Aber es sind wenige, und alle Übrigen wären froh, wenn sie mir nicht mehr begegnen müssten. Mein Anblick quält sie. Sie spüren, dass sie ihr Verstand etwas anderes zu glauben zwingt, als es ihr Gefühl von ihnen verlangt. Wenn sie mich sehen, befällt sie ein unbestimmtes schlechtes Gewissen. Was hätten sie denn tun können? Nichts. Alles sprach objektiv gegen mich. Nur die jahrelange Zusammenarbeit und menschliche Erfahrung mit mir stand dagegen. Keine Entlastungsbeweise. Nichts hatten sie in der Hand. Und dennoch wussten sie von Anfang an, dass etwas nicht stimmte. Sie wären froh, wenn es mich nicht mehr gäbe."

„Und nun willst du ihnen diesen Gefallen tun?"

„Nicht ganz so. Aber im Grunde hast du Recht. Ich weiß noch nicht, was ich machen werde. Im Augenblick, wie gesagt, bin ich unfähig, etwas zu unternehmen, fühle mich wie gelähmt. Ich brauche Zeit."

Er lehnte sich zurück, wollte eigentlich nichts mehr zu dem Thema sagen, brach aber dann doch selbst das Schweigen.

„Das Leben hat mich verwöhnt. Ich bin zeitlebens von Leistung und Sympathie zum Erfolg getragen worden. Nie habe ich – außer gegen meine Trägheit - kämpfen müssen. Habe es auch nicht gelernt. Will und werde es auch nicht mehr lernen."

„So einfach kannst du es dir nicht machen. Denk an Rafael, Sophie, Giovanni und Souzie. Die kannst du nicht im Stich lassen, schutzlos diesem Jago ausgeliefert. Und vielleicht denkst du auch ein wenig an mich!"

„Du hättest wohl lieber einen Helden."

„Sei nicht so negativ. Ich möchte dich hier behalten. Hier, im wirklichen Leben. Ich will dich nicht nur im Reservat besuchen können. – Natürlich tät ich das. Vielleicht öfter als dir lieb ist. Aber der, den ich dort anträfe, wärst eigentlich nicht mehr du, nicht Joseph. Eher nur noch eine lebende Erinnerung an dich. Wir träfen uns in der Vergangenheit. Und dann würde ich ohne dich zurückgehen in die Gegenwart. Allein."

„Ich werde noch eine Weile abwarten. Vielleicht gewöhne ich mich an die neue Situation. Vielleicht ändert sich auch alles wieder. Ich habe ja Zeit bis zur nächsten Evaluation. Wir werden sehen."

„Und wenn nicht?"

„Na ja, dann eben Reservat. Ist ja auch nicht das Schlimmste. Man versorgt sie ja gut, die Alten. Essen, Trinken, Taschengeld, Kulturangebote, bei guter Führung auch „Ausgang". Sogar Austauschmöglichkeiten mit anderen Reservaten sind ja jetzt vorgesehen. Dann könnte ich im Sommer hier im Norden und im Winter auf Mallorca sein. Wie früher die reichen Pensionäre."

„Wenn du einen Tauschpartner findest!"

„Das wird sich schon irgendwie ergeben."

„Oder, wie wäre es, wenn du, falls du alles hinwirfst - denn das wäre es ja, da dich bestimmt niemand rausschmeißen kann - wenn du dann nicht ins Reservat gehst, sondern wir vorher eine feste Partnerschaft eintragen lassen und du bei mir bleibst?"

„Sozusagen als Gast im Diesseits."

„Genau."

„Und du denkst, du kannst mich ertragen?"

„Was heißt hier ertragen? Du machst die Einkäufe, räumst auf, hältst die Wohnung sauber… du wirst es nicht nur gut haben bei mir! Glaub das mal nur nicht! Schließlich bin ich berufstätig. Die Zeiten sind vorbei, wo wir Frauen uns ausnutzen lassen! Keine Doppelbelastung! Nix da."

Wie früher. Nonsensszenarium vor ernstem Hintergrund.

„Bisher haben wir uns ja nie getraut …", sagte er nach einer Weile des Schweigens nachdenklich

„... und dickköpfig unsere Freiheit mit Einsamkeit erkauft", fiel sie ihm ins Wort.

Joseph nahm den Gedanken auf, führte ihn sogar weiter.

„Und wenn es nicht klappt, kann ich immer noch ins Reservat, und du besuchst mich drüben."

„Bis ich selbst hinüber muss!"

„Sag mal, wie ist das eigentlich, müssen ,Eingetragene' drüben zusammenwohnen?", fragte er.

„Wohl kaum. Wenn man hier getrennt leben kann, wird es ja auch dort gehen. Aber das lässt sich ja leicht klären."

„Eigentlich der günstigste Augenblick unseres Lebens, ohne Risiko unverbindlich zu testen, ob wir es zusammen aushalten."

„Ach ja, der alte Joseph: ,Ohne Risiko und unverbindlich'. Recht hast du ja. Aber findest du das wirklich so gut?"

„Das ist unser später Start in die nachrevolutionäre Gesellschaft. Diesmal halt unverbindliche Partnerschaft ohne Risiko. Auf Zeit. Partnerschaft für Angsthasen. Wir werden modern."

„Wollen wir das?"

„Eigentlich stelle ich mir etwas anderes vor. Wenn ich zu dir ziehe, dann aus dem Wunsch heraus, nachzuholen, was wir früher nicht gewagt haben, weil wir zu unseren Gefühlen nicht genug Vertrauen hatten. Weil wir feige waren. Glaubten, progressiv zu sein und in Wahrheit nur mit dem Trend gingen – du vielleicht ein klein wenig voraus, gehörtest zu den Trendsettern. Lockere Partnerschaften haben wir in die Revolution hineingeschrieben. Die Ehe sahen wir als nostalgisches Relikt für Träumer – für die Zeit bis zu ihrem entlarvenden Erwachen, wie wir meinten."

Und nach einigem Nachdenken brach er ab:

„Ich will nicht mehr. Ich will nicht dauernd nachdenken, dauernd überlegen. Lass es gut sein für heute. Es strengt mich zu sehr an. – Am liebsten sähe ich jetzt einen schönen flachen Krimi oder Western. Einfach nur zuschauen."

Und so endete die Aussprache wie bei einem alten vorrevolutionären Ehepaar: Bier – auch wenn es in Wahrheit Proseco war - Chips – die gab es wahrhaftig immer noch - und Fernsehen – Wahlvideo aus dem Senderarchiv.

Magda hatte es ernst gemeint. Bei nächster Gelegenheit wiederholte sie ihr Angebot. Ob aus innerem Wunsch oder in alter Verbundenheit, da war sie sich selbst nicht sicher, und das war ihr auch egal. Joseph ging es ähnlich und er willigte ein.

Er hatte nun eine Alternative. Er hatte wieder etwas vor sich. Das gab ihm Ruhe. Und seltsam: ihm war, als hätte Magda ihm eine neue Waffe gegen Jakob in die Hand gegeben. Eine Geheimwaffe, die ihn unverletzlich machte, die den Gegner selbst bei einem scheinbaren Sieg in die Leere stoßen lassen würde.

52.

Dass er Waffen brauchte, sollte sich bald zeigen.

Diesmal ging es um Giovanni.

„Wissen Sie, dass es böse Gerüchte über Giovanni gibt?", fragte ihn Frau Jathge. „Er sei in seiner Heimat von der Uni geflogen und überlebe hier seine Evaluationen nur durch fremde Hilfe."

„Wer sagt so etwas?"

„Ich habe es von Giovannis Sekretärin, die eigentlich doch wissen sollte, ob da etwas dran ist. In der Kantine habe sie davon gehört. Sie war ganz empört."

Joseph setzte sich mit Mme. Dubon in Verbindung, deren Besuch bei GAMMA anstand. Die Partner in Clermont wollten bei der Internationalisierung des früheren AIDS-Reservates mitwirken. Er bat

Mme. Dubon, von den bei ihr versteckten Servern Teilkopien mitzubringen. Egal welche. Nur irgendetwas im Zusammenhang mit Jakob aus der Zeit seiner Abwesenheit sollten sie enthalten.

Als er die Kopie hatte, suchte er einen neutralen Gesprächfetzen aus, der, für Jakob sofort eindeutig erkennbar, nur von einem der verschwundenen Server stammen konnte und wurde schnell fündig. Die Stelle, für die er sich entschied, war kurz und eindeutig. Sie begann mit der Frage einer weiblichen Stimme mit italienischem Akzent, dann unmittelbar darauf Jakobs Antwort:

„Könnten wir nicht auch direkt Giovanni benachrichtigen, wenn es so weit ist?"
„Nein, es wäre mir lieber, wenn Sie, solange Herr Winter auf Reisen ist, mich persönlich über den Stand der Dinge informieren würden, damit das Projekt nicht noch länger liegen bleibt."

Joseph machte eine Kopie und steckte sie, ohne Absender und ohne jeden Kommentar, in Jakobs privaten Hausbriefkasten.
Eine Woche lang geschah nichts. Dann kam Frau Jathge in sein Büro:
„Herr Dr. Eberle möchte Sie sprechen."
„Sagen Sie ihm, ich sei nicht zu sprechen."
„Ich weiß. Das habe ich ihm auch eben schon gesagt, als er das erste Mal anrief. Aber er sagt, es sei wirklich wichtig und er wisse, dass Sie da seien."
Er überlegte kurz. Wollte ihn aber noch ein wenig zappeln lassen.
„Na gut. Dann sagen Sie ihm, in ein paar Minuten sei ich so weit und würde dann zurückrufen."
Nach einer Viertelstunde rief er ihn an.
„Hallo Jakob. Wo brennt's?"
„Weißt du, das lässt sich hier am Telefon nicht so gut bereden. Ich würde gern in lockerer Umgebung, am besten unter vier Augen mit dir sprechen."
„Ich wüsste nicht, was wir uns außerdienstlich zu sagen hätten."
„Es ist auch nicht ganz außerdienstlich, aber …"
„Beschränke dich bitte auf das Dienstliche und komm in mein Büro. Dann wird alles ordnungsgemäß auf dem Kommunikationsserver dokumentiert, und es gibt später keine Missverständnisse. An allem was außerdienstlich ist, habe ich kein Interesse."
„Nein, du musst verstehen, das geht in diesem Fall nicht so."
„Gut, dann melde dich bitte erst wieder, wenn es wirklich in dienstlichem Interesse ist."
Und da keine Antwort mehr kam, beendete er das Gespräch:
„Bis dann also, Jakob."
„Bis dann, Joseph."

Er schien verstanden zu haben. Tags darauf wurde Giovanni auf das freundlichste in das Büro von Dr. Eberle gebeten.

„Soll ich hingehen?", rief er bei Joseph an.

„Auf jeden Fall. Aber sei dienstlich korrekt, höflich und zurückhaltend. Wir sind nicht in Sizilien."

„Si Signore, capíto. Ciao!"

Von Dr. Eberle erfuhr Giovanni – im Beisein von dessen Sekretärin – dass er große Stücke von im halte, eine Idee für ein erfolgversprechendes, lukratives Beratungsgeschäft mit Italien habe, und es am liebsten sähe, wenn er, Giovanni, der Mann seines Vertrauens, es übernehmen würde …

Es sprach sich schnell herum.

53.

Dennoch, es musste Vorsorge für die Zukunft getroffen werden. Angriffe wie die auf Giovanni würden sich wiederholen, sobald Jakob sich in Sicherheit glaubte. Spätestens wenn Joseph ging. Josephs junge ausländische Mitarbeiter waren eine zu einfache Zielscheibe. Sie sollten nicht später dafür büßen müssen, dass ihm Joseph entwischt war.

Ruhe würde es endgültig erst geben, wenn entweder Jakob ging oder Josephs Zöglinge. Und so bedrängten sie ihn, die Server offen zu legen und damit Jakob in die Wüste zu schicken.

Aber er sträubte sich.

Natürlich wäre das eine Lösung gewesen. Aber es hätte unangenehme Untersuchungen und Anhörungen nach sich gezogen. Und ganz unschuldig waren sie ja auch nicht. Schließlich hatten sie die Daten rechtswidrig entwendet und der Nachweis, dass sie dadurch deren Vernichtung zuvorgekommen waren, würde schwer sein. Außerdem fürchtete Joseph, dass langwierige Verfahren mit ungewissem Ausgang die Folge sein könnten. Jakob wusste genau, dass Joseph seinen Getreuen mit seinen eigenen Evaluationspunkten geholfen hatte, und bevor er bereit wäre, kampflos das Feld zu räumen, würde er mit Sicherheit alles auspacken, um Josephs Glaubwürdigkeit zu untergraben.

Müsste Joseph erst einmal die widerrechtliche Punktezuweisung an seine Mitarbeiter eingestehen, wäre seine Vertrauenswürdigkeit angeschlagen. Man würde weitere Verleumdungen ernst nehmen, und sicherlich wäre es nicht einfach, sie zu widerlegen. Denkbar, dass für Jakob am Ende trotz des nachgewiesenen Betruges ein Patt herauskäme – schon in Anbetracht der Bewährung, die man ja auch Joseph zugebilligt hatte.

Joseph zog es vor, abzuwarten Er hoffte, dass irgendwie alles von allein wieder gut würde. Ohne Kampf. Und wenn der nächste Angriff käme, könnte er wieder ein – dann natürlich bedeutsameres – Detail der Server zur Abwehr verwenden.

Sie einigten sich darauf, die Originalserver zunächst gut versteckt bei Mme. Dubon zu lassen, die Teilkopien bei Maga. Aber alle, d.h. Sophie, Souzie, Giovanni und Rafael sollten vorsorglich eine externe Evaluation beantragten. Er selbst ließ sich von ihnen überreden, Gleiches zu tun.

So etwas war durchaus nicht ungewöhnlich. Man machte das von Zeit zu Zeit, um zu erkunden, ob vielleicht ein Wechsel der beruflichen Tätigkeit günstig wäre und um zu erfahren, ob es andere, gleichwertige oder bessere Jobs gab, auf die man sich erfolgversprechend bewerben könnte. Für die derzeitige Position und Bezahlung war eine externe Evaluation ohne Einfluss. Die Ergebnisse blieben vertraulich. Elektronisches Arbeitsamt sozusagen.

Den gemeinsamen Evaluationsbeschluss seiner Mitarbeiter teilte er Jakob mit und riet ihm – mit ironischem Hinweis auf seine letzte glänzende Evaluation – das gleiche zu tun. Er selbst wolle sich allerdings nicht mehr verändern. Von Jago kam verständlicherweise keine Antwort. Allzu deutlich war die Anspielung auf die Evaluation, die er vor wenigen Wochen für Joseph beantragt hatte, um ihn loszuwerden.

Die Ergebnisse waren erfreulich. Alle hatten offenbar hervorragenden Marktwert, vor allem in ihren Heimatländern. Spitzenreiter war Rafael. Ihm attestierte man Qualitäten zur Teamleitung und schlug ihm unter anderem eine führende Position zum Aufbau einer Seniorenuniversität auf Mallorca vor. Aber das entsprach nicht seinen Vorstellungen. Er wäre sich selbst alt vorgekommen, wenn er das Angebot angenommen hätte. Und auch Sophie und Giovanni machten sich sogleich ein wenig lustig darüber. Außerdem hätte es die Auflösung der Arbeitsgruppe und ihre Zerstreuung in alle Winde bedeutet.

Daher beantragten sie neben den individuellen zusätzlich eine externe Teamevaluation, also ein Arbeitsangebot für die ganze Gruppe. Auch dafür erhielten sie interessante Vorschläge, allerdings an Orten, die sie wenig reizten. Außerdem wurde für Joseph aus Altersgründen lediglich eine Beurlaubung für eine Einführungsphase in Aussicht gestellt.

Immerhin, die Ergebnisse beruhigten. Sie besaßen jetzt einen Notanker. Aber noch war die Not nicht so groß, dass man ihn hätte werfen wollen.

54.

Magda und Joseph hatten ihre Partnerschaft wirklich eintragen lassen, lebten auch probeweise bisweilen zusammen und verstanden sich gut.
Wie früher war es nicht. Die anfängliche Spannung, das „Endlich" und „Warum nicht gleich so?" hatte nur kurze Zeit gedauert. Für beide legte sich das graue Bild des alternden Partners über die strahlende Erinnerung an die verführerischen Nymphe und den jungen Professor von einst.
Sie wollten es nicht wahr haben und versuchten der Realität durch die Flucht in die virtuelle Vergangenheit zu entfliehen. In ihren Träumen gelang es. Und bisweilen in der Dunkelheit der Nacht.

Sie sind im Ballett. Die Aufführung ist faszinierend. Schöne Menschen in virtuosen Bewegungen. Junge Tänzer, junges Publikum. Nicht die emsigen Leser von Kulturmagazinen, die, klugen Rezensionen folgend, im Theater nur das suchen und wiederfinden, was ihnen in Kritiken vorab prophezeit worden ist, sondern lebendige, für neue Eindrücke offene Menschen, die überrascht, berührt, begeistert sind und nicht immer gleich wissen, warum.

Joseph ist beeindruckt, begeistert, und zugleich wehmütig. Es ist ein Blick in eine wirkliche, eine vitale, jugendliche Welt, an der er nicht mehr teilhat, für die er seit langem zu alt ist. Nie mehr würde er wieder dazu gehören. Früher ja. Manchmal. Viel zu selten. Aber immerhin. Doch das ist lange vorbei. Junge, interessante wache Menschen nehmen ihn nicht mehr wahr. Kein wohlwollendes Taxieren mehr oder gar anerkennendes Bewundern. Zu spät.
Er nimmt das kleine Fernglas. Verfolgt die Bewegungen der verführerischen Tanzmädchen, und eine unstillbare Sehnsucht erfasst ihn. Sehnsucht wonach? Sex? Eigentlich nicht. Jedenfalls nicht mit diesen traumhaft schönen, über die Bühne schwebenden, jungen Wesen. Einfach zusammen sein. Unterhalten. Am liebsten mittanzen. Schöne Utopie. Er weiß es selbst. Er gehört nicht mehr dazu. Lebt im Glaskasten daneben das Leben eines vorzeitig Toten. Natürlich möchte er sie berühren, sie beim Tanz im Arm halten, sie an sich drücken, aber nur, wenn sie ihn dabei auch so glücklich anschauen wie ihre jungen Partner im Ballett. Absurder Gedanke.
Er könnte sie später im Theaterkeller treffen, für alle Sekt ausgeben, mit ihnen plaudern. Sie würden ihm an ihrem Tisch Platz machen – als Gast auf Zeit. Er ist ja ihr Publikum. Und vielleicht sogar ein ganz netter Alter, der nicht stört und sogar Interesse und Ideen zeigt. Aber mehr auch nicht.
Und dennoch muss er immer wieder durchs Theaterglas schauen, ertappt sich dabei, wie er verleitet wird ins Dekolletee zu gucken, bei Pirouetten

unter dem Röckchen den Slip zu suchen. Voyeur. Warum? Wozu? Will er doch realiter gar nicht. Will doch den Mädchen nicht unter den Rock oder in die Bluse greifen, möchte ihre Liebe und Nähe gewinnen. Und wieder wird ihm die Vergeblichkeit des unsinnigen Kreislaufs, seiner verzweifelten Suche bewusst. Er setzt das Glas ab, betrachtet das Ballett als harmonische Gruppe, als Kunstgenuss. Auch das begeistert ihn.

Aber das ist es nicht. Entfernt ihn. Personen sucht er. Findet sie nur im Fernglas, sieht ihr Lächeln, ihre Begeisterung, hat für Augenblicke teil an ihrer Stimmung. Wie im Traum fühlt er sich als Ihresgleichen. Und erwacht. Applaus. Pause. Foyer. Die Gleichaltrigen im Publikum interessieren ihn nicht.

Magda empfindet nicht wie er. Wie könnte sie. Spricht von guten, und weniger guten Tänzern, zu dünnen Körpern der Tanzmädchen, wägt ab, vergleicht, bewertet. Er wird wortkarg bis zur Grenze der Unhöflichkeit. Ist verstimmt. Lässt es an ihr aus.

Und immer wieder kommen ihm Tränen. Bei gelungenen Tanzfiguren, bei rührenden Liebesszenen. Vor allem bei jeder Form dargestellter Menschlichkeit, ganz besonders bei Versöhnung. Muss sich die Nase putzen. Wird sich der Tränen bewusst, will sie unterdrücken, lässt ihnen dann aber ihren Lauf. Genießt es, wie sie alles verschwommen machen, wie er sich weinend entspannt, bis die Schultern mitmachen wollen. Doch das geht zu weit. Keine Blöße der Umgebung gegenüber. Entspannen, genießen, fließen lassen.

Ende. Garderobengedrängel. Ernüchterung. Schweigender nächtlicher Heimweg. U-Bahn. Ablenkung durch Liebespärchen. Schon wieder kämpft er mit Tränen. Rührung und Resignation in Einem.

Dusche. Bett. Magda zuerst. Vielleicht schläft sie dann schon. Denn er duscht lange und heiß. Badewannenersatz. Entspannung. Seltsames Gefühl, wenn sich unter der Dusche Wasser und Tränen mischen.

Sie schläft noch nicht. Er kann nicht zu ihr unter ihre Decke. Jetzt nicht. Obwohl sie es möchte. Geht einfach nicht. Sie ist Spiegel seines eigenen Greisenalters. Nicht unappetitlich, schon gar nicht nachdem das Licht gelöscht ist. Aber Verkörperung des inzwischen Unerreichbaren.

Warum begreift der Mensch die Gnade des Jungseins erst im Alter, wenn er nichts mehr davon hat? Shaw hat recht. Die Jugend wird an Kinder vergeudet. Nicht mehr an ihn. Er kann ihnen nichts mehr geben. Nicht einmal mehr Mathematik in Vorlesungen oder computergestützten Übungen. Aus vorbei. Getrennt für immer. -

Die einzigen Schönen, die sich für ihn interessieren, sind im Rotlicht. Tun sogar schön. Und wenn sie merken, dass er zwar auch natürlich Sex, aber vor allem Berührung, Menschlichkeit sucht, sind sie sogar nett, schauen ihn liebenswürdig an. Geschäftstüchtig? Mitleidig? Oder vielleicht ein wenig froh, nicht ein Tier auf sich losgehen zu sehen, sondern zur Abwechslung einen Menschen zu Gast zu haben, der eigentlich auch in ihnen den Menschen sucht, für Sekunden sogar der Illusion verfällt, ihn getroffen zu haben. Hat er vielleicht sogar. Für Minuten. Und am Ende ein mitleidsvoller Blick zum Abschied, wenn sie ihn in die wahre Welt entlassen, in der er leben muss als Toter.

So ähnlich stellt er sich Erotik auf der Himmelswiese vor. Keine Extase. Abgeklärtheit. Ohne Geschlechtlichkeit. Ohne die geringste Chance, eine fremde Seele neu zu entdecken, zu gewinnen, um ihr in lustvoller Liebe zu begegnen. Furchtbar.

Vielleicht geht es Magda ja ebenso, wenn sie so neben ihm liegt.
Er legt sich also doch noch zu ihr, nimmt sie in den Arm. Das erwartet sie ja. Wartet, bis ihre Atmung tiefer und langsamer wird, was dann meist ganz schnell geht. Dann wieder zurück unter seine eigene Decke. Allein. Ist er ja auch.
Und immer die gleichen Fragen: Wozu noch? Wie lange noch? Ich will nicht mehr! Ich kann nicht mehr. Ich sag einfach nichts mehr. Ich gehe einfach.
Und immer die Gewissenszweifel, weil einige immer noch an ihm hängen, so von ihm abhängen, dass er noch nicht gehen darf. Noch nicht. Wann endlich? Er will doch nicht mehr!
Oder sind die anderen nur Ausrede? Könnte er sie nicht einfach fragen?
Er stellt sich vor, wie entsetzt seine Tochter wäre, auch wenn sie längst verheiratet ist und seit Jahren im fernen Argentinien lebt. Dass etwas in ihr zerbräche. Schlimmer als wenn er einen tödlichen Unfall hätte. Allein schon zu wissen, dass er gehen möchte, vielleicht auch gehen werde, die dauernde Angst, dass er es tun könnte. Dann wohl doch besser nichts sagen, irgendwann einfach weg!
Schriftstellerei hätte ihm vielleicht geholfen. Hätte Kontakt zu einer neuen Welt gebracht. Mit Jungen und Alten. Außerdem Anerkennung. Und das Gefühl etwas weitergeben zu können: sinnvolle Arbeit mit Sprache und Ideen. Er hatte sogar schon einmal angefangen, es dann aber erst einmal aufgegeben. Einen Roman. „Letztes Jahr". Eine Schilderung vom Entschluss bis zu Ausführung eines Selbstmordes. Vielleicht als Tagebuchroman.
So schläft er ein.
Das Erwachen ist furchtbar. Alles beginnt von neuem. Er will aber nicht. Dann kommt ihre Hand. Ist ja nett gemeint. Er kann es nicht unbeantwortet lassen und nimmt sie in den Arm. Hat ja nichts gegen sie. Im Gegenteil. Ihr Busen fühlt sich noch immer schön an. Und zu seiner Verwunderung sogar erregend. Und das Zusammensein nimmt seinen naturgewollten Weg.
Das Frühstück lenkt ab von trüben Duschgedanken. Schon die Vorbereitung: Brötchen holen, Kaffeekochen, Tisch decken. Lustlose,

aber notwendige Tagesorganisation, die vergessen lässt, wie trostlos alles ist. Muss einfach getan werden. Für Stunden verdrängt Alltagsroutine den Geist und beruhigt die Seele.

55.

Nur mühsam konnte er sich zu ernsthafter Arbeit aufraffen. Seine Gedanken flogen mit ihm davon. Weg vom Schreibtisch. Aus dem Büro hinaus. In eine Welt, die es nicht mehr gab. Von finsteren Fantasien getragen.

Als er endlich die Kraft dazu hatte, reiste er nach Clermont. Ein Wochenende lang blieb er bei seinen alten Freunden. Mme. Dubon hatte die Server für ihn installieren lassen, und anhand der Aufzeichnungen konnte er sich ein genaues Bild über die damaligen Geschehnisse machen.

Von Souzies Berichten wusste er bereits das Wichtigste. Vieles hatte er sich darüber hinaus selbst zusammenreimen können, aber was er jetzt sah und hörte, ging weit über seine naive Vorstellungskraft hinaus. Er hätte es nicht für möglich gehalten. Joseph ertrug es nicht und brach nach kurzer Zeit ab. Er wollte nichts mehr davon wissen.

Am verbleibenden Sonntag machte er mit Mme. Dubon eine Wanderung durch die Vulkanberge der Auvergne. Sie stiegen auf den Puy de Dôme, früh morgens, als noch keine Ausflügler die Stille störten. In dichtem kühlem Nebel stiegen sie auf, zuversichtlich, dass der Himmel sich, wie vorhergesagt, aufheitern würde. Der letzte Anstieg brachte sie wirklich über die Wolken. Die Gipfel der benachbarten Berge ragten aus dem weißen Nebel hervor, unter dem Clermont-Ferrand verborgen war. Sie wanderten weiter über die kahlen Bergkuppen, stiegen auf zu Vulkankegeln, die aus der einsamen Hochebene ragten, umrundeten sie auf dem Rand ihrer erloschenen Krater, rasteten in der inzwischen wärmenden Sonne auf der nördlichsten Erhebung, mit so unendlich weiter Sicht in die Ebene, dass man sich einbilden konnte, am Horizont die Spitze des Eiffelturms zu erkennen. Blick und Gedanken verloren sich im Licht der scheinbar unberührten, grenzenlosen Ferne, und Joseph verfiel in eine eigentümliche Stimmung gedankenloser Sehnsucht.

Abends flog er mit neuen Ideen zurück.

Er setzte sich eine hervorragende Evaluation zum Ziel. - Trotz. Seine Kollegen sollten vor Augen geführt bekommen, dass es bei diesem einzigen Fehlschlag in der langen Reihe seiner immer hervorragenden Beurteilungen, und ausgerechnet bei dieser nicht von ihm selbst, sondern von Jago hinter seinem Rücken heimlich beantragten Evaluation, nicht mit rechten Dingen zugegangen sein konnte. Es würde überzeugen.

Besser als alle Worte, Beteuerungen und Gerichtsverfahren. Vor allem, da, was vorauszusehen war, auch Jakobs Evaluationen später wieder auf ihr übliches Mittelmaß zurückfallen würden.

Danach konnte er sich immer noch zurückziehen. Es wäre anders als jetzt. Er hätte es allen gezeigt. Ein letztes Mal. Und er ginge aus Trotz. Erhobenen Hauptes, in Stolz und Verachtung. - Und aus gekränkter Eitelkeit, gestand er sich ein. Aber jedenfalls war es ein schöpferischer, ein nach vorne weisender Weg. Nicht die von seiner Umgebung erwartete rückwärtsgerichtete mühsame Prozedur der Richtigstellungen.

Außerdem konnte er so immer noch das wichtige Material unverbraucht zurückhalten, vor dem Jakob sich fürchtete, da er nicht wusste, wo und wie umfangreich es war; und vor allem, ob, wann und wie diese „Force de Frappe" einmal eingesetzt werden würde.

Von da ab stürzte sich Joseph in die Arbeit. Von morgens bis abends war er im Büro. Sein geliebtes Team begriff sofort - ohne Worte - und unterstützte ihn, wo immer es ging, machte mit ihm Überstunden, ohne dass er darum bitten musste. Sollten ausländische Partner besucht werden, so nahmen sie ihm die Mühe ab oder sie bereiteten alles so weit für ihn vor, dass er nur früh morgens hinfliegen musste und noch am selben Tag zurückkommen konnte.

Für Wochen war die Trübsal vergessen.

Der Einsatz wurde ein riesiger Erfolg. Nicht nur für ihn, sondern für das gesamte Team, das gleichzeitig eine Sonderevaluation beantragt hatte. Endlich Grund, wieder einmal ausgelassen im „Diàvolo" zu feiern.

Magda sah er nur wenig. Bisweilen gingen sie zusammen essen oder tranken bei gutem Wetter einen Schoppen in einem Weingarten zusammen, aber er wohnte wieder ganz in seinem eigenen Haus.

56.

Noch einmal zog er sich für eine Woche in die Einsamkeit der Schweizer Hütte zurück. Und obwohl es bereits später Herbst war und Nachtfrost die Wiesen weiß werden ließ, fühlte er sich, als wäre er in den Frühling zurückgekehrt. In der Mittagssonne, wenn er sich auf dem erwärmten Boden niederlegte und träumend die Augen schloss, glaubte er, vom Duft frischen Grases umgeben zu sein, war überrascht, keine blühende Wiese um sich zu sehen, wenn die früh einsetzende Kälte ihn frierend aus seinem leichten Schlaf erwachen ließ.

Er hatte Bilanz ziehen, Entschlüsse zur Zukunftsplanung fassen wollen. Aber er ließ sich treiben, genoss das gute Wetter. Carpe Diem! Wer weiß, wie oft er dazu noch Gelegenheit haben würde. Nachdenken konnte er noch, wenn es regnete oder stürmte. Und auch später wieder zu Hause. Warum also sich hier den Spätherbst verderben?

Doch er blieb nicht lange allein.

Als erste erschien schon am Montag Magda.

„Keine Angst, ich gehe gleich wieder. Ich wollte nur mal nach dir sehen. Offiziell bin ich dienstlich in Zürich."

Die Zeit reichte gerade für einen Spaziergang auf ihren alten Wegen. Ein anschließendes Ausruhen auf dem noch sonnenwarmen Wiesenboden vor der Hütte lehnte er ab. Auch zum gemeinsamen Aperitif auf der Terrasse hatte er keine Lust. Er begleitete sie stattdessen hinab zum Dorf, wo sie eine kurze Einkehr im Gasthof hielten.

Ihr Besuch war, so liebenswürdig er gemeint war, störend gewesen. Gerade hatte, in der erinnerungsträchtigen Umgebung, das Jugendbild von Magda begonnen, in seiner Vorstellung wieder an Deutlichkeit zu gewinnen, nachdem es in der letzten Zeit mehr und mehr verblasst und von dem der alternden Freundin überdeckt worden war. Und nun war sie im Begriffe, es erneut zu vertreiben, kaum dass es wieder zu Leben erwacht war. –

Ganz anders reagierte er, als Daniel am nächsten Tag völlig überraschend in der Tür stand. Obwohl er für eine Woche Einsamkeit gesucht hatte, freute er sich herzlich über den unerwarteten Besuch. Sie hatten sich lange nicht gesehen, und Joseph überredete ihn, eine Nacht zu bleiben, so viel hatten sie sich zu erzählen.

Auch Daniel hatte unliebsame Erfahrungen gemacht. Im Gegensatz zu Joseph jedoch nahm er jeden Kampf auf und verteidigte noch immer erfolgreich seine Position als politischer Platzhirsch.

Joseph mied das Thema seiner beruflichen Anstrengungen und fand in Daniel überraschend einen interessierten Gesprächspartner für seine schriftstellerischen Ambitionen. Bis tief in die Nacht stritten sie freundschaftlich über Sinn, Wert und Technik literarischer Arbeit. Auch Daniel wollte, wenn er einmal im Reservat landen würde, schreiben. Ihm schwebte ein historischer Ich-Roman mit gesellschaftspolitischer Analyse der 1968er Jahre vor – mit hineingewobenen autobiografischen Elementen, so als wenn er damals schon gelebt hätte.

Morgens war er verschwunden. Wieder einmal war er, der Vielbeschäftigte, heimlich in aller Frühe abgereist.

„Wir müssen uns rechtzeitig einigen, in welches Reservat wir wollen. Nicht dass du in Masuren bist und ich in der Algarve lande! Ich werde mich schon mal umsehen. Du hörst von mir!", stand auf dem Zettel, den er auf den Frühstückstisch hinterlassen hatte.

Sein Besuch war bei allem Temperament, das Daniel mitgebracht hatte, für Joseph entspannend gewesen. Ein Kurzbesuch in einer anderen, neuen Welt, vielleicht ein Vorgeschmack von seiner Zukunft. Und während seiner langen Siesta malte er sich ein literarisches Leben im Reservat aus.

So verging die Woche in den Bergen abwechslungsreicher als erwartet.

Die größte Überraschung war Souzie. Am Freitagabend saß sie, wie ein Geschenkpaket in eine mit bunten Blumen gemusterte rote chinesische Decke gehüllt, fröstelnd vor der Tür, als er von einer Wanderung heimkehrte.

„Souzie, was machen Sie denn hier?", fragte er erstaunt, reichte ihr die Hand und zog sie, noch immer in ihre Decke gehüllt, hoch, um sie zu begrüßen.

„Ich wollte Sie abholen."

„Abholen? Aber ich fahre doch erst Sonntag."

„Ich weiß."

„Aber nun kommen Sie doch erst einmal herein."

Er schloss die Tür auf, behielt ihre eiskalte Hand in seiner, führte sie in die Hütte und legte ihr behutsam die heruntergerutschte rote Decke wieder über die Schultern.

„Sie müssen ja schon halb erfroren sein da draußen."

„Nicht so schlimm. Ich hab ja meine Decke."

„Aber nun wärmen Sie sich erst einmal ordentlich auf. Ich werde Feuer machen und Ihnen einen Tee kochen. Und bis dahin packen Sie sich gut ein."

Er suchte alle Decken zusammen, die greifbar waren, deckte sie zu, zog ihr liebevoll die Schuhe aus, steckte ihre Füße in seine viel zu großen Filzpantoffeln und hüllte sie in einen Fußsack aus Schafsfell. Dann setzte er Wasser auf und machte Feuer im Kamin.

„Wo ist denn Ihr Gepäck? Es muss noch draußen stehen. Wir haben vergessen, es mit herein zu holen."

„Ich habe kein Gepäck."

„Nichts?"

„Ich habe mich ganz spontan entschlossen."

„Ist was passiert? Haben Sie Probleme? Dr. Eberle?"

„Nein. Nichts. Ich hatte auf einmal Angst um Sie. Und da habe ich nur meine geliebte alte rote Decke genommen und bin ich so wie ich war in das nächste Flugzeug gestiegen."

„Angst um mich?"

„Ja. Wirklich Angst. Ihr Manuskript hatte mich in Panik versetzt. ‚Letztes Jahr' war es überschrieben und Sie haben es vor fast einem Jahr geschrieben."

„Wie sind Sie an den Text gekommen? Es ist der Anfang eines Romanentwurfs. Den habe ich bisher ganz für mich behalten, und da kann auch eigentlich niemand dran. Nicht einmal Sie. Oder sollte er versehentlich …"

„Nein, Sie haben ihn mir nicht gegeben. Nicht direkt jedenfalls. Aber ein wenig doch, denn Sie selbst haben mir das Password zu dem Text verraten."

„Alle anderen ja, ich habe ja unbegrenztes Vertrauen zu Ihnen. Aber von diesem Text, das kann nicht sein. Obwohl – was wäre schon dabei?"

„Erinnern Sie sich, dass Sie im „Diàvolo", nach der Evaluationsfeier, als Sie sich noch einmal bei allen, und auch bei mir, bedankten, mich anschauten und scheinbar beiläufig sagten ‚Souzie, Sie ahnen ja nicht, dass Sie der Schlüssel zu meinen tiefsten Geheimnissen sind!' Keiner hat das damals verstanden. Ich auch nicht. Bis gestern. Plötzlich fiel mir der Satz wieder ein, und ich ahnte, was er bedeuten konnte."

„Sie kennen das Password?"

„Ach Professor, Sie sind ja so naiv. Es war doch mein Name. Und das gab mir den Mut, die ersten Seiten zu lesen. Dann wurde es mir zu unheimlich. Ich bekam plötzlich Angst, und fuhr zum Flughafen. Und nun bin ich da. Schlimm?"

„Nein. Nicht schlimm. Keineswegs schlimm. Im Gegenteil. Es tut sogar gut."

„Ich habe übrigens das Password verändert. Es sollte nicht noch jemand erraten. Sie müssen es nun selbst herausfinden, wenn Sie weiterschreiben wollen. Außer uns wird es keiner so leicht entschlüsseln."

Das Wasser kochte, er goss den Tee auf.

„Einen Schuss Rum?"

„Nein, Sie wissen doch ..."

„Na, man könnte ja auch einmal eine Ausnahme machen und ihn als Medizin deklarieren, so durchgefroren, wie Sie sind."

„Lieber nicht. Ich tät es höchstens Ihnen zuliebe."

„Das müssen Sie nicht."

Auch Joseph verzichtete – ganz gegen seine Gewohnheit, wenn er in Gesellschaft war - an diesem Wochenende auf Alkohol, trank Tee mit ihr.

Als das Feuer niedergebrannt war, zog Souzie sich in die Kammer zurück, in der Daniel geschlafen hatte, Joseph wie gewohnt in sein kleines Schlafzimmer, das fast ganz durch das Bett ausgefüllt war. Die Türen zum Kaminzimmer ließen sie offen, der Wärme wegen.

Souzie lag wach. Grübelte. Sie ahnte längst, dass Joseph nicht mehr lange bei GAMMA bleiben würde. Fühlte, dass er das nicht mehr wollte. Heimlich plante sie einen gemeinsamen Neuanfang. Umevaluation. Joseph konnte sie sich gut wieder auf seinem alten Posten als Matheprofessor an der Uni vorstellen und vielleicht könnte sie dort eine Assistenzprofessur bekommen. Sie hatte sich informiert. Die Chancen schienen nicht einmal schlecht.

Als sie hörte, dass auch er sich schlaflos wälzte, hüllte sie sich in ihre kleine rote Decke und legte sich zu ihm.

„Sie quälen sich. Sie haben gekämpft, haben es jetzt fast geschafft, aber wozu? Sie wollen doch gar nicht mehr weiter machen. Lassen Sie mich für uns etwas Neues planen."

„Für uns?"

„Eigentlich für dich, aber auch für uns. Ich kann doch nicht allein zurückbleiben."

„Allein? Lebst du allein?"

Unbeabsichtigt hatte er ihr Du erwidert.

„Ich sprach vom Beruf."

„Und da gibt es einen Plan?", fragte er, das Du vermeidend, von dem er nun nicht mehr ganz sicher war, ob er sich nicht verhört hatte.

„Ja, aber ich muss erst sehen, ob es klappt. Bis dahin musst du dich noch gedulden."

„Also gut." Und, noch etwas unsicher und widerstrebend ihr Du aufgreifend fuhr er fort: „Du hast wie immer jede Vollmacht. Findest dich in dieser Welt ohnehin besser zu Recht als ich, und auch meine Passwords kennst du seit heute genauer als ich selbst. Wenn du magst, bereite alles vor, aber lass mich in Ruhe. Am Ende möchte ich dann lediglich ja oder nein sagen dürfen."

„Danke. Aber bitte weise mich nicht so ab wie bei unserer ersten Begegnung."

„Das verstehe ich nicht."

„O doch, du verstehst sehr wohl. Damals, als du mich unter den vielen anderen Mädchen ausgewählt hattest, mich bezahlt hattest und dann, als du merktest, wer ich war, auf meine Dienste verzichtet hast. Das hat meinen Stolz ganz schön verletzt."

„Deinen Stolz verletzt? Aber das Gegenteil war meine Absicht. Du hattest mich als einzige wie einen Menschen angesehen, nicht wie ein Portemonnaie. Hast mich angelächelt. Nicht geschäftsmäßig, sondern so als ob du mich seit langem kenntest, und so war es ja auch. Aber als ich merkte, dass du Studentin von mir gewesen warst, wurdest du mit einem Male zur Komplizin, Partnerin, Freundin, und ich konnte dich nicht einfach benutzen, sozusagen geschäftlich, nur weil ich bezahlt hatte. Ich glaubte, es dir – und ja auch mir – schuldig zu sein, unserer menschlichen Ehre mehr Respekt entgegenzubringen. Gern wäre ich mit dir ausgegangen, hätte ich dich zur Freundin gehabt, mich von dir verführen lassen. Aber so? Unmöglich."

„Es war doch nur ein Job in einem staatlichen Bordell. Mehr nicht. Noch dazu ein offiziell vermittelter Studentenjob. Nichts Unmoralisches. Und dann kommt mein Lieblingsprofessor vom ersten Semester. Und als er mich erkennt, flüchtet er. Vermutlich sogar zu einer anderen. Und dabei hätte ich richtig Lust gehabt, mit meinem Professor zu schlafen."

„Nein, nicht zu einer anderen. Ich ging nach Hause."

„Trotzdem, ich war gekränkt. Bin es eigentlich immer noch ein wenig."

„Aber versteh doch. Was sollte ich anders tun?"

„Natürlich das, weshalb du gekommen bist, weshalb du mich unter all den Mädchen im Hause ausgesucht hast, wofür du sogar schon bezahlt hattest – und was mir Spaß gemacht hätte – aber das konntest du natürlich nicht wissen... Vielleicht hätte ich es sagen sollen."

„Nein, das ahnte ich wirklich nicht. Und dass du für mich plötzlich etwas anderes warst als ein schöner, von mir für meine Lust gemieteter Mädchenkörper, das wiederum hast du damals so schnell nicht erkannt."

„Wie sollte ich? Aber um ehrlich zu sein, ein wenig schämte ich mich ja auch."

„Immerhin ging es uns dann ja damals doch beinahe ähnlich", sagte er, und nach einer nachdenklichen Pause, begann er, vielleicht mehr zu sich als zu Souzie, obwohl sie es andererseits aber auch hören sollte, „Seltsam. Unser Schamgefühl hat sich geändert. ‚Love', ‚faire l'amour' und sogar ‚sie liebten sich' bedeutet jetzt körperliche Liebe, deren man sich früher schämte, von der man nicht sprach, die man sich als Belohnung für – vielleicht nur vorgegebene - Gefühle erhoffte, ein Verlangen, das man schamhaft verbarg. Heute spricht man ganz frei darüber wie über ein gutes Essen. Aber umgekehrt, das Gefühl der Liebe, dafür schämt man sich. Spricht nicht darüber, um sich nicht lächerlich zu machen. Und dann begreift man den anderen nicht. Eigenartig." Und dann wechselte er das Thema.

„Wir sind beide ins Du verfallen. Ich meine sogar, es kam von dir. Es tat wohl. Heute war es etwas Besonderes. Nicht das Allerwelts-Du, das ich in unserer verrohten Sprache heute von jedem Sportkumpel und von den meisten Kollegen ertragen muss.

Aber wir sollten uns das ‚Sie' erhalten. Es verbindet uns in seiner ungewöhnlichen Abartigkeit, zeichnet uns aus vor den anderen mit ihrem proletarische Du, das keine Unterschiede mehr kennt."

Er zog sie an sich. Väterlich.

„Ich wünsche Ihnen eine gute Nacht. Schlafen Sie wohl, Souzie."

„Gute Nacht, Professor."

Sie machte keine Anstalten, in ihre Kammer zu gehen, zog seinen Arm um sich, und so, in ihre rote Decke gehüllt, schliefen sie ein.

Sonntag reisten sie gemeinsam zurück.

Ohne Rücksprache und weitere Fragen - so war es ja nun verabredet - beantragte Souzie für sich und Joseph eine probeweise Umevaluation zur Uni.

Es schien keine Probleme zu geben. Allerdings war es für das gerade begonnene Wintersemester zu spät. Frühestens zum nächsten Sommer konnte es etwas werden.

„Es steht gut um unseren Neustart. Allerdings wird es noch ein Weilchen dauern", sagte sie ihm eines Tages. Mehr nicht.

„Schön. Dann sehen Sie zu, dass ich mich auch aus dem Reservat dorthin zurückevaluieren kann, falls ich bis dann schon dort sein sollte", antwortete er ebenso kurz und knapp.

Scherz oder Zusage? Lieber wollte sie nicht fragen und kümmerte sich vorsichtshalber auch um diesen Eventualfall.

57.

Der erhoffte Stimmungsumschwung im Kollegium blieb aus. Joseph hatte die, die schon an das Ende seiner Karriere geglaubt und sich um ein gutes Verhältnis zu Jakob bemüht hatten, durch seine glänzende Evaluation Lügen gestraft. Aber damit konnte er sie nicht gewinnen. Im Gegenteil.

Offiziell beglückwünschten sie ihn, wenn sie ihn trafen. „Nun ist ja wohl alles wieder in der Reihe." Oder „Na das konnte man sich ja anders auch nicht vorstellen, so wie Sie gearbeitet haben in den letzten Monaten."

Hinter der Hand aber, hieß es: „Der Schuss vor den Bug hat ihm wohl ganz gut getan. War wohl mal nötig gewesen" oder „Na also, wenn er muss, dann kann er."

Paul Laban kam persönlich zu ihm und gratulierte. Er litt immer noch unter all dem Vorgefallenen und wünschte sich, dass man es gemeinsam vergesse. Beim Bier einen Schlussstrich ziehe. Aber Joseph lehnte ab.

„Ich verstehe dich. Ich schätze dich. Ich unterstelle dir nur gute Absichten. In der Vergangenheit und heute. Aber es ist mir immer noch zu strapaziös, locker mit jemandem ein Bierchen zu trinken, der weiterhin freundschaftlich mit diesem Intriganten zusammenarbeitet. Das schaffe ich nicht. Noch nicht wenigstens."

Schweigend erhob sich Laban und ging zur Tür.

„Schade. Mach's gut!"

Er machte keinen weiteren Versuch.

58.

Tags drauf knackte er auf Anhieb das neue Password, indem er alle Permutationen der Buchstaben ihrer beider Namen von einem Programm durchprobieren ließ und machte folgende Notiz in seiner Textdatei „Letztes Jahr":

,Es kommt plötzlich. Auf einmal enden alle Gedanken im vernichtenden Nein.
Clubturnier. Doppel mit Peter. Nicht gut, aber erfolgreich.

Ich komme fröhlich nach Hause, heize die Sauna an, entspanne in ihrer wohligen Wärme, esse danach mit bestem Appetit, trinke viel Mineralwasser, gehe müde und entspannt ins Bett und schlafe sofort ein.

Beim Aufwachen bemerke ich es noch nicht, erledige die üblichen morgendlichen Badezimmeraktivitäten, nehme auf der Waage anerkennend ein angenehm niedriges Körpergewicht wahr, füttere die Katze, hänge die über Nacht gewaschene Wäsche auf, und dann ist es da: Frühstücken? Was? Müsli wäre gesund. Kein Bock. Brötchen warm machen? Wozu? Eigentlich nicht nötig. Eine große Tasse Milchkaffee tut's auch. Ist auch besser, wenn ich weniger esse. Dabei Zeitung. Nur das Titelblatt. Langweilig. Musik zum Kaffee? Kann mich zu keiner CD entschließen. Setze mich wieder. Mache dann doch die CD von gestern wieder an. Ist aber nicht die, die ich vermutet hatte, wüsste keine andere, die ich hören möchte und mache sie wieder aus. Lese langweilige Zeitungsartikel, da ich keine interessanten entdecke. Streit um Energiepreise und Militäreinsatz in einem fernen Krisengebiet.

Die Katze will raus. Ich versuche, es ihr auszureden, nützt aber nichts. Öffne ihr die Terrassentür. Räume den Tisch ab, räume die Spülmaschine aus, fülle das Geschirr vom Frühstück ein.

Und jetzt? Fotos ordnen für das Album von Gudruns 70. Geburtstag? Kann ich auch später, wenn ich auch noch Gretels Bilder habe. Hab auch überhaupt keine Lust dazu. Gartenarbeit? Nicht jetzt. Am Roman weiterschreiben? Nicht in Stimmung. Und was soll es auch? Nimmt doch kein Verlag an. Und wenn schon. Wozu einen Roman schreiben? Quatsch. Eitelkeit. Obwohl, das ist ja eigentlich nichts Schlechtes. Trotzdem. Jetzt nicht.

Ich schaue nach neuen E-Mails. Heike antwortet mit einem Automatikantworttext. Wusste gar nicht, dass es so etwas bei Privatpersonen gibt. Ist im Urlaub. Sophie bestätigt einen Termin im Café. Morgen 15 bis 16 Uhr. Ich habe sie noch nicht gesehen, seit sie Zwillinge erwartet. Ob sie jetzt heiratet? Paul Laban bittet um ein vertrauliches Gespräch. Er hat Gesundheitsprobleme. Eigentlich alles zu kompliziert. Ich will nicht. Werde aber dennoch hingehen. Sage zu.

Der Rest ist Werbung. Eine Woche Nilkreuzfahrt ab 399 €. Im Januar. Warum nicht? Auch Quatsch. Viel zu lästig, mich darum zu kümmern. Sonderangebote bei Amazon. Ich klicke an, gebe aber sofort auf. Schade ums knappe Geld. Und überhaupt.

„Ich kann nicht mehr."

„Ich will nicht mehr."

„Wie lang denn noch?"

„Und warum überhaupt?"

„Wann darf ich endlich weg?"

„Ich will nicht mehr, ich will nicht mehr, ich will nicht mehr!"

„Es war alles gut. Ich habe alles gehabt. Wozu denn jetzt noch weiter?
Immer wieder dasselbe? Russland, China, jetzt Ägypten? Wozu?"
„Ich will nicht mehr!"
„Lasst mich endlich gehen!"
Ich verfalle, von mir selbst unbemerkt, in Zwiegespräche und in fremde
Sprachen
„Où es-tu, Souzie? Écoute, je ne peux plus, je ne veux plus! J`ai tout eu.
Il a été bon. Très bon. Superbe. Mais je ne veux plus!"
Ich gehe in den Garten, binde eine Staude an, um sie vor dem Wind zu
schützen, zupfe ein paar Unkräuter aus. Dann kommt die nächste Welle.
„Wozu das Ganze? Ich will nicht mehr!"
Immer derselbe Text.
Allmählich fängt es an, in mir zu kochen. Jähzorn. Ich möchte schreien,
rennen, etwas zerschlagen. Aber wozu? Nichts fehlt mir. Eigentlich. Und
trotzdem im Bewusstsein all dessen diese unerträgliche Unzufriedenheit
und Zerstörungswut. Gegen alles. Ich trample wütend ein paar Blumen
nieder und halte dann wie gelähmt inne. Erschöpft. Beschämt. Unfähig,
etwas zu tun, zu denken, nur ‚Weg!' Aber wohin?
Ich beseitige die Spuren des Anfalls, schleudere die kleine Harke gegen
die Garagenwand, erstarre von neuem und gehe schließlich langsam ins
Haus, setze mich vor den Fernseher, handlungsunfähig. Lasse ihn aus.
Handlungsunfähig. Mache ihn dann doch an und sehe mir eine Serie mit
schönen jungen Menschen an. Nur kurz. Dann zappe ich weiter, bis ich
ausmache. Vor mich hin döse, an meine Kinder denke, mit feuchten
Augen aufstehe und mir etwas zum Essen mache. Unnötigerweise. Es
schmeckt trotzdem. Zu gut. Zu viel. Aber immerhin etwas.
Mahlzeit!
Zu Magda? Ich bin unzumutbar. Fahre trotzdem.
Arme Magda. Aber ich glaube, die merkt das nicht. Tut wenigstens so.
Die es merken würden, kann ich jetzt nicht besuchen. Nicht einmal
anrufen. Die Kinder möchte ich nicht belasten. Nicht mit mir. Auch
Gudrun nicht.
Also zu Magda, die sich wirklich verhält, als ob sie es nicht merkt.
Vielleicht denkt sie auch, ich hätte mich über irgendetwas geärgert.
Dann fragt sie. ‚Ist was?' Und wenn ich nein sage, ist es erledigt. Dann
habe ich halt schlechte Laune. Vielleicht ist es ja auch einfach so.
Nach einer Weile ist es dann meist vorbei. Wenigstens in den
Hintergrund geraten, und ich spüre es nicht mehr dauernd. Bin
abgelenkt. Vorübergehend. Solange ich nicht wieder allein bin.'

59.

Wenige Monate später wurde Joseph und seinen treuen Mitstreitern Sophie, Rafael und Giovanni – sicher nicht zur reinen Freude des Personalrats – der Landespreis im Ideenwettbewerb zur Reservatgestaltung verliehen. – Eine unerwartete hohe Ehrung, vor allem aber Genugtuung den Kollegen gegenüber, die sie so tief hatten fallen lassen.

Freude an der Arbeit im Unternehmen, das so lange Josephs Heimat gewesen war, kam trotzdem nicht mehr auf. Es gab vereinzelt aufmunternde Worte. Ernsthaft wurde von seinen langjährigen Freunden aber nichts unternommen, ihn nach seiner offiziellen Rehabilitation auch menschlich wieder aufzubauen oder auch nur zu stützen. Nicht einmal zur Preisübergabe durch die Ministerin waren sie gekommen, abgesehen vom Personalrat und seinem Stellvertreter.

Sophie, Giovanni, Rafael und natürlich Souzie hatten verstanden, was mit ihm geschehen war. Mit Sicherheit auch Paul Laban. Der aber wollte und konnte seinen Fehler nicht vor sich eingestehen. Er war selbst bereits zu zerstört.

Dr. Saule, der die damalige Entwicklung maßgeblich zu verantworten hatte, und sein junger unbedarfter Stellvertreter als Personalrat, kannten Joseph so schlecht, dass sie glaubten, ihn für sich gewinnen zu können, indem sie ihm im Anschluss an die Preisverleihung anboten, ihn für das Europa-Verdienstkreuz vorzuschlagen.

„Wir haben bereits an maßgeblicher Stelle vorgefühlt. Die Chancen stehen nicht schlecht", begründeten sie ihren Vorschlag.

Empört lehnte Joseph ab.

„Plagt euch euer schlechtes Gewissen? Hätte ich nicht gedacht. Oder meint ihr, ich wüsste nicht, was für ein verlogenes Spiel ihr damals mit mir gespielt habt?"

Ein halbes Jahr wartete er noch ab, in der schwachen und vergeblichen Hoffnung, dass sich vielleicht doch noch im Kollegium oder in ihm selbst grundlegend etwas ändern könnte. Dann beantragte er Evaluationsdispens und reichte seine vorzeitige Überführung ins Reservat ein.

Ein weiteres Jahr danach schied er, siebenundsechzigjährig, zutiefst verbittert, aus dem Dienst, den er so geliebt hatte.

III.

60.

„Muss wohl ein hohes Tier gewesen sein. Hatte sogar schon Besuch vom Ethikrat."

„So? Vom Ethikrat?"

„Ja, gleich nach seinem Einzug."

„Er soll übrigens ganz gut Tennis spielen."

„Sollen wir ihn mal fragen? Wär ein guter Anknüpfungspunkt. Uns fehlt doch morgen einer zum Doppel. Außerdem würde mich interessieren, was er aus der Wohnung von Sigmund gemacht hat."

„Kann doch nichts schaden. Können ja mal anklingeln, dann kriegen wir ihn gleich zu Gesicht. Hier. Appartement 2084. Prof. Dr. Joseph Winter."

„Du liebe Zeit. Professor Doktor …"

„Ach, das muss nichts sagen."

„Aber meist sind solche Typen nicht die Angenehmsten. Einen Ehrgeizling können wir in unserer Tennisrunde nicht brauchen. Wir wollen doch Spaß haben."

„Sicher. Trotzdem könnten wir einen mehr gut gebrauchen. Es fällt so oft jemand aus. Mit Schmerzmitteln allein ist da auf die Dauer nicht viel zu machen. Versuchen wir es doch einfach!"

„OK. Und wenn er uns nicht gefällt, sagen wir nur mal eben guten Tag und herzlich willkommen, wir seien die neuen Nachbarn."

„Also erst nur ,herzlich willkommen', und dann sehen wir weiter. Wenn er einem von uns nicht gefällt, kommt er auf Tennisbälle zu sprechen und schlägt drucklose Bälle vor."

„OK. Also drucklos heißt, wir wollen ihn nicht und sagen gar nicht erst etwas vom Doppel."

„Ich klingle jetzt. OK?"

Joseph war überrascht, so früh am Morgen unerwarteten Besuch zu bekommen. Es war zwar schon zehn Uhr, aber für ihn hatte der Tag noch nicht recht begonnen. Er hatte sich Zeit gelassen, hatte einige Möbelstücke in seiner noch ungewohnten Wohnung noch einmal hin und her gerückt. Irgendetwas hatte ihn an den Sesseln gestört. Er wusste selbst nicht was und hatte sie probeweise mehr ins hellere Licht der Fenster verschoben. Aber am Ende hatte er doch alles wieder auf den alten Platz gestellt, gerade so wie sein Vorgänger es hinterlassen hatte. Lediglich seinen alten Schreibtisch - ein Erbstück noch von seinem Großvater aus der Zeit vor der Revolution - hatte er mitgebracht und in die von Fenstern umrahmte Nische platziert, die er leer vorgefunden hatte. Eine große Vogelvoliere mit zwei Papageien sollte dort vorher gestanden haben.

Gerade hatte er sich auf seinem Schreibtischsessel niedergelassen, sich zum Wohnraum hingewendet und alles noch einmal prüfend überblickt. Er hatte noch nicht gefrühstückt, als es klingelte.

„Schönen guten Morgen, Herr Professor, als Ihre Nachbarn wollten wir nicht versäumen, Sie willkommen zu heißen."

„Guten Morgen. Das ist ja wirklich sehr nett. Ich freue mich, mein neues Leben in so freundlicher Gesellschaft beginnen zu können und nicht in der Anonymität des unbekannten Neuangekommenen versteckt zu bleiben. Vielen Dank für Ihren Besuch. Kommen Sie doch bitte herein." Mit erfreutem Lächeln und einladender Handbewegung ermunterte er die fremden Gäste, einzutreten.

„Ich habe mich zwar noch nicht ganz eingerichtet, aber ich beginne, ein wenig Gefallen an der neuen Umgebung zu finden. Vielleicht kennen Sie ja einiges schon von meinem Vorgänger her. Ich habe eigentlich alles so stehen lassen wie es war. Nur die Papageien bat ich, auszusiedeln. So laute Vögel, und noch dazu auf einen anderen fixiert, mochte ich nicht um nicht haben. Haben Sie den Herrn gekannt, der vor mir hier gelebt hat?"

„Ja, sehr gut sogar. Ein liebenswürdiger, freundlicher Mensch. Wir haben oft mit einander Skat gespielt. Oder auch Schach, Georg jedenfalls." Dabei wies er auf seinen um einiges kleineren Begleiter.

„Dort drüben haben wir dann gesessen. Er war früher einmal Antiquar gewesen. Schön, dass Sie alles so belassen haben. Oder kommen Ihre Möbel erst noch?"

„Nein, es wird wohl so bleiben.

Bitte nehmen Sie Platz, wie Sie es gewohnt waren. Und zeigen Sie mir, wo er immer gesessen hat, damit ich seine Tradition fortsetzen kann, indem ich seinen Platz einnehme."

„Dort an der Seite, Herr Professor. Da hat er immer gesessen."

„Ja, ja: ‚Professor'. Das klingt auf einmal wie von einer anderen Welt. Schon jetzt fremd, obwohl ich erst wenige Stunden dort ausgeschieden bin. Aber bitte lassen Sie die förmliche Anrede. Ich bin ja nicht mehr im Dienst. Ganz Privatmann jetzt. Winter ist mein Name. Joseph Winter. Ich bin wieder ich geworden. Nur noch ich. Nie wieder Professor und Doktor. Aus. Vorbei. Und das ist gut so." Doch das schien den Gästen nicht zu gefallen, was er da gesagt hatte, und er wechselte das Thema.

„Wie hieß denn mein Vorgänger?"

„Alderich. Sigmund Alderich. Einige nannten ihn Siggi, aber für uns war er immer der Sigmund. Wir haben ihn ja erst als alten Mann kennengelernt. Um einiges älter als wir selbst. Und da ging uns Sigmund leichter über die Lippen."

„Er war ein heiterer Mensch, konnte gut erzählen, schrieb an seinen Memoiren und hat sich sehr für die Gründung des Reservatverlages eingesetzt."

„Und dann ist er krank geworden?"

„Nein. Von einem Tag auf den anderen hat er uns verlassen. Ganz überraschend."

„Eigentlich war er immer heiter und zu Späßen aufgelegt."

Bis dahin hatte fast nur der Größere, Kräftigere und jünger Erscheinende von beiden gesprochen. Jetzt, nach einer kleinen pietätvollen Pause, fuhr der Kleinere, Ältere fort:

„Ich erinnere mich, dass er gelegentlich, wenn wir Schach gespielt hatten, auch nachdenklicher gestimmt sein konnte. Wenn er verlor, überspielte er es, machte lockere Scherze, bisweilen auch über sich und sein Älterwerden, immer in versöhnlichem Ton. Aber ab und zu, vor allem wenn er gewonnen hatte, schien etwas in ihm zusammenzubrechen, als falle er aus einem schönen Traum und in die Wirklichkeit zurück: *,Und nun? Revanche? Neu aufbauen? Und Wozu? Um Weiß statt Schwarz zu wählen und das ganze von neuem zu beginnen? Na, es ist ja nur Spiel. Im Leben haben wir es besser. Noch mal von vorne bleibt uns erspart.'* Ja, dann konnte er auch einmal etwas schwermütig klingen. Ganz kurz nur. Zwei, drei Sätze, dann war es wieder vorbei. Das kam vor. Und als wollte er mit dem nassen Schwamm die Tafel reinigen, nahm er anschließend alles zurück: *,Nimm mich nicht ernst. Tun die anderen ja auch nicht. Tu ich ja selbst nicht einmal. War ja auch nur ein scherzhaftes Gedankenspiel. Also los. Du hast jetzt Weiß und fängst an.'* Und dann war er wieder munter als wäre nichts gewesen."

Fast ein wenig bedauernd fügte der Jüngere an

„Komisch, mir gegenüber war er nie so."

„Darf ich Ihnen einen Kaffee anbieten, oder einen Tee? Besonders reichhaltig ist mein Angebot noch nicht. Aber das wird sich in ein paar Tagen ändern."

„Nein, vielen Dank, wir wollten nur einmal kurz guten Tag sagen und uns vorstellen. Das ist übrigens Georg Molders von Appartement 2080, und ich wohne in 2092, also auch fast nebenan. Mein Name ist Franz Kohlmann."

„Wir haben gehört, dass Sie Tennis spielen. Haben Sie Ihre Sportsachen schon hier? Dann könnten Sie, wenn Sie Lust haben, gleich morgen früh in ein kleines Doppel einsteigen. Um zehn Uhr."

„Das wäre mir in der Tat ein willkommener Auftakt. Besser kann ich mich in meiner neuen Heimat ja kaum eingewöhnen. Vielen Dank. Meine Tennissachen liegen schon bereit. Ich weiß allerdings nicht, ob ich noch ordentliche Bälle habe."

„Das macht nichts. Die haben wir. Gut also, dann holen wir Sie um halb zehn ab. Sie kennen sich ja noch nicht so gut hier aus.
Alles Weitere findet sich dann morgen früh."
„Wunderbar. Noch einmal ganz herzlichen Dank!"
„Übrigens, aber das wissen Sie ja vielleicht schon, Sie erreichen uns durch die Haussprechanlage mit unserer Zimmernummer, also wenn etwas ist oder Sie Fragen haben, einfach 2080 oder 2092 wählen!"
Und schon erhoben sich die beiden neuen Sportfreunde, gingen zur Tür und verabschiedeten sich mit einem fröhlichen
„Dann bis morgen um halb zehn!"
„Auf Wiedersehen! Bis morgen."

Es gab im Reservat einen Seniorensportverein, für den bei externen Clubs die wenig nachgefragten Tennisstunden am Vormittag und frühen Nachmittag reserviert waren. Bald schon wurde Joseph in eine Mannschaft des Reservats aufgenommen. So fühlte sich er schnell zu Hause in seiner neuen Umgebung.
Aber auch seine alten Freunde kamen zu ihm. Daniel – wegen seines Dienstwagens von den Nachbarn sofort als Mitglied des Ethikrates erkannt – war der erste gewesen. Sie hatten ein langes Gespräch über Josephs neues Leben im Reservat. Daniel erkundigte sich sehr genau. Es schien, als ob er selbst bald aufgeben und ins Reservat gehen wollte. Er machte einen ungewöhnlich müden Eindruck.
Sie inspizierten einige leerstehende Appartements, sprachen über die Beköstigung durch die Zentralküche, studierten Programme zum kulturellen Angebot und Informationen über sportliche Einrichtungen und erkundigten sich nach Austauschmöglichkeiten mit anderen Reservaten, insbesondere im Ausland. Da allerdings gab es zurzeit noch Probleme. Nicht in allen Ländern wurden die Reservatinsassen nach ihrer evaluierten gesellschaftlichen Lebensleistung unterschiedlich untergebracht. Daher gab es bislang nur wenige Oberklassereservate.
Eigentlich war für alles erstaunlich gut gesorgt. Auch Besuche bei Bekannten außerhalb des Reservats waren möglich, wenn eine Einladung vorlag. Und für Gäste von außen stand ein Gästehaus zur Verfügung. Daniel interessierte sich vor allem für die Selbstverwaltungseinrichtungen und für die neuerdings eingeführten und geförderten kleingewerblichen Möglichkeiten der Reservatsinsassen.
Es gab sogar Betriebsgründungsprogramme, die Finanzhilfen zur Verfügung stellten. Einige kleine Handwerksbetriebe waren bereits entstanden: Eine Goldschmiedin hatte angefangen, Schmuck herzustellen und intern sowie extern anzubieten, es gab eine kleine Tischlerei, die alte Möbel restaurierte, eine Leihbücherei, einen Computerdienst für Senioren – der mit externen Gymnasiasten zusammenarbeitete - eine Schülernachhilfe wurde extern angeboten, ein eigenes Kino wurde

betrieben, und man war dabei, einen eigenen Verlag zu gründen. In Eigenleistung hatte man sogar begonnen, einen Golfplatz anzulegen. Schließlich verfügte das Reservat über Pensionäre aller Berufsgattungen, und viele von ihnen waren nicht freiwillig in den Ruhestand geraten und hatten Freude daran, noch etwas zu unternehmen. Die Mehrzahl allerdings verfiel in kurzer Zeit in resignierte Untätigkeit. Erstaunlicherweise war die Lebenserwartung im Reservat sehr niedrig. Man sprach von nur drei Jahren. Offizielle Daten nannte man ihnen nicht.

Als deprimierend wurde die mangelhafte medizinische Versorgung angesehen. Es gab kostenlose medizinische Beratung. Sie beschränkte sich aber auf Routineuntersuchungen und einfachste Behandlung. Natürlich wurde ein gebrochenes Bein sachgerecht versorgt, und bei Grippe oder Magenverstimmungen gab es die üblichen Standardmedikamente. Größere Operationen und kostspielige Therapien wurden aber nicht mehr durchgeführt. Stattdessen standen jedem Reservatsbewohner eine regelmäßig aufgefüllte Hausapotheke mit Halstabletten, Schmerzmitteln, Pflaster und desgleichen zur Verfügung und darüber hinaus die berühmte blaue Phiole, scherzhaft „Potion Magique" genannt - ein Psychopharmakon zur Eigenbehandlung von Depressionserscheinungen - und die berüchtigte rote Phiole „Potio Finale" zur schmerzfreien Selbsteinschläferung.

Über all das ließ sich Daniel ausführlich informieren.

„Vielleicht bin ich auch bald hier", verabschiedete er sich bei seinem ersten Besuch. „Wer weiß?"

61.

Magda mochte die alten Möbel nicht. Wahrscheinlich, weil Joseph sie vom Vorgänger übernommen hatte, der in diesem Zimmer gestorben war. Am Ende gar in einem dieser Sessel. Vielleicht im Bett, oder er ist einfach umgefallen, irgendwo zwischen diesen Möbeln. Jedenfalls fühlte sie sich in seiner neuen Wohnung nicht wohl und kam daher nur ungern ins Reservat zu ihm. Aber sie bat ihn herzlich, öfter als bisher zu ihr zu Besuch zu kommen, vor allem, wenn er sich allein oder unzufrieden fühle, aber auch sonst, um gemeinsam etwas zu unternehmen und der sterilen Altersheimatmosphäre zu entfliehen.

Das Angebot nahm er gern und nicht einmal selten an. Und da sie offiziell noch immer eine eingetragene Partnerschaft hatten, war das mühelos möglich. Joseph besuchte sie häufiger, erzählte ihr von seinem neuen Leben oder sie gingen gemeinsam essen, ins Kino oder Theater – trotz sehr gegensätzlicher Ansprüche.

Die früher so progressive und impulsive Magda folgte jetzt vorzugsweise aktuellen, von den Medien gepriesenen – und daher mit öffentlichem Geschmackssiegel versehenen - künstlerischen Modeströmungen.

Seit ihrem Einstieg in den noch immer existierenden traditionellen Kulturbetrieb legte sie nun auch Wert auf gute Garderobe und gepflegtes Hintergrundwissen. Vor Theater-, Konzert- und Opernbesuchen bereitete sie sich auf die dargebotenen Werke vor und besuchte vorher die Einführungsveranstaltungen. Insiderwissen um Personen, Namen und kulturpolitische Hintergründe schienen ihr ebenso wichtig wie die Aufführung selbst. - Nachholbedarf vielleicht. Oder bleibendes Zeugnis ihrer Liebe zu Antonio.

Joseph interessierte sich nicht für Theater- und Filmkritiken. Er ließ das gespielte Geschehen auf sich wirken. Gern versank er bei Musik in Erinnerungen, gab sich ihnen hin und ließ Gefühle und Gedanken wandern. Manchmal auch langweilte er sich, wenn ihm die Aufführung nicht gefiel oder wenn er nicht in Stimmung war.

Es ödete ihn an, wenn in den Pausen im Foyer Freunde oder Bekannte ihr Wissen über die Rezensionen der Kulturpresse vor ihm ausbreiteten und von Vergleichen mit Aufführungen an berühmten Plätzen mit weltbekannten Künstlern berichteten. Mangelnde eigene Erlebnisfähigkeit verbarg sich hinter ihrem angelesenem Sekundärwissen.

Besondere Abneigung hatte er gegen Journalisten. - Arme Magda, wenn sie sich sein Geschimpfe anhören musste: „Da will sich mal wieder einer in Positur stellen, vom vermeintlichen Ruhm der Aufführung ein wenig auf sich ableiten, um sich darin zu sonnen. Prahlt damit, Intendant, Regisseur und Autor gut zu kennen. Warum erzählt er sonst so ausführlich, wo und unter welchen Umständen er sich mit ihnen zum Interview getroffen hat? Interessiert doch niemanden. Alles nur Angeberei. Und dann plappern alle in hochtrabenden modischen Kulturfremdworten das Wenige nach, was der Herr Journalist in seinem Interview mitbekommen zu haben glaubt. Hauptsächlich Äußerlichkeiten und darüber hinaus natürlich - um sich als Insider zu zeigen - wer wann was wo und mit wem sonst noch gemacht hat oder welche Gagen gezahlt worden sind."

Aber wenn ein Stück ihn bewegt hatte, wollte er anschließend gern darüber sprechen, und dann war die Enttäuschung meist auf seiner Seite.

„So schwungvoll und dynamisch habe ich Mozart noch nie erlebt. Herrlich!", sagte er einmal voller Begeisterung auf dem Heimweg von einem Konzert, zu dem Magda ihn eingeladen hatte.

„Schon, aber ob so eine Interpretation korrekt ist, weiß ich nicht. Mozart spielt man doch eigentlich ganz anders", war die ernüchternde Erwiderung seiner ahnungslosen lieben Begleiterin. Dann brach er das

Gespräch verärgert ab. Er wollte nicht auch noch hören, ob das hohe C der Sopranistin wirklich sauber getroffen gewesen war.

Eigentlich jedoch hatte Joseph in dieser Zeit nichts zu klagen. Gesundheitlich ging es ihm gut – abgesehen einmal davon, dass ihn eine Schulterverletzung zwang, für einige Zeit im Sport auszusetzen und er – infolge dessen, wie er entschuldigend behauptete – einige Kilo zunahm.

Er bereute es nicht, vorzeitig gegangen zu sein und war nach wie vor dankbar und glücklich, wie wunderbar sein hinter ihm liegendes Leben verlaufen war, wie gut es ihm ging und wie liebenswürdig die verbliebenen Freunde seiner alten und auch sogar seiner neuen Umgebung zu ihm waren. –

Wurde er auf die Enttäuschungen am Ende seiner Berufstätigkeit angesprochen, hatte er sich angewöhnt, das Thema mit einem Refrain von Edith Piaf beiseite zu schieben.

„Je ne regrette rien", sang er dann pathetisch. Und wenn jemand nicht begriff, dass er nicht weiter darüber reden wollte, fügte er in einem Tonfall, der keinen Widerspruch erlaubte, hinzu „Besser beschwingte Jahrzehnte in schöner Täuschung, und bösem Ende, als ein kluges Leben in wachsamer Zurückhaltung und würdigem Abschluss."

Das war ehrlich gemeint. Änderte aber nichts daran, dass das ‚böse Ende' allgegenwärtig war.

Die meisten Kontakte zu seinen früheren Kollegen hatte er aus Protest abgebrochen. Ausnahmen bildeten neben Sophie, Souzie, Rafael und Giovanni nur die wenigen, die weder mit dem Auslandsbereich zu tun gehabt hatten, noch bei der entscheidenden Anhörung dabei gewesen waren.

Aber diese Kontakte wurden seltener, seit er nicht mehr dazu gehörte.

Das alles hatte er vorhergesehen und in seine Entscheidung einbezogen, als er beschloss, die Arbeitswelt zu verlassen. Aber es kamen Veränderungen hinzu, die er nicht erwartet hatte. Er fand sich nur schwer damit ab, Projekte und Entwicklungen, die er selbst ins Leben gerufen hatte, nun nur noch passiv beobachten zu können und litt darunter. Das veränderte sein Lebensgefühl erheblich.

Bis hinein in Kinos oder Restaurants mit ihren vielen jungen Leuten und Studenten verfolgte ihn das vereinsamende Bewusstsein, vom eigentlichen Leben abgeschnitten zu sein. Früher war er Teil der Szene gewesen. Zuletzt zwar nur noch als altes, professorales Mitglied, aber immerhin als einer, der mit im gleichen Boot saß, und er fühlte ein schmerzhaftes Bedauern, nicht mehr dazu zu gehören.

Es tat gut, wenn ehemalige Studenten auf ihn zukamen und sich mit Worten in Erinnerung brachten wie

„Hallo, Herr Winter, kennen Sie mich noch? Ich habe vor ein paar Jahren Finanzmathematik bei Ihnen gehört." – Unweigerlich aber ging es nach einer solchen Einleitung weiter mit der gut gemeinten Frage

„Was machen Sie denn jetzt so als Pensionär?", und er antwortete ausweichend beschwichtigend, oder vielleicht scherzhaft
„Vielen Dank, ich kann nicht klagen. Mir geht es gut, nur Studenten wie Sie fehlen mir und die Arbeit."
Und die wärmende Freude über die zutrauliche Herzlichkeit der jungen Leute mischte sich mit resignierter Melancholie.
Trotzdem gehörten solche Begegnungen zu den schönen Momenten. Sie konnten ihn über Stunden mit seiner neuen Welt versöhnen und mit heiterer Stimmung erfüllen.

Bei der Seniorenakademie hatte er versucht, wieder aktiv zu werden, aber eigentlich ohne es recht zu wünschen. Was sollte es auch? Neuaufguss einer alten Suppe? Sich durch eine solche Verpflichtung das Gefühl wiederzugeben, er sei doch noch ein kleines aber wichtiges Zahnrad am Zeitgeschehen, dazu fehlte ihm die Kraft und die Leichtgläubigkeit.
Andere Reservatskollegen schienen zufrieden zu sein, ein Leben in ihren Hobbys – und was sie als solche deklarierten – zu führen. Sicherlich, Tennis, Radfahren, Reisen, Lesen, Einladungen von oder zu Freunden sind schöne Beschäftigungen. Sie machen das Dasein wohl angenehmer – aber nicht lebenswert. Dazu reicht es nicht. Joseph wusste, dass er den unaufhaltbaren Weg ins senile, körperlich und auch mental gebrechliche Greisentum angetreten hatte.
Nur ganz selten, beim Zusammensein mit Freunden oder auf Reisen und Ausflügen mit Magda, wenn ihn neue ungewöhnliche Eindrücke besonders berührten, war er kurzzeitig wieder naiv und heiter wie früher.
Sonst aber saß er am liebsten still im Sessel und döste vor sich hin. Da fühlte er sich immerhin wohler, als wenn er in Seniorengesellschaft oder vor Besuchern die Rolle des heiteren, munteren, gebildeten und geistreichen Pensionärs zu spielen versuchte.

Als er sich in seiner neuen Umgebung ein wenig eingelebt hatte, stand Weihnachten vor der Tür. Er wünschte sich, dass es das letzte wäre. Später beschloss er, erst noch ein Jahr abzuwarten. Aber es änderte sich nichts.

62.

Souzie war seine wichtigste und angenehmste Verbindung mit der Außenwelt. Nicht nur als freundliche Besucherin und Berichterstatterin – das sicher auch. – Sie war der lebendige Nerv, der ihn mit der Wirklichkeit verband.

Es zeigte sich – oder stellte es Souzie nur so dar? - dass Rafael und Sophie ihn noch als Halt im Hintergrund brauchten. Wider Erwarten hatten sie Probleme in der Abteilung bekommen. Nicht dass sie ihre Arbeit schlecht machten, im Gegenteil, es mangelte nicht an Erfolgen und Anerkennung. Aber es ging irgendetwas anderes, Unerklärliches und daher desto Bedrohlicheres in ihnen vor.

„Wir fühlen uns wieder als Ausländer, seitdem du nicht mehr dabei bist", hatte Rafael selbst schon bei seinem letzten Besuch gesagt. „Aber wenn ich in Sevilla aus dem Flugzeug aussteige, fühle ich mich wie ein Vogel, der lange schweigsam in einem Käfig gelebt hat, und sich nun endlich wieder munter zwitschernd zusammen mit anderen Singvögeln in luftige blaue Höhen aufschwingt."

Josephs Stelle war neu ausgeschrieben worden. Unabhängig von einander hatten sich neben externen Kandidaten auch Jakob und Rafael beworben und waren beide aussichtsreich in die engere Auswahl gekommen.

Rafael war auf Drängen seiner verwaisten Teamkollegen als Gegenkandidat zu Jakob angetreten. Mit Recht traute man es ihm zu, die Abteilung erfolgreich zu leiten. Erst hatte er sich ein wenig geziert. Doch nicht lange, und sein persönlicher Ehrgeiz und ein gewisses Quant angeborener südländischer Manneseitelkeit hatten gesiegt und er trat an. Sofort galt er nicht nur bei seinen ausländischen Kollegen als unbestrittene Nr.1 der Kandidaten für den Posten.

Nun aber, obwohl er sich schon so nahe am Erfolg gesehen hatte, war er kurz davor, aufzugeben. Dr. Eberle agitierte seit Rafaels Gegenkandidatur bei jeder Gelegenheit gegen ihn und schreckte nicht davor zurück, unglaubliche Dinge über ihn zu verbreiten und ihn überall schlecht zu machen. Was er sagte, war schwer nachzuprüfen, aber ebenso schwer zu widerlegen. Rafael war zu stolz, Jakobs Verleumdungen ernst zu nehmen:

„Meine Evaluation liegt vor. Da kann Jago nicht dran drehen. Außerdem kennt man Jago doch. Den nimmt doch keiner mehr ernst."

Doch es mehrten sich die Zweifel, ob Rafaels Taktik erfolgreich sein würde. Schließlich war es Souzie, die die Initiative ergriff. Sie informierte Joseph über die unerfreuliche Situation und beklagte sich über Dr. Eberle.

„Nur Sie haben die Möglichkeit, ihn zu bremsen. Geben sie ihm einen Schuss vor den Bug", verlangte Souzie. „Aber so, dass er endgültig verschwindet. So kann das nicht weitergehen."

„Ich soll wieder mit den alten Sachen anfangen? Ich dachte, das wäre endgültig vorbei."

Joseph hatte die Existenz von Jago in die dunkelste Ecke seines Bewusstseins verdrängt. Nun wurde sie von außen wieder ans Licht gezerrt.

„Ich mag nicht mehr. Ich gebe Ihnen meine Unterlagen, von mir aus die ganzen Server, und Sie und Ihre Kollegen können damit machen, was sie wollen. Es wird doch auch ohne mich gehen. Oder?"

„Eben nicht. Ohne Ihre Zustimmung packt das keiner an."

„Die Zustimmung haben Sie. Von mir aus schriftlich. Aber lassen Sie mich aus der Sache raus."

„Nein, Sie müssen. Ein letztes Mal. Und dann für immer Schluss damit. Aber dieses eine Mal müssen Sie es noch."

Und nach einer kleinen Pause:

„Bitte. - Lassen Sie uns nicht im Stich, auch wenn Sie offiziell nicht mehr dazugehören. Sie riskieren doch nichts."

Joseph wurde nachdenklich. Das leidige, nie endgültig abgeschlossene Kapitel begann, ihn wieder zu bedrängen.

„Ich will sehen. Vielleicht fällt mir etwas ein. Aber die alte schmutzige Wäsche werde ich nicht waschen. Will ich auch nicht. Habe ich früher nicht gemacht, und das kann mir auch jetzt niemand zumuten. Mal sehen."

Es ging schnell. Kurz und schmerzlos. Ganz offiziell schrieb Joseph eine E-Mail an Jakob, in dem er ihm mitteilte, dass noch frühere Unterlagen in seinem Besitz seien, die er wegen eventueller späterer Wichtigkeit nicht aus der Hand gegeben habe. Sobald ein Nachfolger auf seinem Posten gefunden sei, werde er die Informationen aber der Abteilung umgehend zur allgemeinen Verwendung zur Verfügung stellen. Er erstellte ein vollständiges Verzeichnis aller aufgezeichneten Dokumente der sichergestellten alten Server und fügte es der Mail als Attachment ohne weiteren Kommentar an.

Er bekam keine Antwort. Wenig später erfuhr er, dass Jakob seine Bewerbung zurückgezogen hatte und nicht mehr bei GAMMA arbeitete. Es wurde berichtet, er sei an ein Rechenzentrum in Norddeutschland gegangen. Die Leitungsposition der Abteilung wurde von einem Externen besetzt. Rafael bekam die Position als Stellvertreter, die Jakob frei gemacht hatte.

63.

Auch an anderer Stelle bahnte sich der Generationswechsel an. Joseph erhielt eine ungewöhnliche Einladung: Daniel bat um einen Besuch. Eine Einladung, der er gern folgte. Sie trafen sich zum Frühstück bei Lara und Joseph zu Hause.

„Daniel wollte sein letztes Frühstück hier mit dir zusammen einnehmen", begann Lara.

„Sein letztes Frühstück? Was soll das heißen? Zieht er aus?"

„Ja, Daniel …"

„Nein, lass mich", unterbrach Daniel sie, „es war ja auch meine Idee."
Lara verstummte.

„Du ahnst es sicher nicht. Woher solltest du auch. Ich weiß es ja selbst erst seit kurzem, und danach habe ich mich erst einmal vor allen versteckt. Ich bin krank. Leukämie. Bin vorerst krankgeschrieben, will aber nicht wieder in den Dienst zurückkehren."

„Aber doch bei Lara bleiben!"

„Nein. So wie ich der Gesellschaft vorgeführt habe, dass es wichtiger ist, aufgegebenen Kindern zu helfen als eigene in die Welt zu setzen – er hatte auf eigene Kinder verzichtet und stattdessen Pflegekinder angenommen, zum Teil auch adoptiert - wie ich demonstriert habe, dass ich auf Macht und Geld verzichten kann und mich aus der Regierung in den Ethikrat zurückgezogen habe, als man mich dort brauchte, so werde ich allen zeigen, dass das Leben im Reservat im Alter etwas ganz Normales ist und besser sein kann als das Leben hier draußen.

Natürlich steht es mir frei, so viel ich will, bei Lara zu sein. Schließlich sind wir ja ganz altmodisch verheiratet. Aber erst einmal will ich raus. Raus aus dem ewigen Gerede, Getuschel und Gefrage. Außerdem habe ich keine Lust mehr, all diesen Ethikwichsern zu sagen, was sie zu tun haben. Schluss. Ende. Aus und vorbei. Ich habe dieser einfältigen Gesellschaft mehr gegeben als sie verdient. Damit ist jetzt Schluss. Ich werde Schriftsteller und suche noch einen Privatsekretär. Bist du bereit? Mein zukünftiges Appartement liegt etwas abseits, ist aber von deinem aus gut zu Fuß zu erreichen."

„Aber du kannst doch nicht …"

„Ich habe dich etwas gefragt, und das ist mir verdammt ernst: Bist du bereit?"

„Das geht mir alles etwas zu schnell. Auch wenn ich mir so eine Zusammenarbeit immer gewünscht habe."

„Du musst ja nicht gleich einen Zehnjahresvertrag unterschreiben. Wir fangen erst einmal mal an. Eine Woche besprechen wir Grundsatzfragen, und dann sagst du, ob du willst oder nicht. Mehr Zeit habe ich nicht, denn ich weiß nicht, wie lange ich noch zu leben habe. Ich rechne mit einem Jahr. Bis dahin muss ich mit meinem ersten Buch fertig sein. Allerdings bin ich in einem Medizinversuch, den sie zu Forschungszwecken auch im Reservat weiterführen wollen, wenn ich zustimme. Meine Erlaubnis haben sie. Mehr als sterben kann ich dabei nicht. Aber vielleicht lebe ich so ja auch noch ewig. Bisher fühle ich mich allerdings nicht so. Wir werden sehen. Ich fände es sehr gut, wenn du zusagen würdest."

„Und was für ein Werk soll es werden? Wissenschaftlich? Politische Visionen oder Belletristik?"
„Wir werden ja Zeit haben, darüber zu sprechen, wenn ich erst drüben bin. Vielleicht nennst du es dann einen politisch visionäreren Roman auf wissenschaftlicher Basis. Aber jetzt Schluss davon. Lara ist nur noch ein paar Minuten frei, dann muss sie wieder an den Operationstisch, und es gibt sicher genügend andere Themen für uns als dieses, mit dem ich Lara schon genügend gelangweilt habe."

Wie immer kurz und knapp. Auch jetzt noch, gezeichnet durch seine Krankheit. Joseph kam nicht umhin und musste von seinem Leben im Reservat erzählen. Er wurde von beiden in diese Thematik gedrängt, obwohl er das Gefühl hatte, dass es eigentlich niemanden interessierte. Immerhin konnte er so anbringen, dass auch er an einem Manuskript arbeitete. Er schrieb an seiner Autobiografie. Mit dem Rohentwurf war er fertig. Dass er schon so weit war, gab er aber nicht zu, aus Angst, dass es ihm vorzeitig aus der Hand genommen werden könnte. Von dem Tagebuchroman, den Souzie seinerzeit entdeckt hatte, sagte er nichts. Nur sie wusste davon.
Als er wieder zu Hause war, wurde ihm bewusst, dass er trotz der betrüblichen Mitteilung über den wenig hoffnungsvollen Gesundheitszustand seines Freundes die Welt wieder mit froheren Augen wahrnahm. Die Aussicht auf eine endlich einmal engere, längerfristig ausgelegte Zusammenarbeit hatte ihm eine neue Perspektive gegeben.

64.

Daniel hatte sich in seinem ganzen Leben im messianischen Kampf gegen die Gesellschaft befunden. Er verachtete sie. Musste ihr bei allen Gelegenheiten zeigen, wie unfähig und minderwertig sie war. Und bewies es ihr stets aufs Neue, indem er ihr vormachte und damit Wege zeigte und ebnete, wie man ihre Probleme besser lösen konnte. Alles aber war aus Hass geschehen und abgrundtiefer Verachtung.
Und nun stieß er auf die Biografie von Joseph, einem Träumer und Mitläufer, an dem das Schlimmste war, dass er längst selbst erkannt hatte, dass er nur Mitläufer war, dass er wissend und gern träumte und bewusst mitlief in dieser Gesellschaft, die er liebte. Sich ausdrücklich ihr anschloss, bei allen ihren Mängeln, im Bewusstsein, dass sie unvollkommen war und vor allem, dass er sie, mitlaufend, vielleicht ein wenig verbessern, in ihrer menschlichen Unzulänglichkeit aber nicht ändern konnte. Er nicht und andere nicht.
Und – für Daniel undenkbar - mit alledem war Joseph auch noch zufrieden. War immer zufrieden gewesen. Hatte immer das Beste aus

seinen Lebensumständen gemacht – oder zu machen versucht. Meist auch noch erfolgreich.

Das alles bekam Daniel in Josephs Autobiografie zu lesen. Es widerte ihn an. Aber er konnte sich dem auch nicht ganz entziehen.

In ihren Gesprächen entlarvte er Joseph immer wieder als naiven Illusionisten, widerlegte ihn mit seinen besseren Argumenten, demütigte ihn. Und dessen unschuldiges „Na und, ist das schlimm?", egal ob ausgesprochen oder von Daniel nur hineininterpretiert, überforderte seine Geduld.

Joseph seinerseits bewunderte Daniel als Genie und eigentlichen Macher der Revolution. Aber er hatte Angst um seinen eigenen Geistesfrieden angesichts der zersetzenden Kritik seines übermächtigen Freundes. Er war überzeugt, dass er sein Leben richtig angepackt hatte. Bereute seine kindliche Arglosigkeit nicht. Aber er fühlte, dass die Fundamente seiner naiven Lebensart der fortgesetzten Aushöhlung durch Daniels alles zersetzende Analysen auf die Dauer nicht standhalten konnten und drohten, vernichtet zu werden. Er fürchtete, am Ende zusammenzubrechen.

„Ich weiß nicht, wie lange ich das aushalten kann. Ich habe mich mit meiner Biografie völlig vor dir entblößt, habe mich ganz in deine Hand gegeben und habe Angst, dass vor deiner alles in ein farbloses Nichts auflösenden Kritik die schöne bunte Welt meiner Vorstellung in Scherben fällt."

Zu seiner Überraschung reagierte Daniel, wie er ihn bis dahin nicht erlebt hatte.

„Was meinst denn du eigentlich, wie es mir geht, wenn ich deine Lebenserinnerungen lese? Ich muss mich doch fragen, ob nicht ich es bin, der am Leben vorbei gelebt hat, während du es ausgekostet hast. Du hast Liebe erfahren und genossen, hast dich eingelassen und hingegeben, hast vergnüglich konsumiert, was deine Freunde, was die Gesellschaft dir geboten hat.

Sicher, ich hatte mehr Geld, mehr Sex, mehr Erfolgserlebnisse, eine steilere Karriere, mehr Überlegenheit, mehr Zuhörer, und ich durchschaute diese verdammte Gesellschaft von vorn herein. Ich hätte nie mit dir tauschen mögen. Und was hat es mir gebracht? –

Und dann schreibst du zum Schluss, dass du trotz der Enttäuschung am Ende deine unprofessionelle Berufsauffassung nicht bereust. Dass es dir zurückblickend lieber ist, in der schönen trügerischen Einbildung kollegialer menschlicher Freundschaft gelebt zu haben, auch wenn sich am Ende die Blase in nichts aufgelöst hat. Dass dir die schöne Illusion mehr gegeben hat, als ihre Demaskierung dir am Ende hat wegnehmen können. Unvorstellbar.

Ich beneide dich. War nicht ich der Idiot? Zeitlebens? Nichts habe ich genossen. Immer nur durchschaut. Hindurchgeschaut auf all die

Hässlichkeit und Gemeinheit, die geglaubt hatte, sich hinter den schönen und liebenswürdigen Fassaden verborgen halten zu können. Wie ein Frauenarzt, der keine Frau mehr vor sich sieht, sondern nur krebsanfälliges Zellgewebe."

So nahe waren sie sich früher nicht gekommen.

Immer wieder trafen sie sich, um ihre Manuskripte zu besprechen. Diskutierten über Sinn und Wert der Literatur, sprachen über ihre Wünsche und Erwartungen als Autoren und ihre Anforderungen an spätere Leser. – Daniel leugnete jegliches Interesse an Anerkennung durch Leser und Rezensenten. – Sie stritten über die alten Fragen nach Dichtung und Wahrheit, Fantasie und Wirklichkeit, Aufrichtigkeit und Lüge, Kitsch und Kunst.

Und doch war das Literarische nur Vorwand. Jeder von ihnen wollte Bilanz ziehen. Bilanz über ein ganzes Leben, Bilanz über das, was sie und ihre Revolution bewirkt und vor allem, was sie nicht erreicht hatten. – Der Kuckuck schien am Ende auch sie aus dem Nest geworfen zu haben.

Aber sie brachten es nicht fertig. Trauten sich nicht, schreckten zurück, wenn unversehens ihre bedrückenden Zweifel in ihnen berührt wurden, und sie flohen schnell wieder zu ihren Texten. Das war persönlicher und dennoch unverbindlicher. Im Notfall blieb immer der Hinweis auf den Romancharakter als Schlupfloch, um die Identität mit dem Protagonisten zu leugnen.

65.

Nicht nur er und Magda, die ganze Umgebung war alt geworden. Im Sport, bei Freunden, in Vorträgen, Oper und Konzert, ja selbst im Urlaub, außerhalb der Ferienzeiten, trafen sie fast nur auf alte Menschen. Neben Tagespolitik, Erdbeben, Schnee- und anderen Katastrophen kreisten die Themen um Krankheit und um Enkelkinder.

Und selbst wenn Gespräche anspruchsvoller wurden, so war es dennoch anders als in jungen Jahren. Fertige Meinungsresultate ersetzten den gemeinsam suchenden Gedankenaustausch: Reproduktion geistiger Fastfoodprodukte aus Zeitungen, Zeitschriften und Fernsehdiskussionen - vielleicht auch in Erinnerung gebliebene Ergebnisse aus früheren eigenen geistigen Auseinandersetzung, deren Wurzeln aber seit langem verlorengegangen waren. Meist aber schwärmerisches Nachgebete der Kritiken von Kulturevents, von Ausstellungen, die Tausende in stundenlangem Warten vor den Toren stehen ließen, aufgewärmt durch das Bewusstsein, mit dabei zu sein, wenn Zeitgeist sich zurückbesinnt oder zu Utopischem sich aufrafft. Geistesschonkost, von Agenturen sorgsam auf- und vorbereitet, zum alsbaldigen Konsum bestimmt, um schnell dem Nächsten Platz zu machen, das die Medien im Voraus schon als einzigartig angekündigt, rezensiert und angepriesen hatten. Das alles war unendlich wichtig. Und wehe wenn man unbequeme Fragen stellte. Nicht Denken, Nachempfinden, war die Devise. Ein Banause, wer anders dachte.

Aber es gab Ausnahmen. Daniel natürlich, aber sonst nur wenige andere. Joseph spürte einen Schulkameraden auf, Jürgen, einen der Besten der Klasse, mit dem er in seiner Jugend viel Tennis und Schach gespielt hatte. In beidem war Jürgen besser gewesen. Aber doch nur so, dass es immerhin meist spannend geblieben war. Später hatten sie sich aus den Augen verloren. Nun erfuhr Joseph, dass dieser Jürgen erfolgreich Anglistik studiert, sich dann aber als Tennistrainer verpflichtet und so bis zuletzt sein Geld verdient hatte.

Jürgen war bereits einige Jahre im Reservat und hatte mit Begeisterung sein Anglistikstudium wieder aufgenommen. Aber nicht etwa in der Altersakademie, sondern auf Einladung einer dort lehrenden Professorin machte er an der Universität Seminare und Übungen zu Themen mit, die ihn schon früher immer interessiert hatten. Als Gegenleistung vertrat er die Professorin bisweilen im Proseminar. Er sagte es nicht, aber es war ihm zuzutrauen, dass er heimlich seine Doktorarbeit vorbereitete.

Jürgen und Daniel waren die Ausnahmen. Die Mehrheit lebte stumpfsinnig vor sich hin, in ihren stupiden Hobbys versunken. Kritisch wurde es bei manchen gegen Ende des ersten Jahres, wenn es den Wacheren unter ihnen bewusst wurde, wie nutzlos ihr Nachleben im Reservat war. Das war der Zeitpunkt, zu dem sie begannen, in phioleninduzierte „blaue Stunden" zu fliehen, und für nicht wenige war das der sichere Weg zur erlösenden roten „Potio Finale".

Wenn sie aber die Zeit der Eingewöhnung erst einmal überstanden hatten, waren es gerade die Unkritischen, die sich wohlzufühlen schienen. Vor allem, wenn sie mit ihrem Partner oder ihrer Partnerin zusammen hier waren. Ihr Leben „drüben" war abgeschlossen, schien vergessen. Und wenn man sie an ihr früheres Berufsleben erinnerte, winkten sie ab.

„Wir fangen eigentlich erst jetzt an, zu leben", konnte er als Antwort bekommen. Oder „Endlich habe ich Zeit zu dem, was ich immer wollte", oder „Na ja, zuletzt war es ja drüben doch mühsam geworden", oder gar „Die Jungen machen ja doch alles anders. Die brauchen uns nicht mehr. Haben eine ganz andere Einstellung. Da passte ich nicht mehr hinein."

Hier im Reservat hatten sie ihre Ruhe wiedergefunden und vermissten das alte Leben nicht. Fernsehen, Kreuzworträtsel, virtuelle Spiele, Romane, Sport, ab und zu Theater, das genügte. Ein solches Leben wollte Joseph nicht. Es widerte ihn an.

Jeden Morgen zeigte ihm der Spiegel, wie der Verfall des Alters an ihm zehrte, und überall in seiner Umgebung bedrückte ihn das gleiche Bild der Endzeit. Es stieß ihn ab, aber es überraschte ihn nicht mehr.

Trotz alledem empfand er sich jünger als die anderen, auch wenn ihm bewusst war, dass er es nicht war.

In seinen Träumen blieb er alterslos. Gleichgültig, ob er wieder einmal, wie schon so oft, die mündliche Abiturprüfung bestehen musste, ob er als Berufsanfänger einen Termin verpasste, sich mit seiner früheren Frau stritt oder zur Tanzstunde ging, seine Schlussballdame nach Hause begleitete oder als Student zum Fasching ging. Das Alter passte sich der jeweiligen Traumwelt an.

Das heißt, eigentlich konnte er nicht sagen, ob er selbst als Traumfigur jugendlich war, im Traum sah er sich ja nicht. Geliebte Wesen kamen auf ihn zu. Sie schauten ihn mit den Blicken an, die ihn bei seiner Tanzstundenliebe Lydia, dann später bei Magda so sehr berührt hatten, und verführten ihn oder ließen sich willig von ihm verführen. Gedanken an sein Alter kamen ihm in der nächtlichen Welt der Träume nicht.

Und oft, wenn ihm danach morgens beim Rasieren wieder einmal sein altes und unansehnliches Ebenbild anschaute, schloss er noch einmal seine Augen um sich vorzustellen, wie es wäre, wenn es doch noch einmal Wahrheit würde, dass ein junges, hübsches, liebenswertes Wesen sich in ihn verliebte. Nur einmal noch. Als Abschluss sozusagen.

Begann sein Tag mit solchen Fantasien, so kam es vor, dass es ihn hinaus trieb in die Natur, dass er eine Wanderung unternahm und, egal ob Sonne oder Sturm und Regen, die Natur wie eine Gabe Gottes sah, ihm, Joseph zum persönlichen Geschenk für diesen Tag bereitet. Oder er verließ das Reservat, fuhr in die nahe Stadt und bummelte durch die Einkaufsstraßen, nichts zu kaufen, die Welt zu genießen, „die Fauna zu beobachten", wie Rafael früher gesagt hatte, wenn sie in Spanien, im Straßencafé sitzend, gemeinsam schönen Mädchen nachgeschaut hatten.

In solchen Momenten liebte er die Menschen, ihr Treiben, erhaschte fröhliche Blicke, die sie untereinander tauschten, und ein wenig tauchte er ein in ihr unbefangenes Leben, wenn er der Verkäuferin oder der Bedienung im Café ein kleines liebenswürdiges Kompliment machte und auch er als Belohnung einen freundlichen Blick als Antwort bekam. Das genügte ihm, und er war glücklich.

Doch ganz plötzlich konnte es umschlagen und er fühlte sich ausgeschlossen, überflüssig, fehl am Platze, fragte sich, was er hier noch mache, als Toter zwischen den Lebenden, und das immer wiederkehrende „Ich will nicht mehr" erwachte in ihm, wiederholte sich pausenlos, mischte sich mit dem verlogenen „Ich kann nicht mehr" und dem anklagenden „Wie lange muss ich denn das alles noch, und für wen?" und ließ keinem anderen Gedanken mehr Raum.

Dabei war er dann seiner Umgebung gegenüber keineswegs unfreundlich. Nicht gerade redselig, aber höflich und korrekt, und es konnte sogar sein, dass er zu einer Bedienung so freundlich war, dass deren aufmunterndes Echo ihn für Momente seine Unlust vergessen ließ. Vielleicht sogar dauerhaft. Bis zum nächsten Mal. Bis zum nächsten Traum.

Warum konnte er nicht in einem seiner Liebesträume sterben? Dort im schönsten Glücksgefühl die rote Phiole leeren und nie wieder aufwachen?

66.

„Eines bereue ich", begann Joseph eines Tages, als Daniel ihn wieder einmal besuchte, „das Zerwürfnis mit Paul Laban. Das kann ich diesem Eberle nicht verzeihen, dass er uns auseinander gebracht hat. Hätte ich nicht geschworen, die Dateien dieser unglückseligen Server nie wieder zu öffnen, so würde ich dem guten Paul ein paar Zeilen unter die Nase halten wollen, dass er mir Abbitte tun müsste. Ich sehe, wenn ich an ihn denke, sofort die alten Szenen wieder vor mir. Manchmal liege ich abends Stunden wach, wenn ich mir vorstelle, mit ihm darüber zu sprechen. Und wenn er noch so sehr hintergangen und getäuscht worden ist, ich kann es nicht begreifen, wie ein aufrechter Freund – und dafür halte ich ihn nach wie vor – sich so hinters Licht führen lassen und in der Folge abwenden kann. Schade. Aber den Kontakt zu ihm habe ich endgültig abgebrochen. Musste ihn abbrechen."

„Vergiss es. Geh zu ihm hin. Sage ihm genau das, was du mir gerade gesagt hast. Dass du ihn nach wie vor als Freund betrachtest, dass es in euer beider Leben ein schreckliches Ereignis gegeben habe, das euch nun lange genug getrennt hat und dass ihr einfach nicht mehr darüber reden und stattdessen den anderen hinnehmen solltet in seiner vermuteten Unzulänglichkeit. ‚Störendes unter den Teppich kehren.' Das entspricht doch deinem Weltbild von der unvollkommenen Gesellschaft unvollkommener Menschen."

Und so geschah es. Nicht gleich mit großer Herzlichkeit. Sogar wirklich mit nächtlichem Wachliegen. Immerhin, als Paul einige Zeit später ebenfalls ins Reservat kam, suchten sie gemeinsam ein Appartement für ihn, das nicht allzu weit von Nr. 2084 entfernt war. -

Paul hatte seinen Beruf nicht sonderlich geliebt. Er war einigermaßen erfolgreich gewesen, hatte aber in den letzten Jahren bereits dem Zeitpunkt nicht ohne Wohlwollen entgegengesehen, an dem ihm seine letzte Evaluation das Reservat in Aussicht stellen würde. Mit seinen Kollegen verband ihn zuletzt nur noch wenig. Er lebte mit allen in distanziertem Frieden. Seit dem plötzlichen Fortgang von Jakob fühlte er sich nur noch mit einem ein wenig älteren aber unerhört sportlichen Kollegen freundschaftlich verbunden, mit dem er seit Jahren jeden Donnerstag Tennis spielte.

Am ersten Donnerstag nach dem Einzug lud Joseph die beiden zu einem Doppel ein. Anschließend gingen sie gemeinsam in die Reservatskantine zum Essen, und es wurden Pläne für das beginnende Reservatsleben geschmiedet.

Joseph und Paul hatten auf ihren gemeinsamen Reisen gelegentlich Spielcasinos besucht und Roulette gespielt. Dabei verfolgten sie sehr gegensätzliche Strategien. Wenn er überhaupt spielte, setzte Joseph immer nur ein einziges Mal, meist gleich zu Beginn, eine größere Summe auf „Zahl", wohl wissend, dass seine Gewinnchance lediglich 1:37 war, dann aber der Gewinn beträchtlich wäre. Bei 500 Euro Einsatz hätte er 18.000 Euro ausgezahlt bekommen. Nur, der günstige Fall ist niemals eingetreten. Aber er war eigentlich nicht enttäuscht. Er kannte ja seine Gewinnchancen. Er beließ es danach für den ganzen Abend bei diesem einzigen Einsatz und setzte nicht wieder. Paul dagegen beobachtete während der ersten Stunde den Spielverlauf und machte sich Notizen. Erst danach begann er, selbst zu setzen. Seine Einsätze waren gering und folgten einem festen System, das er aber nicht verriet. Vielleicht aus Angst, den Spott eines Mathematikers herauszufordern. Immerhin, am Ende hatte er immer eine kleine Summe gewonnen. Mal 20 Euro, mal 50 Euro, vielleicht auch einmal nur fünf, aber Joseph konnte sich nicht erinnern, dass Paul jemals mit Verlust aus dem Casino gekommen war.

Ähnliches Interesse wie an den Zahlenfolgen des Roulettes zeigte Paul am Börsengeschehen. Immer schon hatte er davon gesprochen, dass er, wenn er jemals dazu Zeit haben würde, sich systematisch mit Aktienanalysen beschäftigen wolle. Damit wollte er nun beginnen.

Da ihm aber im Reservat keine größeren Summen zur Verfügung standen, hatten ihm seine Kollegen zum Abschied ein kleines Computersystem auf seinem Rechner installiert, mit dem er virtuelle Börsenspekulationen durchführen konnte. Das Programm war – in real time - über Internet mit den größten Börsen der Welt verbunden und zeigte stets die aktuellen Kursentwicklungen an. Die Kollegen hatten ihm – als Spielgeld sozusagen - ein fiktives Startkapital von einer halben Million Euro eingetragen. Im Rahmen dieses Spielraumes konnte er – natürlich nur im Spiel – beliebig Aktien kaufen und später wieder verkaufen. Das Programm zeigte ihm zu jedem Zeitpunkt seine erzielten virtuellen Gewinne und Verluste an. Ferner hatten sie ihm ein Fünf-Jahres-Abonnement von zwei Fachzeitschriften geschenkt und eine

Prämie ausgesetzt für den Fall, dass es ihm gelänge, innerhalb von fünf Jahren sein Startkapital zu verdoppeln.

Nun war er Tag aus Tag ein damit beschäftigt, Kurse zu beobachten, Charts anzulegen und Strategien zu entwerfen. Wenn man ihn darauf ansprach, sprudelte er über. Man vermutete, dass er auch mit den geringen Summen, die er als Reservatspensionär zur Verfügung hatte, am wirklichen Aktienmarkt operierte.

Paul hatte sich schnell eingewöhnt. Er schien die pflichtlose Ruhe zu genießen, in der er sich offenbar sehr viel besser fühlte als früher unter dem dauernden Zwang zu beruflichen Höchstleistungen.

Auch seine Rückenprobleme beeinträchtigten ihn nicht mehr so sehr. Den Empfehlungen der Mitspieler der Doppelrunde folgend, hatte er damit begonnen, sich mit den in jedem Appartement bereitliegenden Schmerzmitteln und Psychopharmaka so einzustellen, dass er sein Dasein physisch und psychisch angenehm empfand. Er schien gute Chancen zu haben, das kritische erste Jahr zu überleben.

Den Donnerstagssport mit seinem Kollegen hatte er wieder aufgenommen. Außerdem nahm er alle vierzehn Tage an einer abendlichen Doppelrunde teil, die Joseph mit fünf Freunden zusammen organisiert hatte.

Doch die Distanz zu Joseph blieb. Man traf sich. Besuchte sich, spielte Tennis und Bridge zusammen und unternahm ab und zu gemeinsam etwas. Die unbefangene freundschaftliche Herzlichkeit von einst aber war für immer verloren.

67.

„Ich habe etwas getan, was ich vielleicht nicht hätte tun dürfen. Aber ich habe es für Sie getan, und ich habe überhaupt kein schlechtes Gewissen."

„Souzie, Sie sprechen in Rätseln. Aber lassen Sie mich nachdenken. Ich möchte endlich einmal ohne Hilfe eines Ihrer Rätsel lösen."

„Es wäre nicht das erste."

„Ja, Ihr schönes Password. Unser charmantes kleines Geheimnis."

„Diesmal ist es nicht viel anders, Professor."

„Ein charmantes Geheimnis, nur für uns zwei? Hm."

„Es muss nicht geheim bleiben."

„Hören Sie auf, Sie helfen ja bereits bei der Lösung."

„Dreimal dürfen Sie raten."

„Sie haben eine Kontaktanzeige für mich aufgegeben und vor der Tür steht eine junge Frau, die zu mir möchte", flachste er.

Sie wurde ganz ernst.

„Sie wissen, das ist Unsinn. Das könnte vielleicht einer Ihrer Sportkumpane tun, nicht ich. Außerdem haben Sie seit langem eine Partnerschaft."

„Sagen wir eine Freundschaft. Einen Freund. Wie Daniel. Nur dass es eine Frau ist."

„Aber irgendwo in mir", fügte er nachdenklich hinzu, „lebt sie noch wie früher. Und in meinen Träumen kommt sie mich manchmal besuchen. Nicht eigentlich mich, sondern den Joseph von damals. Und natürlich begegnen wir uns nicht hier in meiner verwunschenen alten Klause. Nein. Ganz wo anders. An einem lieblicheren Ort. Immer wieder dort."

„Ich könnte mir vorstellen, wo."

„Ja, sie kennen ihn. Haben mich einmal da oben überrascht. Unerwartet wie im Traum. Oder war am Ende auch das nur ein Traum?"

„Sie überziehen, Professor. Sie kokettieren mit Ihrem Alter. Es war kein Traum damals und es ist auch heute keiner. Nur der Ort ist anders. Aber es gibt auch Ähnlichkeiten, wenn ich mir ansehe, wie Sie sich eingerichtet haben. Etwas dunkel. Aber keineswegs finster. Sie haben einen herrlichen Ausblick ins Grüne. Zwar Kastanien und keine Almen, aber immerhin, an Ihrem Schreibtisch ist es hell."

„Schreibtisch und Schreibtischsessel sind das einzige, das ich mitgebracht habe. Beide stammen noch von meinem Großvater. Sie standen einst im Pfarrhaus in Burg an der Wupper."

Sie schaute sich weiter prüfend im Zimmer um.

„Den Sesselpolstern fehlt vielleicht ein wenig Farbe. Dunkelrot statt grau würde ich schön finden. Zu Ihnen passte vielleicht noch besser ein warmes Braun. Etwa so wie Ihr alter Schreibtischsessel. Die Vorhänge und die Tischdecke könnten dann sogar so bleiben in ihrem Grau."

„Ich habe nichts geändert. Er war Antiquar. Aber Sie haben Recht. Jetzt, wo Sie es sagen, merke ich, dass es das triste Grau der Polster ist, das nicht recht passt. Es lähmt. Vielleicht hatten sie früher einmal eine andere Farbe gehabt, oder am Ende gar ein Blumen- oder Streifenmuster, und er wusste es, war aber zu bescheiden, es wieder zu ändern. Es hätte auch sicher nicht zu ihm gepasst. Selbst Schwarz fände ich übrigens lebendiger."

„Schwarz?"

„Ja, schwarz. Das gibt Ruhe."

„Und Einsamkeit."

„Richtig. Ihr Rot wäre da besser. Ich würde immer von Ihnen begrüßt, wenn ich nach Hause komme. Aber es sollte wirklich sehr dunkel sein. Und der Schreibtischsessel wird schwarz."

Auf das Rätsel kamen sie nicht wieder zurück.

Am anderen Tage fand Joseph eine Mail vom Abend zuvor.

„Hallo, Professor, haben Sie schön geträumt? Sicher von schwarzen und roten Polstern; die werden Sie jetzt brauchen. Denn eine Rückkehr ins Leben sollten Sie nicht planen. Sie haben es dort drüben ja so schön. Genießen Sie Ihre unendliche Ruhe und verkriechen Sie sich in Ihre Einsamkeit. Es will Sie hier doch keiner mehr. Nicht einmal Ihre frühere Fakultät hätte Interesse daran, Sie zum nächsten Sommersemester wieder einzustellen. Ganz zu schweigen von mir. Daher habe ich Sie auch gar nicht erst reevaluiert und ins Spiel gebracht. Ich konnte ja nicht in Ihrem Namen handeln. Sie haben mir ja bei Ihrem Fortgang die Befugnisse entzogen und die Passwords geändert. Nun ist die Stelle nicht für Sie reserviert worden. Träumen Sie gut weiter, statt zu leben, ich werde Sie nicht wieder stören. Morgen nicht und übermorgen nicht! Das war das Märchen aus 1001 Nacht, dessen Rätsel Sie meinten, ohne meine Hilfe lösen zu können. Vielleicht hätten Sie es ja erraten. So schwer war es schließlich nicht, Herr Kollege.
Souzie.“

Er musste es ein paar Mal lesen, um alles zu entschlüsseln.
Also einen Tag, höchstens zwei gab sie Bedenkzeit. Dann wollte sie seine Antwort abholen. -

Joseph sprang auf, als es klopfte, und öffnete Souzie die Tür. Es war noch früh. Aber er hatte sie schon erwartet. Er wusste, dass sie um zehn Uhr ihre Vorlesung hatte und sicherlich noch vorher kommen würde.
„Herzlich willkommen am frühen Morgen, meine liebe Souzie. Sie machen ja Sachen.“
„Sie sind also nicht böse?“
„Wie sollte ich. Sie sind bezaubernd. Und so fürsorglich. Sie wollen wohl meine Tochter ersetzen, die so weit weg von mir im fernen Buenos Aires lebt. - Mein Sohn jetzt übrigens auch. Er hat sie dort besucht und sich in eine Argentinierin verliebt.“
„Aber Sie haben doch ständigen Kontakt, wie ich weiß.“
„Das schon, aber die beiden sind so beschäftigt. Da haben sie wenig Zeit, an mich zu denken.“
„Im Augenblick bin ich übrigens auch etwas eilig. Tut mir leid.“
„Ich weiß, Sie haben gleich Vorlesung.“
„Ja, ich muss wieder ins Institut. Aber ich war so gespannt, wie Sie es aufnehmen, Professor. Und nun bin ich wenigstens beruhigt, dass Sie nicht böse sind.“
„Ein paar Minuten müssen Sie schon mitgebracht haben. Setzen Sie sich. Sie sind noch immer grau, aber vielleicht nehmen Sie dennoch auf einem der Sessel Platz. Kaffee?“
„Lieber einen Tee, wenn Sie haben.“
„Sicher. Ich wusste ja, dass Sie kommen würden.“

Das Wasser kochte längst, und er brühte den Tee auf. Dann kam er zurück zu ihr.

„Da haben Sie ja was angestellt. Sie sind vielleicht eine. Und das stimmt wirklich alles?"

„So weit sollten Sie mich kennen, Professor."

„Und wenn ich nun nicht will?"

"Sie haben doch selbst mit Ihren Freunden das System geschaffen, in dem jeder, der qualifiziert ist, seine passende Stelle findet. Wäre ich sonst jetzt schon Juniorprofessorin am Institut? Hätten meine Studienkollegen sonst so schnell ihre Jobs gefunden? Vielleicht hätten wir immer noch vier Millionen Arbeitslose in Europa, oder wie viele waren es damals vor der Revolution?"

„Allein in Deutschland zeitweise weit über vier Millionen. Aber das ist jetzt nicht das Thema."

„Aber es gilt ebenso immer noch für Sie, Professor. Sie sind neu evaluiert und für gut befunden. Es ist Ihre Pflicht, der Gesellschaft zu dienen, wie Sie und Ihre Freunde es in die Verfassung geschrieben haben."

„So ähnlich steht es da. Das ist wahr. Aber daneben gilt auch das Prinzip der freiheitlichen Menschenwürde. Das Reservat kann Bestrafung, kann aber auch Erlösung sein. Ich glaube, ich habe das Alter erreicht, in dem ich das Recht habe, zu wählen."

„Aber Sie haben doch nicht freiwillig Ihren Beruf aufgegeben. Und nun ..."

„Und nun habe ich mich ein wenig an den neuen Zustand gewöhnt. Bin müde geworden."

„Das von Ihnen, Professor? Unmöglich."

„Doch, liebe Souzie, ich glaube, es ist so. Wenn ich mir vorstelle, wieder neu anzufangen, Vorlesungen ausarbeiten, Skripten zu überarbeiten und ins Internet zu stellen ... Die regelmäßige Arbeit wäre das Wenigste. Aber noch einmal neu anfangen? Neue Kollegen, als neuer Seniorprofessor vor den jungen Studenten - der Gedanke ist mir so fern inzwischen."

„Aber Sie vermissen sie doch, die Studenten, haben Sie immer gesagt, und die jungen Menschen. Wir sind ein prima Kollegium. Glauben sie mir. Kommen Sie. Es wird ein neues Leben. Ein wenig auch für mich."

„Für ein paar Semester. Vielleicht. Bis hoffentlich ich selbst - rechtzeitig vor der ersten Negativevaluation - es als Erster merke dass es nicht mehr so recht geht und Sie sich alle nur scheuen, es mir zu sagen. Nein, ernsthaft, ersparen Sie mir das. – Aber ich muss mich um den Tee kümmern. Fast hätte ich ihn vergessen."

Als er wieder ins Zimmer kam, war sie aufgestanden, zum Gehen gewandt. Sagte aber nichts.

„Bitte Souzie, gehen Sie nicht. Bleiben Sie noch für ein Tässchen."

Sie schüttelte den Kopf und schwieg.

„Nur eine Tasse noch, bitte. Sie können doch nicht einfach so gehen."
Er legte seinen Arm um sie und führte sie zurück zu ihrem Sessel.
Widerstrebend nahm sie Platz. Dann war sie am Ende und ließ den
Tränen der Enttäuschung freien Lauf.

Joseph ging es nicht viel besser. Aber er fasste sich schneller wieder.

„Meine liebe Souzie, wenn ich Sie nicht hätte! Es ist toll, was Sie
machen. Ich bin Ihnen unendlich dankbar. Glauben Sie mir, allein schon
durch das, was Sie da für mich getan haben, lassen Sie mir die Welt in
einem schöneren, helleren Licht erscheinen. Ich fühle mich geehrt,
beschenkt, ein wenig sogar stolz, vor allem aber berührt."

Es klingelte. Er strich ihr über den Kopf, gab ihr einen kindlichen Kuss
auf die Stirn und öffnete.

„Sie hatten einen Polsterer bestellt?"

„Ja, das habe ich, aber …"

„Nun, da sind wir. Worum handelt es sich denn?"

Souzie war im Bad verschwunden.

„Hier, die Sessel. Aber warten Sie bitte einen Augenblick!"

Er hatte leise Schritte hinter seinem Rücken bemerkt, drehte sich um,
doch da war sie schon entwischt.

„Souzie, so bleiben Sie doch, das wird nicht lange dauern."

Aber sie drehte sich nicht mehr um.

„Vielleicht können Sie mir ja helfen. Es war doch Ihre Idee", rief er ihr
noch leise nach, aber da war sie schon im Aufzug verschwunden.

68.

Gegen Mittag folgte er ihr ins Institut. Keiner erkannte ihn. Alte
Kollegen von früher begegneten ihm diesmal nicht. Es war ihm auch
lieber so. Es wäre ihm unangenehm, gewesen mit einem Blumenstrauß in
der Hand auf dem Wege zu ihrem Büro gesehen zu werden. Er wusste,
dass sie jetzt Vorlesung hatte.

Ihr Zimmer war offen. Ein helles, modernes, technisch hervorragend
ausgestattetes, bestens aufgeräumtes, Kühle ausstrahlendes Büro mit
großen Fenstern. Alles in grau, weiß und schwarz gehalten. Leise ging er
hinein, wickelte die Blumen aus dem Papier, stellte sie in die
mitgebrachte Vase und platzierte sie an eine unauffällige Stelle in ihrem
Raum. Rosen wären zu abgeschmackt gewesen, zu sehr mit spießiger
Sinnhaftigkeit belastet. Er hatte einen neuen großen Blumenladen
aufgesucht, der als Einführungsangebot eine einzelne Lotosblüte
empfohlen hatte. Aber auch dazu hatte er sich nicht getraut. Wer weiß,
was das in östlicher Symbolik bedeutet hätte? Stattdessen hat er
schließlich eine Blume von jeder Sorte ausgewählt, die es in dem

Geschäft gab, und zu einem riesigen bunten Strauß binden lassen. Und nun betrachtete er ihn und war zufrieden mit seiner Wahl.

Dann schaute er sich ein wenig in dem anonymen Arbeitszimmer um, das - abgesehen von den prächtigen Blumen, die ja nun ihre waren - überhaupt keine Spuren von Souzie zeigte. Selbst der Papierkorb war leer. Vergeblich suchte er nach etwas Menschlichem von ihr. Schließlich konnte er nicht widerstehen und setzte sich – sozusagen probeweise – an den Schreibtisch.

Er nahm einen Zettel, um ein paar Worte als Gruß zu hinterlassen, ließ es aber dann, warf das Papier in den Papierkorb und wollte gehen. Auf seinem Weg zur Tür blieb er einen Augenblick an einem Wandschrank stehen, in dem er ihre Garderobe vermutete. Er öffnete die Tür in der Hoffnung, dahinter irgendetwas Persönliches von ihr zu zu vorfinden.

Die Jacke hing dort, die sie am Morgen bei ihrem Besuch getragen hatte. Er nahm sie heraus, drückte sie an sein Gesicht und sog, ein wenig von ihrer Nähe ahnend, ihren Duft ein. Dabei entdeckte er oben im Garderobenfach die kleine rote Decke. Und nun schrieb er doch einen kleinen Gruß: *„Sie brauchen nicht zu suchen. Ich konnte nicht widerstehen. Ihr alter Professor."* Er legte den Zettel an die Stelle, an der die Decke gelegen hatte, schloss den Garderobenschrank und verließ eilig das Institut, ängstlich, dass ihn jemand mit seinem roten Talisman entdecken könnte. Aber er begegnete niemandem.

Auf Umwegen ging er nach Hause. In einem Park hielt er an, breitete auf einer Bank die Decke aus und setzte sich für eine kleine genießerische Weile.

Er war unschlüssig. Ebenso wenig wie er für Souzie seine endgültige Antwort wusste, hätte er entscheiden können, ob er glücklich oder verzweifelt war.

Seine Seele war beflügelt vom wunderbaren Gefühl, die Welt stehe ihm offen: Die Evaluation hatte ihn noch einmal für wert befunden, der Gesellschaft als Professor zu dienen. Studenten und Kollegen würden ihn erwarteten, und Souzie an seiner Seite – beruflich, alles andere würde Traumwelt bleiben müssen. Er bald 70, sie kaum halb so alt. Außerdem gab es Ben. Er hatte ihn einmal kennengelernt, als er Souzie nach einem Treffen im „Diàvolo" abholte, aber es war unklar geblieben, ob es ihr Freund war. Er hatte sie nie danach gefragt. Sie hat ihn nie erwähnt.

Als er merkte, dass die Euphorie begann, in ihr Gegenteil umzuschlagen, stand er auf, legte die rote Decke zusammen, sog noch einmal ihren vermeintlichen Duft ein – oder war es inzwischen sein eigener geworden? – und ging auf kürzestem Wege nach Hause.

Erstmals folgte er dem bisher immer verächtlich von ihm in den Wind geschlagenen freundschaftlichen Ratschlag seiner Tennisfreunde und nahm einen winzigen Schluck der blauen "Potion Magique", um seine abstürzende Stimmung noch im freien Fall aufzufangen.

Winzig, aber wirksam. Er sah die dunkelroten Polstersessel vor sich in schönem Kontrast zum schwarzen Schreibtischstuhl, Studenten, die bei ihm zu Hause ihre Hausarbeiten ablieferten und mit ihm seltsame völlig neue von ihm selbst entdeckte mathematische Probleme besprachen, und dabei lag er mit Souzie – oder wer war es? – auf einen Ellenbogen gestützt wie ein römischer Adliger auf einem Liegesofa. Zusammen beurteilten sie die Lösungen der Studenten.

Zwei oder drei Stunden mochte er geschlafen haben, als er voller Tatendrang erwachte. Er telefonierte mit dem Polsterer und machte den schwarz-roten Auftrag klar. Dann rief er Magda an und berichtete ihr von Souzies Vorschlag. Und obwohl es ihr nicht recht zu behagen schien, dass das ganze auf einem Alleingang von Souzie beruhte, riet sie ihm zu.

„Ist ja toll! Dann bist du auch sicher wieder öfter bei mir", sagte sie spontan, doch wie zur Abschwächung des gerade Gesagten verfiel sie in ihr ironisch-belustigtes hohes Lachen, das sie so oft präventiv einsetzte, um eventueller Verstimmung des Gesprächspartners die Spitze zu nehmen.

Danach mailte er nach Argentinien, dann versuchte er, allerdings vergeblich, Daniel oder Lara zu erreichen und verabredete sich für den frühen Nachmittag zum Tennis.

Souzie ließ den ganzen Tag nichts mehr von sich hören. Abends rief er an. Anrufbeantworter. Dazu hatte er keine Lust. Aber er wusste, dass sie kommen würde. Spätestens am nächsten Tag lief das Ultimatum ab, und sie würde sich die Antwort selbst holen. So hatte sie es in ihrer Mail angekündigt.

Er schaute in ungeöffneten Kartons nach, ob er noch Unterlagen von seiner Zeit als Professor hätte, fand aber nichts. Aber es sollte ja auch ein neuer Anfang werden.

69.

Mit einer Empfindung unbestimmter Ängstlichkeit erwachte Joseph aus dem unruhigen Schlaf einer Nacht voller Träume. Er konnte sich an nichts Genaues erinnern. Nur dass er im mathematischen Institut mit immer wieder anderen ihm unbekannten wohlwollenden Menschen zusammengekommen war, aber dennoch von dauernder unerklärlicher Unruhe getrieben gewesen war. Nichts Bedrohliches, im Gegenteil angenehme kleine Belanglosigkeiten. Trotzdem war er froh, als er sah, dass es schon hell, die Nacht also vorüber war und er aufstehen konnte, um die wirren Fantasien aus seinem Geiste zu verdrängen.

In dieser Stimmung war es ihm ganz lieb, dass Souzie ihn nicht schon am Vormittag besuchte. Er fühlte sich nicht vorbereitet. Er stand auf und bereitete sich das Frühstück – die Mahlzeiten machte er in eigener Regie, den Kantinenservice hatte er ebenso abgelehnt wie das „Essen im Zimmer", das er sich in sein Appartement hätte bestellen können. Danach ging er in den nahen Park, um sich für sein Treffen mit Souzie zu sammeln. Es war noch früh. Dennoch hatte er ihr eine Notiz mit seiner Handynummer hinterlassen, für den Fall, dass sie in seiner Abwesenheit kommen würde, und er entfernte sich aus diesem Grunde auch nicht weit von seiner Wohnung.

Es gab noch viele Fragen.

In welchen Gebieten wollte man ihn einsetzen? Wie viele Vorlesungen waren zu halten? Wie würde die räumliche und technische Ausstattung sein? Würde er mit Souzie zusammenarbeiten? Hätte er Assistenten und Hilfskräfte? Welches Serversystem war installiert? Mit welcher Software? War sie sehr viel anders als damals (sicher gab es die damaligen Programme alle nicht mehr)? Musste er in der Selbstverwaltung mitarbeiten (das wollte er auf keinen Fall)?

Je länger er nachdachte, desto mehr überkam ihn Unwille.

Schließlich ging er unschlüssig und missgestimmt nach Hause. Vor der Tür seines Appartements lag ein Schnürpaket vom Polsterer. Schwarze und rote Stoffproben.

Er packte sie aus und legte sie probeweise auf die Sessel. Schade eigentlich um die unversehrten grauen und braunen Samtpolster. Wozu das alles? Aber nun hatte er sich dafür entschlossen, und ein wenig freute er sich, dass die Entscheidung gefallen war. Aber im Augenblick hatte er keine Lust, über Farben nachzudenken und sich festzulegen.

Erst gegen Abend kam Souzie.

„Habe ich Sie richtig verstanden? Ihre Blumen haben Leben signalisiert. Vielen Dank. Ich habe sie mitten auf meinen Schreibtisch gestellt. Jeder soll sie sehen."

Als er sie bat, Platz zu nehmen, sah sie die Stoffproben.

„Wollen Sie denn hier wohnen bleiben? Geht das überhaupt?"

„Sie haben es richtig gesehen. Aber, wie soll ich sagen, es ist ein Signal von gestern. Und ob es heute noch gilt, da bin ich mir nicht sicher."

Dabei wurde ihm bewusst, dass er, wie so oft, wieder einmal, der Wahrheit ausweichend, Aufschub suchte für eine längst gefallene unangenehme Entscheidung. Daniel hatte ihm das so oft vorgeworfen: *„Wozu quälst du dich erst so lange? Sag es gleich. Du weißt doch, dass es unvermeidlich ist. Also los, sei nicht so erbärmlich feige!"*

Sie sah weg. Dann setzte sie sich, senkte den Kopf, schaute zum Boden.

„Ich verstehe", sagte sie leise.

„Sie verstehen nichts", widersprach er, aber es war erneut als wolle er die Augen vor der Wahrheit verschließen und so widersprach er nur, weil er es so nicht sogleich hinnehmen konnte. In seiner Hilflosigkeit tat er etwas ganz Ungewöhnliches. Er bückte sich zu ihr nieder, nahm ihren Kopf in seine beiden Hände und da er nicht weiter wusste, ging er vor ihr auf die Knie und verbarg seinen Kopf in ihren Schoß.

So versteckt und dennoch ganz nahe bei ihr, fiel es ihm plötzlich leicht, alles zu sagen, was ihm schon gestern und dann am Morgen im Park durch den Kopf gegangen und ihm mit einem Mal in ihrer Gegenwart so klar geworden war.

„Sie öffnen mir die Tür zu einer märchenhaften neuen Welt. Es ist eine Lust, sie zu schauen und ein unbeschreibliches Glücksgefühl, zu wissen, dass all das von Ihnen kommt. Aber eben das ist es, was mir den Einritt verbietet. Denn das Verlockende für mich wären allein Sie, das Leben mit Ihnen, oder auch nur in Ihrer Nähe.

Alles andere hatte ich früher schon, und das macht mich dankbar und glücklich. Und noch einmal mit dem Gleichen anfangen, das schon einmal war?

Stellen Sie sich unser Leben in zehn Jahren vor. Ich ginge auf achtzig zu, Sie wären immer noch eine junge Frau. Entweder Sie hätten mich längst verlassen – was ich Ihnen dringend und immer wieder nahe legen müsste und hoffentlich auch würde – oder Sie wären lebendig begraben neben mir. Ich kann, ich mag, ich will mir das nicht ausmalen. Ich liebe Sie, Souzie."

Und nach einer Weile des Schweigens:

„Sagen Sie, dass Sie mich verstehen. - Bitte."

Doch sie schwieg. Sie hatte ihre Hände auf seinen Kopf in ihrem Schoß gelegt.

„Immerhin, Sie widersprechen nicht. Vielleicht brauchen Sie Zeit. Es ist alles noch so neu." Bei den letzten Sätzen hob er den Kopf und schaute sie an.

Sie schwiegen. Über das, was sie bewegte, mochten sie nicht reden. Es war alles gesagt. Themenwechsel verbot sich.

Joseph stand auf, führte sie zur Liege und breitete die rote Decke über sie. Stumm ließ sie es sich gefallen, doch dann sagte sie ganz bekümmert „Lassen Sie mich nicht allein. Wenigstens nicht jetzt. Kommen Sie zu mir."

Es war wie damals in der Hütte. Aber sie blieb nicht lange. Noch vor der Dämmerung verabschiedete sie sich und ging.

70.

Zur Nacht kommt sie zurück. Will ihn noch einmal überreden. Er ist schon zu Bett gegangen. Sie setzt sich schweigend zu ihm.

Dann beendet sie die Stille

„Schließen Sie die Augen."

Sie entkleidet sich, legt sich neben ihn und zieht behutsam seinen Arm um sich.

„Souzie, Sie wissen, wohin das führt?" Sie nickt. Verharrt in Ruhe.

Nach einer Weile nimmt sie seine Hand von ihrem Busen und führt sie zusammen mit ihrer Hand zwischen ihre Beine, bleibt lange so, und schließlich schläft sie ein.

Er lässt sie schlafen.

Erwachend geleitet sie seine Hand langsam über ihren ganzen Körper. Mit kleinen Pausen, wie zur Rast, und schaut ihm in die Augen.

„Da Sie es so möchten, gehe ich jetzt. Aber wenn Sie es sich anders überlegen, rufen Sie mich, dann bin ich sofort wieder da. Sie wissen ja, wie Sie mich erreichen."

Vor seinen Augen kleidet sie sich langsam an. Zeitlupe.

„Schauen Sie genau, was ich anziehe. Prägen Sie es sich gut ein. Behalten Sie es in Erinnerung für Ihre Träume. Wenn Sie mich rufen, werde ich die gleiche Kleidung tragen. Niemand hat sie vor Ihnen gesehen. Und immer wird sie mich an Sie erinnern."

In aller Ruhe und ohne Geziertheit kleidet sie sich weiter an. Und schließlich, fast am Ende, bittet sie ihn

„Ich wünsche mir, dass Sie mir die Jacke zuknöpfen und mich dabei anschauen." – Er tut es gern, dann legt er sich wieder und schließt die Augen, wie um den Anblick zu bewahren.

„Jetzt wissen Sie, dass es alles das noch gibt und geben wird, wenn Sie nur wollen. Alles wartet nur auf Sie. Nicht nur im Traum."

Sie küsst ihn kindlich zärtlich, löst sich von ihm und geht ohne Eile aber zielbewusst zur Tür.

Dreht sich noch einmal um. „Ich Sie auch." - Und ist verschwunden.

Er öffnete die Augen, schaute zum Türspalt der sich schließenden Tür, aus dem die Worte gekommen waren, wollte aufspringen, unbekleidet wie er war, hinterherlaufen, entschloss sich aber doch anders, legte sich wieder, genoss den wohltuenden Nachhall der vertrauten Stimme und ließ es zu, dass die Wunder der letzten Stunden noch einmal in ihm vorüberzogen.

Es mochte eine Stunde vergangen sein. Erstes Licht des neuen Tages drang durch das Fenster in den Raum und begann, das Dunkel der Nacht zu verdrängen. Er wollte die zaghaft erwachende Helligkeit nicht durch Lampenlicht zerstören, zündete Kerzen an, kleidete sich festlich, setzte sich in seinen alten Schreibtischsessel und schaute hinaus in den beginnenden Tag.

Vor ihm stehen die beiden Gläschen. Wie Blaubeer- und Himbeersaft. Er greift zum blauen Elixier.

„Ich Sie auch", wiederholt er langsam ihre letzten Worte und leert das Glas, lehnt sich zurück und genießt es, zu spüren, wie er in tiefe wohlige glückliche Ruhe versinkt.

Euphorische Freude erfasst ihn, durchdringt Geist und Körper, erfüllt ihn mit unbegreiflich schöner zielloser farbenfroher Sehnsucht. Joseph genießt voller Dankbarkeit die wohltuende glücklich machende Leere und lächelt.

„Ich höre die Stimme."

Alles ist wunderbar. Heiter.

Er erhebt das Rote gegen die ahnungsvolle Dämmerung des Morgenhimmels, hält es eine Weile ruhig in der Hand, betrachtet es mit freundschaftlicher Zuversicht, nimmt ein paar Tropfen und spürt genussvoll, wie die Landschaft in die Ferne rückt und unendliche Ruhe einkehrt. „Auf uns."

Heitere Gedanken führen ihn weiter und weiter zurück bis hin zum ersten Anfang, und noch einmal erlebt er die ganze Schöpfungsgeschichte und alles, was geworden war - und siehe da … doch weiter kam er nicht mehr.

***

Zitierte mittelalterliche Gedichte:
(Quelle: Wikipedia, geringfügig korrigiert von Jürgen Hensel, Bonn)

Walther von der Vogelweide: Under der linden
Under der linden
an der heide,
dâ unser zweier bette was,
dâ mugent ir vinden
schône beide
gebrochen bluomen unde gras.
vor dem walde in einem tal,
tandaradei,
schône sanc diu nahtegal.

Ich kam gegangen
zuo der ouwe:
dô was mîn friedel komen ê.
dâ wart ich enpfangen
hêre frouwe,
daz ich bin sælic iemer mê.
kuster mich? wol tûsentstunt:
tandaradei,
seht wie rôt mir ist der munt

Dô hete er gemachet
alsô rîche
von bluomen eine bettestat.
des wirt noch gelachet
inneclîche,
kumt iemen an daz selbe pfat.
bî den rôsen er wol mac,
tandaradei,
merken wâ mirz houbet lac.

Daz er bî mir læge,
wessez iemen
nu enwelle got, sô schamte ich mich.
wes er mit mir pflæge,
niemer niemen
bevinde daz, wan er unt ich,
und ein kleinez vogellîn:
tandaradei,
daz mac wol getriuwe sîn.

Unbekannter Dichter: Dû bist mîn …
Dû bist mîn, ich bin dîn
Des solt dû gwis sîn.
Dû bist beslozzen
In mînem herzen:
Verlorn ist daz slüzzelin -
Dû muost ouch immêr dar inne sîn.

Ferner in der Reihe Bordesholmer Edition erschienen:
Stand: April 2015

Bd. 1: Das Grab auf der Insel
Der erste Bordesholmkrimi
von Jürgen Baasch, Lydia Glaubke, Charlotte Günther,
Ines Reich und Hartmut Wiedling
ISBN 978-3-8448-0006-7   172 Seiten   Preis 9,90€

Bd. 2: De Borsholmer Jedemann
Hugo v. Hofmannsthal sien Stück,
in`t Plattdüütsche sett vun Jürgen Baasch
ISBN 978-3848-21806-6   128 Seiten   Preis 8,90€

Bd. 3: Das Licht
und andere Erzählungen
von Jürgen Baasch, Kirsten Frahm,
Viktor Vogt und Hartmut Wiedling
ISBN 978-3848-22711-2   136 Seiten   Preis 8,90€

Bd. 4: Krimidinner
Kriminalroman
von Hartmut Wiedling
ISBN 978-3848-21971-1   260 Seiten   Preis 14,90€

Bd. 5: Schmalsteder Beifang
Der zweite Bordesholmkrimi
von Jürgen Baasch, Silvia Biener, Charlotte Günther,
Diana Kühl und Hartmut Wiedling
ISBN 978-3-8482-2419-7   164 Seiten   Preis 9,90€

Bd. 6: Murmelspiel und Schabernack
Alltagsgeschichten aus unserer Nachkriegskinderzeit
Biografische Reihe, Hrsg. Jürgen Baasch
ISBN 978-3848241415   168 Seiten   Preis 10,90€

Bd. 7: Biografische Splitter
Biografische Reihe, Hrsg. Elmer Schmidt und Jürgen Baasch
Erzählungen
ISBN 978-3-7322-3098-3   138 Seiten   Preis 9,90€

Bd. 8: Doppelbilder - Vier Paare, acht Geschichten und ein Gastspiel
9 Erzählungen
von Hartmut Wiedling
ISBN 978-3842-34211-8   136 Seiten   Preis 8,90€

Bd. 9: Ein Haus wird Hundert
Geschichten zur Geschichte
von Franz Rohwer
ISBN 978-3732-25457-6   88 Seiten   Preis 8,50€

Bd. 10: Lotosblüte
Der dritte Bordesholmkrimi
von Jürgen Baasch, Kirsten Frahm, Charlotte Günther,
und Hartmut Wiedling
ISBN 978-3732-28658-4   176 Seiten   Preis 9,90€

Bd. 11: Rezepte für die faule Hausfrau
Kleines Kochbüchlein ohne Anspruch auf Michelinsterne
von Durannimo von der Wied
ISBN 978-3732-28628-7   52 Seiten   Preis 3,90€

Bd. 12: Letztes Jahr
Satirischer Endzeitroman
von Hartmut Wiedling
ISBN 978-3-7322-8940-0   156 Seiten   Preis 9,90€

Bd. 13: Krimiwanderungen
Auf den Spuren der Bordesholmkrimis
von Jürgen Baasch, Kirsten Frahm, Charlotte Günther,
und Hartmut Wiedling
ISBN 978-3-7357-5979-5   52 Seiten   Preis 4,90€

Bd. 14: Wenn Papa lange wegfährt
Ein Bilderbuch für Kinder
Von Kristina Dohrn
ISBN 978-3-7357-2308-6   24 Seiten   Preis 13,90€

Bd. 15: Odile
Erzählung
von Hartmut Wiedling
ISBN 978-3-7357-1940-9   84 Seiten   Preis 7,90€

Bd. 17: Die Seminaristin
Der vierte Bordesholmkrimi
von Jürgen Baasch, Kirsten Frahm, Charlotte Günther,
und Hartmut Wiedling
ISBN 978-3-7357-7074-5   184 Seiten   Preis 9,90€

Bd. 18: Lichtungen
Gedichte und Kurzgeschichten
Von Martin Schmusch
ISBN 978-3-7347-5811-9   92 Seiten   Preis 7,90€

Bd. 19: Nordlicht
Heimatgeschichten
Biografische Reihe
Herausgegeben von Jürgen Baasch
ISBN 978-3-7357-7572-6   180 Seiten   Preis 9.90€

Bd. 21: Von Mensch & Tier, Musikern und Gottesdienern
77 Limericks von Michael Struck
77 Bildericks von Dieter Stolte
ISBN 978-3-7375-1943-4   78 Seiten   Preis 9,90€

Bordesholmer Edition
eine Reihe für Autoren von Bordesholm und Umgebung
Herausgeber: J. Baasch und H. Wiedling, Bordesholm
bordesholmer.edition@yahoo

Herstellung und Verlag:
BoD - Books on Demand, Norderstedt ISBN
978-3-8370-8979-0